一个人活在这个世界上为了什么呢？我告诉你，是去经历和享受。没做过的事情要做一做。无则努力追求，有则尽情享乐。合则来，不合则散。这是简单却正确的道理。

——丹尼·海格

中南天使 CHINA SOUTH ANGEL
爱格 Aigirl

丹尼海格

缪娟 著

CNS PUBLISHING & MEDIA 中南出版传媒
湖南文艺出版社
HUNAN LITERATURE AND ART PUBLISHING HOUSE

图书在版编目（CIP）数据

丹尼·海格 / 缪娟著. -- 长沙 : 湖南文艺出版社,
2021.9
ISBN 978-7-5726-0328-0

Ⅰ. ①丹… Ⅱ. ①缪… Ⅲ. ①长篇小说－中国－当代
Ⅳ. ①I247.5

中国版本图书馆CIP数据核字(2021)第166375号

丹尼·海格
DANNI·HAIGE

作　　者：缪　娟
出 版 人：曾赛丰
责任编辑：李　阔
出版统筹：邓　理
选题策划：吴红玲
装帧设计：杨　平
内文设计：罗晓芸
封面绘制：张凌灵
出版发行：湖南文艺出版社
（长沙市雨花区东二环一段508号　邮编：410014）
网　　址：www.hnwy.net
印　　刷：湖南天闻新华印务有限公司
经　　销：新华书店
开　　本：145mm×210mm　1/32
字　　数：224千字
印　　张：9
版　　次：2021年9月第1版
印　　次：2021年9月第1次印刷
书　　号：ISBN 978-7-5726-0328-0
定　　价：45.00元

目录

第一部分 梦境

第二部分　重生

第一部分　梦境

楔子

Danis Haiguerre

Danis Haiguerre。

丹尼・海格。丹尼・海格。

此时我用四个汉字把他的名字写下来，是要讲一个刚刚结束的故事。

这个故事有一个冗长的犹豫的开端，反复的拖沓的过程和一个戛然而止的结尾。故事里的男人就是这位丹尼・海格。

你对构成他姓氏的字母可能会觉得有些眼熟。

那是因为海格水。它是出产自法国的天然矿泉水，无论是有益矿物质含量、昂贵的价格或市场占有率，它都超越了依云、薇姿，还有巴铎。

丹尼・海格是它的主人。

他是一个英俊的、温柔的、有趣的、风流成性的男人，眼睛像湖水一样。

他的情人无数，我是其中一个。

这个故事送给年轻的女孩们，请你们引以为鉴：金钱、珠宝、华服、美食，以及温柔的关怀或者看似真心的承诺，都是因青春和美好而陡升的泡沫。

一触即破。

第一章

他真好看，
那么那么的温柔浪漫

那年我十九岁，来法国的第三年。我在里昂的一所语言学校念了一年的法语，然后在一所全欧连锁的私立商科学校念书。进去的第一年，光缴学费就几乎砸光了口袋里面所有的钱。

同屋叫小多，是个比我大三岁的北京姑娘，早来里昂两年。我念书的选择总让她觉得有一点匪夷所思，经常大着舌头跟我论这个道理："百分之八十的留学生来法国图什么啊？还不是因为这里的公立大学是免费的？你说你第一年就给自己弄到一个贵族商校去了，你这成本也太大了吧？"

我专心看书，她爱教育我就让她教育去，我没什么可解释的。天下难事两大件：把别人的钱装在自己的口袋里，还有把自己的思想装到别人的脑袋里。我着急着呢，手里面这本定价九十三欧元的书是图书馆的，只能借三天，逾期得缴费。

她一屁股坐在我旁边，好像铆足了劲要让我分心："你说，你说，你要是念商校，你把配套设施置备齐啊。你看看你的那辆自行车，你再看看咱们俩住的这房子，这是贵族学校学生该住的房子吗？"

我们住在里昂的旧城区，罗纳河的左岸。是一座带天井的四层老楼，门口有块牌子，历史上有名的某人曾经生活在这里——他去世于一七四二年。这座几百年的老楼肯定是翻修过的，外墙被漆成粉色，细长的窗户是嫩黄的，外观像是老妇的脸，怎么涂抹都看得见鸡皮鹤发。筋骨也不好，大门和旋转的楼梯碰一下、踩一下都会响，仿佛有一点负担都会叫疼。天一阴，罗纳河就起雾，雾气涌进老楼的中庭里，石头地板、扶手栏杆，还有废弃的喷泉都被打湿，下水道的气味也被带上来。我不知道何时开始有这样的印象：房东老太总在这种天气里朝楼上面喊："中国人，缴租！"

我跟小多分摊一个套间：两间不到九平方米的小卧室，合用厨房和卫生间。很多东西我在这里忽略，不愿意详细描述，比如厨房、卧室和浴室各有三种不同的蟑螂；四十多岁的妓女就住在我们的楼上，她无论回家有多么晚，总是"噔噔噔"一溜烟地跑上楼梯，整座老楼都在作响；房东咒骂她，我们也听得到；还有罗纳河无休止的水声，夜阑人静的时候激荡得尤其响亮。

我在自己的电脑上看那些或富有或自在的旅行者拍摄的艳丽的里昂城的照片时想，原来真是这样的，同一个世界，落到每个人的眼里不一样，我的里昂与你的里昂不一样。

小多在我眼前打了一个响指："齐慧慧，你小小年纪又在装深沉。"

我把她的手推开："下个星期我要考试了，求求你饶了我，让我把这一段好好看完。等会儿啊，我做粉丝汤给你喝。"

她笑着说："我只跟你说一件事儿，房东估计是想要提高房价，她要赶咱们俩走，一切由我来应付，问你什么，你都说不知道。"

此时有人在外面敲门，听手法不像房东。我们两个人都警惕起来，有一会儿没说话，直到外面那人用南方口音的汉语说："小多，是我。"

她一听便眉开眼笑，蹦蹦跳跳地去开门，走到门口对我说："哎，慧慧，粉丝汤请你多做一份。"

我点头，向她摆摆手："可以啊，只要你的动静不太大就好。"

那必定是她的新男友。每有更替，小多便像一只兴高采烈的白兔子。但她在这方面也有自己的原则：她从来不找外国人。

和她开始熟络起来的时候，我确实向她讨教过这个问题。小多在镜子里面看着我说："说什么呢？我反正是要回国的人，我能把老外也带回去吗？做人要有道德，我少惹些情债才好。"然后她自己又笑了，掩着嘴巴，"再说，我的法语不太好，交流起来太费劲了。"

这一天不是小多的幸运日。南方男孩进了她的房间，两个人叙谈不久，我们套房的门又被敲响了。我停了笔，他们那边也不说话了，一墙之隔，三个人如刚才一样竖着耳朵听。直到外面的人说："小多，快开门，是我！"

来人是刚刚跟她分手的北京同乡郑杰，脾气那才叫一个不好呢，人品比脾气更不好。他被小多发现劈腿，跟一个泰国女孩在床上，小多上个星期就把他给解雇了，谁想到他今天又找上门来了。

我们同时打开自己的房门，我看着小多和她的新男朋友，他们两个也看着我。

有一点我是可以给小多打包票的：你别管她换人换得有多快，但她从来不劈腿。可是眼下的局面太难看了，就因为她换得太快，现在根本就是跟上一个还未解聘完成就搭上了下家的架势。

小多先向我拱手作揖，然后让南方男孩到我这边来。

我先是皱眉不肯，然后沉默就范。

那男孩先是惊讶地看着我们，然后也服从了既定的安排，走到我身边来。

我们三个人无声无息地达成了默契：小多还是单身，那男孩变成了我的"男友"。

郑杰进来就嚷："小多，咱们俩不能就这么玩完了。"

小多说："凭什么不能？"

"你把……还有……还给我。"

我回了自己的房间，坐在床上，书是没法看了，热闹争先恐后地往我的耳朵里面钻。我渐渐明白了，郑杰跟小多斤斤计较到了令人发指的地步，他其实不是来挽回小多的，他就是来讨债的。

南方男孩站在我的门口，在我的自行车旁边，一直在听他们在外面理论。

他的个子不高，身上是一件宝石蓝色的衬衫，很名贵的牌子，我会认识是因为我们班上的一个男孩穿这个牌子——他换过两辆法拉利。这件奢侈品出现在这个貌不惊人的留学生的身上我并不奇怪，很多留学生都有这样的消费习惯：他们可以吃不好、住不好，可以翘了课去打工，却毫不吝惜地用爹妈给的或者自己赚的钱去买精致华丽的奢侈品。法国货好像就是有这种邪恶的魔力。

但是我不讨厌他。他有一张安静的脸。

我小声对他说："他的话你不要听。小多才不图他的钱呢，她还借给他不少。他现在来讨债，他怎么不提自己生病的时候，小多是怎么照顾他的。"

我说话的时候，他一直看着我。他什么都没说，又好像没听见一样。

外面的小多由着郑杰胡说八道了一会儿，终于说："你怎么知道我今天发工资啊？我这几天给老板卖衣服，赚了不少提成。你看……"

她是在他面前数钞票呢，"哗哗"的欧元大钞好听的声音。

我弄不懂她在做什么。

可是忽然间她发作了，几乎是跳起来说："郑杰，你是什么东西？我的钱你也敢碰？你也不照一照镜子，看一看你什么德行。你来我这里跟我算账，你是爷们儿不？你给我滚出去！你再在我这里多待一秒钟，我立马报警。我跟宪兵唠一唠你帮人做假邀请函的事儿！"

我听得头皮直发麻，但是我仍然立即出了自己的房间，站在小多旁边，跟人高马大的郑杰对峙。

他被小多一下子点中了要害，立即决定换线作战，于是他指着那个南方男孩说："刚才我就想说，你们这里怎么还有个男的啊？这人谁啊？"

该我说话了。

我这个人越是紧张的时候说话就越慢，我慢慢地对他说：“郑杰，这是我的朋友。”

小多上来推他：“你滚，你听见没有？你滚。”

他要是成心不走，要赖在这里，饶是我们两个女孩，也推不走这么一个大小伙子。可是他人已经败下阵来了，只能骂骂咧咧地离开。我跟小多像打了一场仗一样，坐在厨房的椅子上，半天没动。

那男孩找到了我们的水杯，给我们两个人各倒了一杯水。

他问小多：“这个人叫什么名字啊？”

“郑杰。郑州的郑，木字下面四个点的杰。”小多说。

然后他问我：“你呢？”

“我是个不相干的人。”我说。

小多的手指插在头发里，眼泪都快流出来了一样，困窘万分：“我对不起你们俩。”

我没有跟她说“没关系”。

有关系的。

我不能学习，也没有时间给自己做上一碗热乎乎的粉丝汤当晚饭，我现在要饿着肚子骑上一个多小时的自行车去家乐福打工了。

我怎么能说“没关系”？

但是总好过她一个人扛下所有的事情。中国的留学生最不团结，但是没有大团结，总得有点小的友爱。否则咱们怎么活下去？

我得走了。我带上挎包和头盔，扛着自行车下楼。我花两欧元买了一根热狗，坐在河边吃。五月底，里昂的初夏，山上的栗子树开粉白粉白的花，城里最多一种叫“吉”的鸟儿，通身乌黑，嘴巴是鲜艳的橘红色，国内叫“鹩哥”。它们不怕人，蹦蹦跳跳地来到我的面前。我剩下一点面包，掰成碎屑喂它们。然后我再戴上头盔，蹬上车子去上班。

这是一份在酒水柜台做盘点的工作。每周十二个小时，每小时十二欧元，要做的事情就是定时清点货架上被买走的酒水，然后通知同事补货上架。

开始之前，洗澡的时候，我在盘算一件事情：暑假快到了，我之后要做什么呢？我不能只做这一份工作。我要是能找到一份餐厅的工来打最好，比较稳定，赚得也多一些。我省吃俭用了一个学年，现在仍然还差一大笔才够下学期的学费。我得加把劲才行。

我洗了澡，换了衣服，穿上黄色的马甲。我对着镜子认真地把头发梳好，一缕一缕，发梢，发根，吹干了，梳顺了，再扎成麻花辫子，不留一丝在外面。辫梢我用黑色的天鹅绒束好，然后搭在肩上。

母亲的话我记住的不多，但是有一件事情一直铭记。女孩子要好好地梳洗自己的头发。别人看你，未闻声，不处事，先看你的头发。那是你的教养、耐心和对自己的在意。

矿泉水柜台来了一个新产品。

一升装的海格水换了新的包装：细腰身沙漏形状的瓶子是雾白色的包装，仔细看，上面都是雪花和气泡的纹样。瓶身上有蓝色的文字，上半部是时装大师让·保罗·高缇耶名字的缩写JPG，下半部是水的品牌“海格”。我拿在手里看了又看，已经是爱不释手。同样是无色无味的矿泉水，包装一换，忽然变成了艺术品。广告打得更厉害：请一位时尚大师，赴你今晚的盛宴。

这款雅致亮丽的海格水卖到三欧元多，单价是依云，甚至是巴铎的两倍多，可是买的人却络绎不绝。那天晚上，三个小时之内，我们补了五次货。

第二天早上，教授讲“人类行为符号在商品包装上的体现”。分组讨论的时候，我把这个例子拿出来讲，从网络上调出图片给同组的同学看。

他们眨眨眼睛，心里讶异，没有说出来。

我知道他们在惊讶什么，跟我同组的这三个人，有两个男孩，其中一个的爸爸是苏黎世的著名banker，另一个是有着英国爵位的摩洛哥人。还有一个一头羊毛卷的女孩，她的爸爸妈妈干些什么她自己也不太清楚，只不过她的爷爷曾经在八十年代主持编纂过法国的山林保护法。

他们各自家里都有人专门负责去商场采购生活必需品。他们去平民超市的机会恐怕比我逛香榭大道上名牌店的机会还要少。

“这算是什么行为符号？”一个男孩说。

“控制。”我说，“瓶子设计成这样，最方便人握取它。”

“像女人的腰。”另一个男孩脱口而出。

羊毛卷女孩“咯咯”地笑起来。

“或者是时间。”我说。

羊毛卷忽然想起了什么，埋头在自己的古驰大挎包里面翻了半天，终于掏出一本八卦杂志，翻到自己想要的那一页，用手指着那个说“像女人的腰”的男孩说：“我觉得他说得对。”

他们同学一年了，尚不知道彼此姓甚名谁。

她把那页杂志让我看：让·保罗·高缇耶的身边是海格水的家族继承人——丹尼·海格。

他是三十多岁的阿尔卑斯人，金头发，蓝眼睛——占尽了阳光的颜色。他看着镜头，微微笑着，嘴边有一道淡纹。

他看上去有种温和的气息。

这是海格水的主人。

“真帅，是不是？”羊毛卷女孩跟我说，“而且态度和气质很好，怎么看也不像是一个花花公子。”

我看看她。

羊毛卷女孩摇头，做出一副惋惜的表情：“他与那么多女人交往，谁知道匿名的藏品又有多少呢？所以我断定，JPG这种水瓶的设计，就是迎合了这个男人的生活理念：掌握女人的腰。”

她那一番理所当然的分析把另外两个男生逗得哈哈大笑，看着他们如此这般，我简直要崩溃。谁会白痴到把昭昭劣迹刻在自己的产品上面？我每年缴大把的学费不是为了跟他们在这里寻开心的。

我的坏脾气又上来了，慢慢地对他们说："教授等会儿是要我们的讨论报告的，谁来做呢？你？你？还是你？要么我们拆伙，要么换新的个案做分析。"

他们满不在乎地挑挑眉毛，毫不介意我的不满。

宽容和愉快的品格太需要本钱来培养了，我没有那个本钱。

下课了，羊毛卷女孩被男朋友接走，杂志扔在了书桌上。我犹豫了一下，还是决定回收它。

在回家的电车上，我倚着栏杆看有丹尼·海格的那一页。他真好看，他的头发，他的眼睛，他的嘴角和微笑，那么那么的温柔浪漫。

电车路过广场，鸽子群被驱赶飞起来。我仰头看看外面，初夏里夕阳的光柔柔地洒在脸上。

第二章

你还是个小孩子呢，
凭什么我要称呼“您”

很长的一段时间，我都在纠结一个问题：我与丹尼·海格的故事，开端究竟在哪里？是我在那本八卦的杂志上看到他的照片，还是这一年的夏天，我们在歌剧院见的第一面。

小多很把之前我帮她解围当作一回事，总想把这个人情还回来。她的新男朋友小裴得到消息，里昂歌剧院在招聘一名演员助理。他们建议我去试一试，说已经找到熟络的关系，能够帮我申请到这个周薪有三百欧元的暑期工。

不知道他们哪里来这么大的能耐，但是我真的得到了这份工作。

我的东家苏菲女士是东南部音乐剧界的红人，沉寂两年后复出，在里昂排演新的剧目《蓝丝绒》。她是那种典型的法国女郎：金红色的头发，面孔瘦削而精致，身休纤细，四肢修长，吸烟或者走路的时候微微含着胸，像只花猫。

我为她收拾衣服，准备剧本，叫车子，买间食一个月有余，这位心不在焉的女明星从来没有叫过我的名字。她每句必用礼貌的条件式现在时告诉我为她做这样，为她做那样。

她从来不笑，对谁都不满意。

晚上刷牙的时候，我跟小多说起她。

小多说：“那我真应该跟她聊一聊，我得问一问她知不知道自己有什么。让她来看一看我们这座还在用七十年代风扇的老房子，让她好好认识一下咱们这两个为凑学费而玩命打工的穷学生。她肯定就高兴起来了。”

“为什么要让她在我的身上找心理平衡？”我说，“我觉得自己过得还行，并不足够悲惨以充当对照组。”

小多“咯咯”笑起来：“付我钱就行。”

苏菲真正稍微高兴起来，是这一天收到了城际快递送来的礼物。

那是一个小包裹，我代替舞台上正在工作的苏菲接收。

她与男主角的一组对唱唱到一半，忽然停下来，在仍然继续的音乐声中和男主角尚未收住的歌声中问我：“那是什么？”

包裹皮上只有地址，我回答苏菲：“香贝里城杜露大街十五号。”

苏菲闻言，面上不动声色，却从台上走下来，从我的手中把那个包裹接过去，慢慢打开。她做这件事的过程中，所有人都在等着她，等着这位美丽的女士优雅地做完这件在她的心目中远比工作重要的事情。我在这个谜底揭晓之前，也在不停地猜测。这会是哪位贴心的仰慕者送来的昂贵的礼物呢？一个古董手镯还是一串珍珠项链？

她打开最后一层银色的锡箔纸，从里面拿出一瓶透明的液体，细长的玻璃瓶身上繁花锦簇，被锡箔纸封存的冰冷的液体忽然遭遇外面的热空气，霜气凝在精美的瓶子上，她的手指覆在上面，留下痕迹，边缘透明。苏菲拧开瓶盖，饮下一口。这个冷淡的从无笑容的女演员忽然微微一笑，仿佛爱情流淌到了心里。

所有同事的耐心是有补偿的，这一天之后的排练，苏菲出奇地合作，话也多了好几句。她赞美了一句她早该熟悉的台词，耐心地跟着形体导演走过场。

舞台下面的我拿着那个瓶子仔细地看，没有气泡，也没有甜味和酒精的味道，这应该是一瓶普通的白水。但是这份来自香贝里城杜露大街十五号的礼物，如琼浆玉液一般滋润了苏菲。

那一天的排演结束，我收拾好苏菲的衣服，将第二天的唱词和乐谱打印出来交给她，然后骑车回家。我从歌剧院的后门出发，车轮子只蹬两下便会路过一个无名的小喷泉。中间的雕像是一个在坐着思考的鬈发男孩，他下面的水池里，无数枚大大小小的硬币在水波中闪耀着光——不知道有多少人的愿望沉淀在那里面。我从口袋里掏出三欧元的硬币，想了想，还是在小卖店买了一瓶海格水来喝。然后我看见一个小姑娘，两三岁的光景，正被她的妈妈指挥着把一枚小钱尽力地扔到喷泉的中央去。她闭上睫毛卷卷的眼睛，许下一个关于糖果和朋友的愿望。

可是谁来告诉她，向一汪水和一阵路过的风祈祷，这其实毫无意义呢？它们并不如自己的一双手来得更可靠。

到家的时候，天色将黑，我推着车进中庭，却被房东拦住了。她今天跟我说话，有种难得的和气："我想把你们房间的壁纸换一下，现在的太旧了，招蚊虫。我需要的时间不会太长，最多一个星期，你们在别处是不是还有朋友？能不能先搬出去几天……"

我还没回答，小多就从房间里面出来了。她一只手拿着筷子，另一只手拿着碗，正在把鸡蛋搅碎。她在上面看着我跟房东太太，笑着说："菲永太太，您跟这个小孩儿说什么啊？我不是说了吗？我们一天的房租都没有欠过，您想赶我们出去，要不要去跟我的律师谈？"

房东恶狠狠地看着她。我一抬胳膊把车夹起来，说："借过。"

菲永太太在我的车轮擦上她的裙子之前闪身让路，小多哈哈笑起来，看我一步一步地上了楼。

原来她要请客吃饺子，让我帮忙和面切葱。我看见旁边还有新鲜鸡肉和泡在水里的干香菇，有点诧异："为什么这么隆重？今天的客人很重要吗？"

“你、我、小裴，就咱们三个人，就不能吃得仔细一点吗？”

“你平时连煮一碗方便面都觉得费事，今天忽然要仔细一点，我心里没底。”我笑着说。

她先是没回答，哼了几句歌，才转过身子对我说：“小裴把郑杰给揍了。”

我吓了一跳：“说反了吧？”

“你也不信是不是？但是是真的。你记得他上次问郑杰的名字有多仔细吗？我当时就有点担心，果然，就在昨天，郑杰从餐厅打工回去，让四个小子在地铁旁边给撂倒了，肋骨折了三根。我也是今天早上听他的同学说的。”

我把手里的面盆放下：“你因为这个要包饺子给小裴吃？你是要谢谢他把郑杰给揍了？你长这么大，总听过那句话，叫‘中国人不打中国人’吧？”

小多没有笑出声来，但是看我的眼神那叫一个惊讶：“什么时候轮得着你这么个小丫头来教育我？你在拍电影吗？还‘中国人不打中国人’。新男朋友胖揍无耻的前男友，没什么不对吧？凭什么因为这件事情发生在法国就责怪我？”

我讨厌她那种自以为是又满不在乎的态度，索性扔下手里的活计，撤回我自己的房间里去。忽然一眼看见她又惹我不高兴，灶台上，她拌好的小白菜猪肉饺子馅放在另一个盆子里，盆子下面居然垫着那本印有丹尼·海格照片的杂志。

我腾地一下跳过去，把那本杂志从盆子下面抽出来，封面上已经是一大片油渍。小多在下一秒跳过来，抱住她的盆子：“干什么你？你要是掀翻了我的饺子馅，看我不揍你！”

“你干什么？”我叫起来，“你干什么乱动我的书！”

“难道我用你的贸易辞典垫盆子了吗？”她还振振有词。

我气得话也说不出来，愤怒地冲进自己的房间，大力地关上房门。她真讨厌！真讨厌！我恨不得把面粉都糊在她的脸上！我着急地打开杂志，翻到丹尼·海格那一页，还好他的照片完好无损，只是正文的地方有几颗油星。我把他的照片小心翼翼地剪下来，方正的一小块，掌心一般大小。我要把他放在哪里呢？陈旧而污渍斑斑的墙上不可以，临窗的桌子也不可以，我找了半天，还是把那张照片夹在了我经常翻阅的汉法字典里。

那一页页首和页尾的词条分别是：soleil 和solitude，“阳光”和“孤独”。

然后我躺在床上睡着了。我睡得很不好，空间闷窒，气息潮湿。我在急促的呼吸中被汗水打湿全身，耳畔有那么多杂乱的声音：罗纳河的波涛，机动车的马达声和忍无可忍的喇叭声，隔壁床板吱吱呀呀的挤压声，门开了，又关上。

我做了一个梦，我有汇款从国内寄到了，兴高采烈地打开来看，却是一片空白，一分钱都没有。

这个梦把我吓得醒了过来，在黑暗中睁开眼睛，我的泪水顺着眼角流到耳朵边上。我是个十九岁的年轻人，我不该有那么多的忧郁和伤感，只是有的时候我很疲惫。

隔壁很安静，我轻轻起床去洗手间。我推开房门一看，小多穿着一件被汗水打湿的大背心，坐在餐厅的椅子上。她正把一支烟点着，回头看见是我，笑了：“等岁数大了你就知道了，跟谁过不去都不能跟自己的胃过不去。你不吃饭就睡，跟我怄气是吧？还挺倔的呢。”她嘴上说我，却用手肘把桌上的一碗饺子往我的面前推了推，“给你留的，尝尝啊，姐姐我的饺子可不是什么人都吃得到的。”

我没吃饺子，从洗手间出来后，我从挎包里面把之前买的那瓶海格水拿出来喝。我在她旁边坐下来，看她一张总是笑着的脸沉浮在烟雾里。她说：“你越来越不会过了，买这么贵的矿泉水。里昂的自来水能直接喝，您是不知道还是中彩票了？”

我抹了一下嘴巴：“小裴走了？”

“嗯。”她点点头，再吸一口烟，“我告诉你，我跟他们在一起，但是我谁也不爱。”

我又喝了一口水：“……”

“但是我停不下来，”她说，“有了第一个男朋友就停不下来了，一个走了，得马上换另一个。”她把腿蜷起来，脚踩在椅子上。

我打量她，目光不自觉地在她的大腿上扫了一下。

她又笑了，笑得极夸张：“你想什么呢？我跟你说的不仅仅是那事儿，是这里。”她掐着烟卷的手指了指自己的心。

我们两个人再无话，我在这个狭小的暗厅里陪着她吸完那支烟，然后她又冲了一个凉便回房间睡觉去了。我独自坐在那里，又是半天。

直到阿拉伯女人回来，她走到我们的门口，对着电话大声说：“来我这儿？来我这里可不行。我啊，我从来不在家里接待‘朋友’。”

第二天是七月三日，我之所以在这个冗长的叙述中明确这个日期，是因为它对我今后的生活实在意义重大。

这一天，一直炎热的里昂城刮起了西风，温度稍降；这一天，苏菲要在歌剧院里排演《蓝丝绒》的第三幕第二场：尊贵的夫人被新来的花匠迷得神魂颠倒；这一天，新包装的海格水投放市场刚好六个星期，销量突破了两千五百万瓶，创造了三十年以来的业内奇迹，即每两个法国人之中就有一个消费了一瓶价值三欧元多的矿泉水，而法国电视一台想要约见丹尼·海格未果；这一天，因为之前的失眠，我从早上开始就打不起精神，昏昏欲睡。

苏菲唱到“波希米亚的心藏在铜盔铁甲的躯壳里”时，我还是没忍住，头一低，盹在了座位上。

那个觉睡得很结实也很解乏，在有限的时间里解决了大问题。

我是被人在后面唤醒的，那个声音像是从天上来：“哎哎，苏菲是不是在喊你？”

舞台上的苏菲摇着手里的唱词单问我：“怎么回事？唱词对不上。”

我的汗又下来了，我用手背擦了一下额头，赶快拿着手里的那一摞打印出来的唱词跑上台，一张一张地翻给她看，终于找到她要的，用红笔标上今天的日期，放在她的手里。苏菲接过去后低声对我说：“刚才你在睡觉。”

“对不起。”我真心实意地说，“昨晚睡得不好。”

“我请你来做助理，不是要知道你哪天睡得好，或者不好。”

“……”

我被再度响起来的音乐声赶下台，一边用手帕擦汗一边回到原来的座位上去。那个叫醒我的男人坐在我后面一排，从舞台上打下来的光在这里分界，后面很暗，我尚不知道那个人是丹尼·海格。

我只听见声音，声音里带有笑意：“她工作起来态度不太友好，是吧？”

“还不错。刚才是您喊我？”

“没错。”

“谢谢。不过您为什么不早一点叫我呢？”

“你睡得太好了，让人羡慕。”

“……”

“你是外国人？泰国人，还是越南人？”

“中国人。”

“你的法语说得真好。”

我没有因为他的恭维而对他微笑，我有些难为情，但是我认真而固执地说：“请称呼我为‘您’。”

他笑起来，手臂支在前排的椅子上，身子渐渐往前探，似乎也想把站在前面的我看个仔细。然后他的脸在暗淡的光影中渐渐清晰起来，那张我看了无数遍的脸如今出现在我的眼前：金色的短发，湖蓝色眼睛，眉梢嘴角比照片多了些细小的皱纹——他不是一个小伙子了，可是真的英俊，态度温柔而和善。

丹尼·海格稍抬起微笑的脸，仔仔细细地看着我说：“你还是个小孩子呢，凭什么我要称呼‘您’？”

第三章

每一次狭路相逢，
我怎会爱他爱得那样

我们那天的对话仅止于此。相信我不会写错任何一个字，因为我跟丹尼·海格第一次的对话已经在我的脑海里反复出现了无数遍。

当然，第二天的情景也是历历在目。

苏菲下午才到，化妆师帮她弄头发，美容师为她做指甲。她在镜子里面看着我，然后对所有人说："一起工作一个月了，你们还不认识她吧？我也不认识。对了，您叫什么名字？"

"我没有法国名字。我是中国人，我姓齐。"我也在镜子里面看着她。

"您是学生？"

真是奇妙，她忽然就对我这个人好奇起来。我还是我，到底是什么东西吸引了她？

"学生，在这里做暑期工。"

我手里是装订着她在这一出戏里所有唱词和乐谱的文件夹，我下意识地把它竖起来挡在胸前，好像保护自己的一块盾牌。

"您跟剧团的合同签了什么样的条件？"她问，"薪水是多少？"

“周薪三百欧元，”我说，“直到九月份，一共十三周，三千九百欧元。”

“那听上去不错，”苏菲挑挑眉毛，手从美容师那里抽出来，向旁边一摆，她的私人助理将支票夹放在她的手上。

我盯着她的一举一动，盯着她在一张支票上填写数字，签上名字，然后“咔嚓”一声撕下来，向我抖动一下：“这里是五千欧元，您拿着它去西班牙玩一圈，新学期还早着呢，别把暑假浪费在这里。”

原来她是要解雇我。

我有点不大明白，但是我的自尊告诉我，原因不问也罢。

我从自己的座位上走过去，从她的手中抽取那张如小旗帜一般的支票，第一下她没有松手，第二下才抽出来。她拿起梳妆台上昨天收到的那精美的瓶子喝了一口水，然后看着我微笑。过程只有几秒钟，世间脸色不过如此。

我把那张支票拿在手上，慢慢展开。我没有抬头，对信手便支付了五千欧元的女演员说：“我是个外国人，对每个不太熟悉的词语都很敏感，您说‘浪费’，我在这里不是浪费时间，我想要工作，赚些钱来支付下学期的学费。但是我不能因为这个便演一个笑话给您看。”

我没有像电影里那样把支票撕得粉碎然后扔到她的脸上，我只是把它放在那个漂亮的水瓶子旁边。

我转身离开那个装有六面巨大的菱形镜子的化妆间，我的脑子里很乱，但是我得忘记在我眼前一闪而过的五千欧元。我得赶快筹措到下个学期的学费和生活费，我得赶快找到另一份工作，或者，给国内的母亲打一个电话。

算上六个小时的时差，我的这个电话打过去时，她那边不到晚上十点钟。电话铃响了五声后被接起来，我的运气不错，是我母亲本人。

我说：“我需要一些钱，你能不能打到我上次的账号上？”

她略微沉吟：“要多少？”

“我还需要一万欧元。”

“我一时没有那么多。”她说，“不过我尽量，我会尽量给你凑。”

我说“谢谢”，并没有马上放下电话。她在那边问：“过得好不好？”

都是客套话，如果我过得好，会给她打电话讨要学费吗？

我说：“还不错，室友昨天包了饺子给我吃。”

“常打些电话回来才好，我很担心你。”

“嗯。”我想了想，“我九月份开学。”

“嗯……我明白你的意思，在那之前，我会筹钱给你。”

我从电话亭里出来，买了两欧元的炸薯条，然后坐在河堤的椅子上。下午四点，山坡上的教堂报整点的钟声传来。我一边吃着今天的第一份食物一边想，能不能把时间拨快，我不贪心，我只想看自己到了明年夏天会怎样，是不是仍然为学费而愁眉不展。

小多的朋友小裴居然在三天之内又找到了一份在香港餐馆洗碗的工作给我，我真有点惊讶了：他又找人教训郑杰，又照顾我和小多的工作，他真的只是一个跟我们一样的留学生吗？

小多吸着烟敲我的脑壳：“就你问题多，这么好奇，去大使馆当间谍吧。”

我抓住她的手：“你吸烟越来越多，干什么啊？你从哪里弄这么多的中国烟？”

“我告诉你，你可不要往外说。”

“嗯，我不说。”

“小裴是做这个生意的啊，有人从巴黎把烟运到里昂来，他往下卖给不喜欢洋烟的中国人。”

“这不是倒卖苹果，”我说，“这是违法的。”

“所以请你不要告诉别人。”

我不能批评这个神通广大的小裴，我甚至连和他划清界限的骄傲都没有。

因为他，我去了这家新介绍的香港餐厅就颇受优待，洗了两天的碗，老板发现我的法语说得挺清楚，就让我去前面当跑堂。那一个八月的周末，小裴带着小多来我们店里吃饭，见我可以一只手托着三个盘子健步如飞，还跟我竖起了大拇指。

我们是这样一种类型的留学生。

当然留学生不可能都这样。

总是预订八号桌的男孩每个星期都会约会不同的女孩，他的紫色跑车停在外面，他穿logo很不明显的大品牌的T恤衫，他点菜的时候只说法文，我都要以为他是个法国人了，可是他却教带来的女孩子说字正腔圆的汉语。

老板的女儿在日内瓦学医，每个周末客人多的时候也会开着自己的小车子赶回店里帮忙。她跟我们一样在前面当跑堂，但是毕竟身份不同，她不太与我们说话。有一天我从酒窖里面搬红酒出来，听见她对着电话用法语说："你不要再说了，这个孩子我自己会生下来。"

当然也有年轻的中国女子来店里吃饭，她们身边可能有各色的外国人。她们点昂贵的酒和食物，她们有的自在，有的颓废，有的有些洋洋自得，还有的比洋人还洋人。

我在那里工作了一整个夏天。到了八月底，老板给我结算了暑期的薪水，我一共赚到了两千四百欧元。

中国仍没有汇款过来，我下学期的学费仍然毫无着落。

我不能再打一个电话去催促我的母亲了，我盘算着要准备怎样的说辞报给学校，请他们允许我可以先上课，稍后再缴费。

为这些事情发起愁来，我会整夜失眠，我在炎热的夜里独自一个人睁着眼睛发呆，汗流浃背。

院子里不知道何时停留了几只流浪的野猫，阿拉伯女人回来得再晚也会学着它们的叫声逗弄两下。她们的声音钻到我的脑袋里，我在迷迷糊糊的状态下思考一个问题，这个愉快的女人会赚多少钱呢?

九月份还是到了，栗子树上带刺的果实由青色变成褐色的时节，学校开学了。这个学期有着别样的热闹：两个论坛先后召开，教育部长和数位本校出身的法兰西院士光临，还有校友捐资建成的新场馆开幕。学校里到处花团锦簇，欣欣向荣——都是为了庆祝建校两百周年。

我但愿这些喜庆的事件能让计财部的办事员忽略掉一个尚未缴费的学生，可是人人各司其职，精英学校的系统毫无纰漏。我被一个亲切的电话叫到国际中心去，接待我的是一位会说中文的老师。

“我们注意到——”他说，“您尚未缴纳这学期的注册费。因为一般来说，我们希望学生在每年的五月能够完成下一个年度所有的注册手续，而您去年也是在九月份才缴纳了全部的费用，所以我在想，您是不是有什么……嗯，程序上的麻烦？如果是这样，您知道的，学校是可以帮助学生申请里昂信贷的助学贷款，您是不是需要我们出具什么手续呢？”

他字斟句酌的汉语还是让我有点费脑筋，但是我还是明白的，他们希望我尽快交学费，催促我申请贷款来偿还欠他们的债务。可是，有哪家银行会肯借钱给一个十九岁的中国女孩呢？

她在中国没有父亲，她在法国也没有亲戚和体面的朋友，她住在里昂城里阴暗肮脏的旧城区。

“我没有任何程序上的问题。”我说，“只是我的钱还没有到，不过它们会到的，我会尽快交学费。”

“问题是九月十五日，所有的手续必须在那之前做完，逾期的话……当然，我们是不可能将一位优秀的学生请出教室的。但是，小姐，超过九月十五日，您将无法在任何一位教授的考试中得到卷子。”他说。

这位先生姓费雷，意思是“铁铸的”，铁先生一直在说中文，尽量婉转，但已经足够明白：过了九月十五日，再不交费，请我滚蛋。

“我会在那之前交学费的。”我再次说道。

从国际中心出来，我穿过种满了热带植物的花房去教学楼等着上下一节课。电话在肩上的书包里振动，我一只手伸进去掏电话，好长时间都没有找到。忽然，一个男孩迎面过来，把打火机伸到我面前，镶着绿琉璃的可爱的小东西被男孩的拇指一拨，青火焰跳动出来。男孩说：“要找火，是吗？”

我抬头看看他：“我不吸烟。”

“我知道，”他笑，“我只是想找个机会问问你，这学期你怎么给自己排的课表？”

我有些惊讶，看着这位富裕的同学：我们同班了一个学期学习微观经济，他跟我都没有说过几句话，怎么忽然之间就对我有了兴趣？我转的下一个脑筋是：如果我和他关系搞好一点，他会不会让他爸爸帮我交学费？

“你去哪儿？”我问他，捋了一下头发，微笑。

“我去罗兰中心听报告。”他说。

“我也正要去。”我说。

“那一起走吧。”他也笑起来，对自己的魅力无比自信。

我跟在他的后面，目光越过他的肩膀看花房外九月的阳光洒在茵茵的草坪上，有同学坐在那里看书，无忧无虑的男孩女孩三五成群。我又流汗了，手心里濡湿一片。我从来没有这样跟随一个异性，心里还怀着一个龌龊而且笨拙的念头。

身边有一群人经过，过了数步，有人在后面喊：“欸！”

法国人说“hello”，发成“欸”的音，重音长长，落在后面，总有些暧昧的情意在里面。

天作证，这个声音我暗自复习了无数遍。

我转过身，丹尼·海格在前面，他让同伴先行，自己走过来，离我一臂远的距离。

我恨自己太累，晴天做白日梦。

“你在这儿念书？”他问。

我点点头，没有看他的脸，眼睛盯着他胸前的一枚纽扣和手臂上浅金色的毛发。

“后来我没有再见到你。”他说。

“哪里？”我问。

“歌剧院，苏菲那里。”他说。

“因为我被解雇了。”我说。

“哦……难怪。”他了然地点点头，又问道，“不过，为什么？因为你在她排演的时候睡觉？”

他说这句话，语气轻快又促狭，像在问朋友的女儿：为什么你被罚站？是不是你用爸爸的靴子换牛轧糖吃？

但事实不是如此。事实是，他爱慕的女人用她的美貌和财富狠狠地羞辱了我。

花房里的阳光太热了，我又要流汗了，只不过这次是在眼睛里。我吸了一下鼻子，抬起头，看着他蓝如湖水一般的眼睛说：“是因为……是因为我跟您说话。”

他看着我，竟一时无言。

我知道自己说话造次，忽然有些后悔。我说：“我要走了，我的同学还在外面等我呢。”

我离开花房，到了外面，那个男孩一直在等我，他问我：“那是你的朋友？”

我低头走了几步：“不算是。不……不是。”

“你是个特别的女孩子。”他在我后面说，样子挺快活的，他总是那样，眉毛一掀一掀的，漂亮的眼睛里充满了活力，“他们打赌，看我能不能把你约出来。”

我停下脚步，回头看他：“你是为了这个才跟我说话的？”

“别那么敏感，我没有恶意。”他说，“再说，你讨人喜欢。暑假的时候，我父亲去中国开会，我随他去了，看见梳辫子的姑娘，这让我想起了你。”

我确实敏感，但是我也知道他并无恶意。恶意在我的心上，我刚才在琢磨他的钱。可是现在，当我离开那间种满了热带植物的花房，那种念头荡然无存。现在他只是一个普通的同学，年轻而且富有。在这里像他这样的人很多，而我是少数派。

我跟丹尼·海格再次见面是在三天以后。

他的水厂邀请我的教授带一些学生去参观。我们清晨在里昂的火车站集合，然后坐一个半小时的火车经过格勒诺布尔前往香贝里城。

秋意渐浓，阿尔卑斯群山中的绿树林参差了黄色或红色的叶子，赭红色的大鸟贴着山岭低飞，火车穿过湿漉漉的栈桥和隧道在山谷中蜿蜒前行。

教授走过来对我说："您上学期的论文写得很好。"

我坐直了身体，向他微微颔首："还没有谢谢您给我那么高的分数。"

"用功的孩子总是受教授的欢迎。"

他过奖了，我上课的理念可与别人不一样，我把学费计算到了每一分钟上去，又怎敢缺课或不用功呢?

有同学问教授："这位海格先生可是本校的毕业生？"

"不是毕业生，"教授说，"只是一位慷慨的捐助人，新的网络中心就是他的大手笔……海格水最近声势夺人，你们有没有做好功课？见到丹尼·海格，要问他一些什么问题？在他的水厂参观，要发掘些什么门道？"

"怎么做功课？到处都找不到他的资料。这个人像是忽然复活的老贵族，他的前半生是在自己的泉眼里度过的吗？"一个男孩开玩笑。

我看着双层车窗外的景色，看着高大辽远的山峦和一闪而过的小瀑布想：他在他的泉水里生活？这听上去似乎不无可能。只是那必定是一泓温暖的泉水，像他的眼睛和声音。

然而我隐秘的情感和向往在那一天几乎落空。

我们乘坐火车抵达香贝里城时，一场小雨刚刚路过。海格公司的车子在火车站的门口等我们，带着我们穿过这个水汽氤氲的小城。向东行驶十分钟左右，我终于见到那些雾气的来源：贝尔热湖在灰暗的天空下显出一种暗蓝色，辉映着对面的小猫牙山。水汽从湖面安静地上升，在墨绿色的山腰上结成大块的云朵。没有钓客，没有船，没有灯火，没有过境的鸟，波涛的声音规律又凝重，重复着千万年来从不曾改变的节奏，他们构成了一个庄重而肃穆的画面。

车子绕过贝尔热湖，延山路向上，在云层中越走越高，过了1800米的界碑后又平行行驶了两三公里，我们终于抵达了海格水的大本营。

经过四层卫生消毒的步骤，我们这些访客在一位工程师的带领下参观了海格水的采集，过滤，渗透消毒，直到瓶装车间。我们听他们讲述这一整个欧洲最纯净最丰富的水源是怎样被采撷，加工，包装成行销世界的矿物质水、纯净水、化妆和医疗工业用水的。过程中有人想拍照，问向导可不可以，他摊开双手，笑容可掬：“海格先生说，你们在这里做什么都行。”

我说：“那可以看一看水源地吗？我是说，海格水的泉眼。”

“哦哦，”工程师的脸上露出一个逗趣的表情，“这就不在我的权限范围之内了，那里方圆五十公里被宪兵把守，除了每一代的海格，不可能有人接近。”

“每瓶水卖到近四欧元，是同类产品的两倍，可不可以看成是一种宣传炒作？”年轻学生们的提问总是有点过于直接，甚至是冒失。

工程师先生并没有马上回答，而是拿出一瓶成品矿物质水，自己打开，喝了一口，然后让我们看他手中那装在沙漏一样的瓶子里的海格水：“女士们、先生们，这是欧洲最好的水！水是什么？水是生命，是健康，更好的水就是更强健的身体，更长的寿命，花四欧元买到欧洲最好的水，这也可以看成是炒作吗？”

我们在享用了丰富的午餐后被人带领着参观公司的博物馆，见到每一款海格水和每一代海格。最初是一些画像，然后照片由黑白变成彩色，他们与皇帝还有共和国总统合影，真是显赫。

但这里并没有丹尼·海格的照片。

下午两点左右，参观结束。回去的团队不再像来的时候那样整齐：教授要去拜访一位住在此地的老友；几个同学想就近再行一个小时去日内瓦度一个周末；我落了单，在街上逛了逛，还是买了回里昂的车票。

傍晚时分，又开始下雨了。火车站附近的一家家商店、酒吧和烟草咖啡馆纷纷亮起了霓虹灯，灯光在雨水中波散出一重重柔和而模糊的光晕，这个城市忽然在黄昏的细雨中变得童话般可爱。我在一个玩具店门口停下脚步，看里面的仙杜瑞拉，王子屈膝，为她试一只水晶鞋。

丹尼·海格的车子不知何时停了下来。

在橱窗上，他的影子叠在我的身后。

请原谅我的不自量力和忘乎所以吧，若不是寂寞的时候，我与他每一次狭路相逢，我怎会爱他爱得那样？

第四章

我那么狼狈，我谁都不想见，我最不能见到你

我在回里昂的火车上跟他说了一些关于我的琐事。

我来自中国一个北方的城市，那里的冬天，动辄零下二十六七摄氏度，所以有人抱怨里昂冬季寒冷，但对我来说，其实并不难熬；我在商校里学习贸易，因为这是一个比较容易找到好工作的专业；我很小就接触过法语，因为我的父亲是一家化工厂的法语技术翻译；他后来到非洲去工作了，然后他在那里失踪了。

"他在马里工作了两年，中间不曾回家，但是每个月都会寄钱回来。他的薪水很高，这让我得以接受很好的教育。我的母亲总是穿最漂亮的裙子——直到我们再也收不到他的钱了，不仅仅是钱，他音信全无。我母亲等了他两年，后来嫁给了别人。我来里昂三年了，也没有回去过，我已经很久没有见过她了。

"如您所见，除了念书，我还要工作。苏菲那里的工作是一个朋友介绍去的。

"我知道您。

“我喜欢海格水的新造型。

“我在杂志上看到您的照片，然后在苏菲那里见到您。

“后来，她的《蓝丝绒》公演了吗？”

“还没有。”他说，“在里昂的第一场公演是在九月二十四号。”

“您会去吗？”

“是的。”

我点点头，其实我并不关心。

上火车之前，我们在玩具店的橱窗前相遇，他问我是否愿意让他送我回家，他的青色的房车像一只高贵的雪豹一样卧在街的对面，我看一看那边说：“我已经买了火车票，但是我愿意跟您多待一会儿。”

于是他让司机离开，自己买了火车票跟我一起回里昂。

我们两个人坐在车厢的小包间里，暮色四合，丹尼·海格把灯打开。

灯光很明亮，他看着我的脸。

他并没有笑，但是他蓝色的眼睛让人心生温暖。

在从香贝里城回里昂的火车上，他在车厢灯光下的样子，在我的心中被一点一点定格。每当我想起这个画面，很多感官上的回忆被轻轻地唤起：秋天里山野的颜色、气味，还有火车车轮与铁轨相轧，发出的有规律的声音。

我并不关心苏菲的《蓝丝绒》究竟在何时公演，我关心的是别的事情。

“你们是恋人吗？”我说。

“是的。”

“但是她并不是唯一的一个？”

“杂志上这么说的？”他问。

“杂志上说很多事情。”

“……”他没有回答这个问题。

“你们会结婚吗？”

“不会。”

“你会跟你现在的某一位女朋友结婚吗？”

“不会。”

“你这么笃定？”我说。

“这件事情是的，但有的不。比如我不知道，面前这个女孩现在这样拷问我，而我再见到她，得是什么时候？”他说。

“……”

“你总有个名字吧？”他问我。

我把名字的拼音写在纸上让他看：Qi Hui Hui。

法文中字母“H”不发音，他于是读道：齐微微。

我纠正道：“慧慧。”

他说：“微微。”

我笑起来，他也笑了。

车厢里的广播响起：里昂到了。

回程竟然这么快。

从火车站到我住的地方，徒步要走四十分钟，我们像在火车上一样，大部分时间不说话，偶尔交谈，也只是我问他答，我越来越肆无忌惮起来。

我说：“您看，骑车上学的话，我走这条路，可以快上十分钟左右……您呢？您在哪里念过书？我的同学们没有找到关于丹尼·海格的任何资料。”

“我没有念过大学。”他说。

我有点惊讶，抬头看他，他向我眨眨眼睛：“你在心里瞧不起人呢，你这个商校的好学生。”

“那您可信教？”

我们恰好路过圣约瑟夫大教堂，彩绘玻璃在月光下讲述很多古老的故事，仍有观光客在拍照。他回答我说：“不，你呢？”

“我也不，”我说，“但是有的事情很奇怪。当我全心全意地渴望某个东西的时候，似乎总能得到。从小到大都是如此。”

“哦？你祈祷了吗？”

“并没有。”我说，“我只是想要，从不跟任何人说，然后我就得到了。小时候，我想要一辆紫色的自行车；后来，我想考上一所好中学；后来是想来法国念书。我没有向任何一位神明祈祷过，但是我所想的都实现了。”

我们穿过半条马路，走到街心公园，他忽然停下脚步，认真地对我说：“那你现在想要什么？”

“很多东西，”我说，“但是我不能说出口，因为一旦说出口就不灵验了。”

他笑起来，他有一颗尖利的犬齿，月光下，我又觉得他像是一个好看的吸血鬼。这个想法有点吓到我，我看着他，没有笑：“先生您在嘲笑我，对不对？”

“不，请别误会。只是我觉得很有趣，那是一些有趣的孩子话。”他说，“我还以为自己能扮演长腿叔叔。”

我快到了，我指一指前面说：“那是我住的楼。”

他走过去看门口的牌子：“哦，这是……德拉贝的故居？他仍然会有时造访吗？”

“会的，当我们吃饭的时候他就来，敲着门说‘我好饿’啊。”我说。

他皱着眉头看着我，有点啼笑皆非：“好莱坞电影没什么好作用，专教小孩子吓唬人。”

我看看他，他不止一次说我是小孩子了，可我已经不当小孩子很多年。

“这里很简陋，我的室友也在。我们就在这里道别吧。”我说。

“好的。”

“您是回香贝里，还是留在里昂？”我问。

“我会留在这里。”他说，“已经没有回去的火车了。”

“谢谢您送我回来。”

他的一只手搭在我的肩膀上，轻轻俯下身，吻我的脸颊，道再见。他呼吸间有薄荷的味道，身后是一轮好月亮。

我转身进了那栋老楼，关上大门的一刹那，忽然心跳如擂鼓。究竟发生了什么？我遇见了丹尼·海格；他从香贝里城送我回这里来；一路上，他的目光都停留在我的脸上。

我“噔噔噔”地上楼，我要在这个可爱的梦醒来之前赶快睡去。

谁知道小多在楼上正摆着大阵势：厨房里、餐厅里，还有她自己的房间里，堆满了各种中国香烟，她手里拿着一个小本子在统计：“红塔山两箱，人民大会堂五条，七匹狼软包一箱，硬包六条……”

我看着她：“你在干什么啊？”

“小裴让我给他帮个忙，把一些烟先存放在这里。”她又是那种满不在乎的态度了，“接着，帮我拿到那边去。”

一条烟飞到我手里，我讨厌烟叶子的味道，随手就把它拍在旁边的灶台上，怒气冲冲地问她：“你怎么把这么悬乎的事儿弄到这里来了？”

“这怎么悬乎了？”她瞪着眼睛看着我，“这些东西只存放在这里一天，他后天就拿走，我可没有把它们放在你的房间里，你犯不着这样紧张。”

我没有时间与精力跟她辩论，这个人脑袋里根本没有是非观。我在一摞一摞的香烟盒间找到下脚的位置，一步一步地进了自己的房间，还未关上房门，我又听见小多说：“你的手机没电了吗？你妈的电话打到我这里来了，她让我告诉你，你要的钱她暂时凑不出来，她让我先帮帮你。”

我只觉得一盆冰水“哗”地扣在我的脑袋上，我好长时间一动不动。

小多扔了一沓钱在我旁边：“我就这些了，两千欧元，你拿去急用，记得还我啊。”

我把那沓钱拿起来，在手里小心地感受了一下它的厚度和质感，我走过去，把它放在小多围裙的口袋里。我说：“你……你还是先拿着吧。我的……我的问题不止这些呢。”

她吓了一跳，看着我：“怎么了？你是不是学费交不上了？”

小多她算个朋友，她这时候没再数落我不自量力地念商校了，她拿起电话：“我找小裴想想办法，你要多少？”

我把她的手按住：“我没事儿，你先忙你的吧。我今天去了外地，有点累，我先去睡觉了。”

我轻轻关上房门，和衣躺在床上。与丹尼·海格独处的喜悦转瞬不见，那个好梦忽然消失了，我如今身处一个贫穷的、窘迫的，不能按时缴纳学费，又周身都是中国烟叶味道的噩梦中。

这个噩梦在第二天早上达到高峰。

有人蛮横地敲门，我披上衣服走去外面，看见小多在一地的烟盒中双手叉腰站在那里。

我小声地问：“那是谁啊？”

还未等她回答，来人就在外面说道：“警察。我们怀疑你们与一起香烟走私案有关，请开门协助调查。”

我们怎么会与此“有关”？我们就是案犯啊。所有的罪证堂而皇之地摆在脚底下，警察出这个任务可是省了事儿，连搜查都不用了。

我看看小多，她看看我。谁来把这两个二十来岁的女孩从噩梦中叫醒？

门外的人越拍越急，越拍越狠。我还是绕过小多，走过去，开了一条小缝，外面是四个荷枪实弹的警察，见门打开，其中一个顺手一顶，我们的房门就被打开了。

“秦多方、齐慧慧？”

名字被怪声怪调地叫出来，我点点头。

警察看了看一地的香烟，一扫刚才敲门时的急躁，忽然变得从容，四平八稳地说：“你们二位被怀疑跟一宗香烟走私案有关，请跟我们去警局协助调查。你们可以委托别人进行辩护，也可以自己辩护。你们从现在起说的每一个字都会被视为与本案相关。”

已经出门的小多回头说：“跟她没关系，她只是我的室友。”

我呆呆的，早就没了动静。

我们两个人被四个警察前后看管着下楼，螺旋形的黑色楼梯像是个没有底的深井，我们向下走，越陷越深。

房东在楼下，倚在门边看着我们。

后面的警察催促道：“请走快一点。”

大门外面忽然进来一位西装革履的年轻人，手里拿着一个方形的金色盒子，他与刚刚下楼的我们打了一个照面，身体立时闪到一旁，给被警察簇拥的嫌疑犯让路。

快要出门的时候，我听到那位年轻人提到我的名字，他问房东：“齐慧慧小姐住在几楼？”

我回过头来。

房东努努嘴巴：“喏，就是她。”

年轻人看上去有些失望，他双手把盒子托起来让我看：“能不能把这份礼物收了再走？”

警察的手扣在我的头上向下一按，我就被塞到了警车里。

为了防止串供，我和小多在警察局里被分开了。我被关押在一间不到五平方米的长方形小房间里，没有窗子，门是铁栅栏的，就像动物园里的笼子，挨着墙有一圈长条形的木板，宽不到二十厘米，人坐上去只够支撑半个臀部，那是一个无比尴尬的姿势。

除了我以外，这个房间里还关着两个人：一个白人女孩，年纪不大，画着浓重的黑眼圈，满脸的铜环铁钉。她坐在我对面，双腿交叠，不停地抖动着。另一个是看不出年纪的黑人妇女，戴着花头巾，身体臃肿，身上的气味很重。

我是在送我们来的警车上彻底醒过来的，也不再发呆，此刻脑袋里再清楚不过。只是我从来没有经历过这样的事情，也从没进过任何一个国家的班房，我没有自己的律师，也不知道应该做些什么，我开始回忆自己十九年的人生道路，我究竟做错了什么，导致我现在会在这里？我是不应该来法国，还是不应该念一所好学校？我似乎应该省下学费住一个干净或者安全些的房子，那样也许就不会发生这样的事情？

想着想着，我听见哭声，“呜呜”地从隔壁传来，原来小多就关在旁边。

我站起来，向门口走了几步。我听见她说：“这个该死的小裴……”

我说：“你为什么骂他？”

小多在那边说：“一定是他害我。”

我们两个人隔着墙壁嘀咕，女警官从对面的位子上“噌”地站起来，走到这边来，手压在自己腰间的警棍上，威严地看着我，她的意思很明白：要安静还是要吃家伙？

我也不知道哪里来的那么大的勇气和力量，我双手抓着铁栏杆说：“怎么会是他呢？他是你的男朋友啊！他怎么会害你呢？”

女警官挥着手里的警棍说：“退回去！闭嘴！”

后面那个白人女孩哈哈笑起来，像乌鸦碰到了最好玩的事情。

我看着女警官说：“我渴了。”

她用警棍指着我的鼻子说：“退回去！闭嘴！”

我不知道等了多久，白人女孩被带走了，黑人妇女也走了。我坐在地上，直到感觉肚子疼，倒了三班的警官才过来叫我的名字：“齐慧慧，出来。”

我从里面出来，跟着一个警察穿过长长的阴暗的走廊来到另一个房间，只一张桌子，一面镜子和两把椅了的房间，灯光是暗蓝色的，一个便衣手里拿着卷宗，朝自己的对面一指：“请坐在那里。”

我走过去，坐在那把稍微舒服一些的椅子上。我说：“我渴了。”

便衣倒了一杯凉水给我，我一饮而尽。

便衣说：“有女孩子被利用替人走私，跟我们合作后，陈述了她们知道的所有情况。我们不仅不予以起诉，还为她们安排了就业和上学的机会，有人之后一直奉公守法，直到入了法国国籍。”

我什么都没有说。

他说：“也有人拒不合作，可是做过的事情不能当没有发生过，证据确凿，她们被送进了牢房。”

“……”

“法国电影不好，拍监狱的都是喜剧。其实并非如此，你想去看看吗？”

“你让我说什么？我什么都不知道。”我说。

“说香烟从哪里，经过谁弄来的，说你们是怎样倒卖出去的。说跟这些相关的所有情况。”

“我什么都不知道，我还是口渴。”

我知道无论我痛哭流涕还是歇斯底里地号叫，他都不会相信我与此事毫无关系，我没有必要让他看热闹。

我与便衣僵持了半个小时，直到他接了一个电话，那个电话通话时间不到一分钟，在这个过程当中，他通过镜子打量我，神色有微妙的变化。

没过多久，一位衣着考究、模样体面的先生进来说：“我是齐小姐的律师，从现在开始，她不会回答您的任何问题，由我来为齐小姐办理保释手续。”

便衣没有任何意见。我后来猜测，他的上司已经在刚才的电话里告诉了他应该怎么做。

我在一些律师仔细审核过的文件上签字，然后被带出警察局，走到外面的时候我才发现天已经黑了。

律师先生说：“我的车子就在附近，请等一等，我送您回家。”

我擦了一下额头上的汗水：“我的朋友呢？她怎么办？”

“她的情况有点复杂，因为她直接涉案。不过，我会想办法把她保释出来的。怎么样，齐小姐，您是要回家还是要去吃些东西？我可以载您去。”

"我还不知道您是谁呢。"我说。

"我为海格先生工作。"

其实我刚才猜出了一半，只是我的心情是那样复杂。我眼巴巴地指望着能被营救，却又卑微地希望，那不是丹尼·海格，而是别人，我不想在他的面前那样狼狈。我站在那里好长时间，看着丹尼·海格派来的律师，一动不动。

这时律师先生的电话响了，他接起来说："是的，齐小姐现在在我身边。"然后他对我说："是丹尼，他问您是否愿意同他讲话。"

我把电话接过来，手机拿在手里，鼻子和喉咙都痛起来，许久都说不出话来，哽咽着。过了好一会儿，丹尼·海格在另一边忽然笑了一声，很轻很轻的一声笑，像一对打牌的伙伴，一个出错了，另一个来收拾残局，又安慰又促狭地说一句："哦，瞧瞧你。"

他用可亲的声音说："我本该去接你，可是日内瓦有点急事，不得不离开里昂。"

"嗯。"

"微微，别为你的朋友担心，好好休息。"

"嗯。"

后来不知道过了多久，当我成了丹尼·海格的恋人，当我们在香贝里城那个临着贝尔热湖的房间里缱绻的时候，我平白无故地回忆起这一天的事情，很多细节得以求证。

"你在警察局里有朋友？从上面施加压力保我出来的。是吗？"

"也没有施加什么压力，只是有朋友而已。"他说。

"法国也搞这一套？你凭什么说中国？"

"哦哦，"他指着我的鼻子，"居然在这里等着我？听我说，我们原来并非如此。有法国的公务员去了一趟意大利出差，回来便有了这样的风气。"

我笑起来，他压在我身上，手指插入我的头发里，亲吻我。

"等等，"我说，"我从警察局出来的时候，你真的在日内瓦吗？"

“我在对面的街上。”

“……”

“只是我想，你可能不愿意在那个时候见到我。”

我翻了一个身，背朝着丹尼：“当然不愿意。我一整天都没有洗脸刷牙，头发粘在一起，身上全是汗水味……我那么狼狈，我谁都不想见，我最不能见到你。”

“对这个我倒是无所谓。”他在后面，手轻轻地放在我的腰上，“我只是觉得稀奇，为什么这个孩子每次见到我，每次跟我说话，都是一副要哭出来的样子？”

我把脸埋在被子里笑：“那个时候又傻又小……唉，但你是怎么知道，我在那一天那么倒霉，被人带到警察局去的？”

“让我想一想。哦，是派去送礼物的人回来通风报信。幸亏有他。”

哦，对了，还有那个装在金色盒子里的礼物。

第五章

你为多少女人做过这样的事情

我被丹尼·海格的律师送回了左岸的家。

上楼之前，路过门房，房东太太看到我这么快被放出来，一脸惊诧。

我打了一个呵欠，对她说："您很惊讶是吗？是您报警说我的室友走私香烟的吧？我告诉您，我不是歹徒，否则我一准儿烧了这个老房子。您报警告我恐吓吧，我下一秒钟就能出来，您信不信？我告诉您，我就待在这里，谁也别想赶我走。"

我自己还没有察觉，我已经开始利用丹尼·海格的势力作为倚仗了。

屋子里面一塌糊涂，所有的香烟被清缴，东西被翻了一个底朝天。我在门后面找到一只拖鞋，又在壁橱旁边找到另一只。我把自己房间的灯打开，凌乱的书桌上放着那个金色的方形盒子。

我走过去，把它拿起来，左上角有一张小卡片。我拿过来看，上面用钢笔写着寥寥两个字：Pour toi（致你）。然后是丹尼·海格的名字和一小串电话号码，我看了他的字好久，然后把这张卡片放在被扔在地上的那本汉法字典里，他的照片还夹在那两页的中间：阳光和孤独。

盒子里面会是什么呢？

它大概有一台17寸的手提电脑般大小，略厚，金色的包装摸上去光滑冰凉，是名贵的丝绸，同颜色的缎带打了一个十字结。幽幽的百合花香从里面传出来，有一种神秘的诱惑感。

丹尼·海格会送什么东西给我？

一件礼服？还是一双水晶鞋？一个名贵的手袋？或者一顶王冠？我看过一部电影，一个美国姑娘爱上一个显赫的法国政客，他送她一个爱马仕的红色凯利包，女孩很高兴。她拿着那个包去参加社交活动，马上有人问她："你可是……的新情人？你们现在在一起吗？"

女孩问对方怎么会知道，那人说："他会送每一任女朋友同样的手袋，款式、颜色，分毫不差。看，我的也一模一样。"

我又拿这部电影吓了自己一跳，手里拿着那个金色的盒子，仍未打开。

我说了，那个时候我又小又傻，还有更要不得的一点，我十分骄傲，贫穷且骄傲。尚欠着学费的我爱上丹尼·海格这个掌握着水源的欧洲富翁，这个情人无数的俊美男人，可是我仍然想要跟他平起平坐。我已经得到了他的救助，我不想再要他提供奢侈的礼物。我把金色盒子原封不动地放在那里，然后在床上扒出一个地方，缩成一小团睡觉。

小多是第二天回来的，无限疲惫。她洗了一个澡后便躺在我的床上，不知道从哪里又摸出烟来，狠狠地吸了一口说："但愿我们大难不死，必有后福。"

我在旁边看书，说："放心，会的。"

她吐了一个烟圈问我："救我们出来的是谁？"

"一个朋友。"

"必然有钱有势，"她半坐起来看着我，"你什么时候搭上的？"

"我没搭上。"我把书合上，看着她，"你把小裴交代出去了吗？"

"没有，但是我把他的老板交代出去了，"她说，"你说得对，慧慧，他是我的男朋友，他不会害我的，那我也不能害他。”

“你找到他了吗？”

“早没影了。不过说不定他什么时候又会回来，这也不是他第一次失踪了。哎，我说，”小多看着我笑，“那位新朋友，看看他能不能帮你垫付学费。”

“别再说了。”

你瞧我们俩，就是这样度过了这个九月的第二个周末。那一夜睡得还算踏实，接下来的周一是我交学费的截止日——九月十五日。我梳好头发，穿戴整齐，拿起头盔，夹着我的自行车下楼。我的学费还没有交，但是我上一天课且算一天，我要待到被人赶出来为止。

九月十五日，没有人催缴我的学费。九月十六日，依然没有。九月十七日，我所有的校园卡仍旧好用。九月十八日，统计课进行阶段测试，我得到一份卷子。

我答完题便去了国际中心，费雷先生的助理说他还有别的访客。我正要离开，他开门送客人出来，见到是我，很热情地说：“齐小姐，我能为您做点什么？”

他态度的变化让我想起了之前在警察局的遭遇。我问他是否收到了我的学费，费雷先生把我的学号输入电脑之后，仔细读了一会儿数据，说：“是的，九月十五日上午十点，我们收到了您汇缴的学费。嗯……”他停顿了一会儿，“今年的，还有之后两年的，直到学程结束，您已经交齐了全部的学费。”

我想我知道那是谁的大手笔了。

我看了看对面的费雷先生，他不是一直跟我做戏吗？他一直盯着我在学校空空如也的账户，那里忽然飞入一大笔钱，他还需要输入我的学号，仔细察看了之后再告诉我吗？他像警察一样，也在心里嘲笑我呢。他一定在想，我这笔钱是以哪种不光彩的方式得来的。

我跟他道别，去另一栋楼上课，路过丹尼·海格捐资建造的网络中心，那是一座巨大的透明的建筑，通体的玻璃砖结构，阳光被折射数次，闪花了人的眼睛，那是他的金钱和权势。

我回家后把那个金色盒子拿出来，放在膝盖上，端详了很久。几天过去了，百合花香仍然淡淡地流淌出来，绸子面滑过手指，如水波一样。我还是把它打开，一层一层，缎带，封面，直到里面，是一个黑色的盒子，有范思哲的标志，烫金的美杜莎烙在上面，微微含笑。

果不其然，里面是一条淡绿色的雪纺连衣裙，长度及膝，胸口和后背的设计像是百合花微卷的花瓣。而裙子下面仍有机关，再打开一层盒盖，里面是一双黑色的系带高跟鞋，软绸子的鞋面，缝着层层叠叠细小的钻石，这双鞋子我在杂志上看到过，它是这个大品牌今年秋季的新款，名字叫“夜空”。

多么奢侈又美好的物质，我的手指有些不够用，我把那条绿色的小裙子捧起来，将它贴上脸颊，我从来没有奢望过一件真正的范思哲，此时捧在手里，贴在脸上，谁能有拒绝它的骨气？

我去洗了个澡，然后把裙子和鞋子穿上。裙子的腰身、鞋子的尺码，好像是为我量身定做。我看着镜子里面的自己，手指划过我的锁骨，我觉得那是我，却又不是我。过于美丽，欠缺真实。

第二天上学路过歌剧院，苏菲的大幅舞台照被张贴出来，她是真的光芒四射。

九月二十四日，《蓝丝绒》首演。丹尼·海格曾说过，他会来看苏菲的表演。

我在那一天的下午打通了他的电话，接电话的是他本人。

我说：“日安，我是齐慧慧。”

丹尼·海格说：“日安，微微。”

“我打电话是想问，什么时候可以见您一面？”

“我现在在里昂。”

“我知道，您说过，要在今天来看苏菲的音乐剧。”

“事实上，”他轻轻地咳了一声，“她就在我的对面。”

“代我问她好。”

他说：“何必如此呢？你并不是真的这么想。”

“那么，演出大约十一点结束，歌剧院正门前方有一个阿波罗雕像的喷泉，我去那里等您，好吗？”

“可以，我没有问题。不过，那究竟是为了什么呢？”

“有些话说。”

“那好，不见不散。”

我挂断电话，在秋高气爽的九月天里，我又开始流汗了。

丹尼·海格到的时候，我已经在喷泉旁边等了二十分钟。凉气钻到我的膝盖里，我不太舍得跺脚取暖，只因为鞋子太贵。

他没有迟到，他是准时到的。演出应该尚未结束，他一个人从歌剧院的正门出来，穿过马路，似乎远远看见是我在等他，他加快脚步，小步跑过来。

他真英俊。金色的头发，身上是晚礼服，系一条白色的短围巾，身体颀长，姿态优雅。

我们没有互相问候晚上好，我们只是看着对方。他见我穿着他送的绿色的裙子，过来握住我的双臂，手掌的温度传到我发凉的皮肤上，笑意噙在眉梢眼角，他只说：“真漂亮。”

“我冷。”我说，我真的有点哆嗦。

他闻言，脱下自己的礼服外套，披在我的肩上，在他的双臂绕过我的身体，棱角分明的下颚刚好接近我的眼眉的时候，我伸出双手捧住他的脸颊，轻轻踮起脚，嘴巴贴在他薄薄的嘴唇上。

我亲吻丹尼·海格的念头凭空而来，但那个吻却缠绵漫长。丹尼·海格在半秒钟的错愕后，双手托住我的后脖颈，手环着我的腰，将我稳稳地抱住。

我觉得自己像被托在一个轻轻摇晃的温暖的摇篮里，他的唇在我的唇上辗转厮磨。

稍一分开，他抵着我的额头低声问：“去我那里，好吗？”

我的手还在他的脸颊上，我说：“我的室友出门了，去我那里，好吗？”

他抓起我的手指亲吻：“好的，你说怎样都可以。”

丹尼·海格的司机认识我的房子。我身处他豪华的青色宾利车里滑入夜色中的里昂城，所见的景物竟与平时大不一样：满天星斗，月色妩媚，栗子树的倒影飘荡在亭台轩榭的轮廓里。就连平时湍急的罗纳河的波涛声，当它们传到这高贵的车厢里的时候，也变得那样柔和。

丹尼·海格的手一直握着我的手，当我回头看他，又忍不住倾身上前亲吻他。

我们沿着旋转的楼梯上楼时，我脱了鞋子，他跟在我的身后，伸手抚摸我的脚踝。

我打开房门，带着他进入我的房间。我坐在床沿上看着他，他四处看看，还是有些出乎意料。

我说：“这里很小也很简陋，但这是我的地方，在这里我不害怕。”

他坐在我身边，看着我的眼睛说：“我会小心的。”

丹尼·海格送的裙子被丹尼·海格脱掉，我的身体第一次裸露在一个男人面前，他在上面一处一处地点火。

月色穿过窗子，在地上拉长时间和光影。

我在对面的镜子里看见趴在我胸前的丹尼·海格，他金色的头发、后背的曲线，这是另一个定格在我心里的画面。每当我安静地在回忆中翻阅它，便仿佛又看到了里昂九月的夜晚，嗅到了丹尼·海格的体味，还有我自己血液的腥气。

他的手指上沾着我的血，抬起来，仔细看。

我说：“您不应该觉得惊讶吧？我的事情您还有多少不知道呢？”

他闻言没动，抬头看着我。

“我是个穷学生，打了好几份工，欠学校一大笔的学费，住左岸九平方米的小房间，几天前还因为这里摆满了走私来的香烟被送到警察局去，是您救我出来的。您还帮我交学费，又送我漂亮的裙子和鞋子。”

我本该说些感谢的话，可是我控制不住自己的腔调，越说越慢，越说越僵硬。

他慢慢坐起来，在床边上，背朝向我。他的脊背就像青铜雕像，让人那么想要抚摸和亲吻。

我转过身，脸朝向另一边。

丹尼·海格说：“要是我做了什么事情让你觉得尴尬或者不舒服，请你谅解。我是好意，只想帮忙。”

“您当然是好意，我感激不尽，我连思考是否拒绝的余地都没有。只是有那么多的事情，就算我要自己承担恶果，我也不想让您知道，我特别不想让您知道。”

丹尼·海格离开我的床，开始穿衣服，他的动作很轻。

我依旧背对着他，咬着自己的手指，被子很薄，可是我的汗水又流下来了。

他应该是穿戴好了，在我后面说：“转过来，微微，回答我几句话。”

我坐起来，面向他，捋了一下头发，将被子挡在胸前，没有看他。

丹尼·海格说：“抬头。”

我抬头看他一眼，头刚要垂下来，就被他的手指托住下巴：“你在法国待了三年了，有没有人教你一些起码的礼仪？比如当有男士想帮你提一个箱子，你就让他做，拒绝很不礼貌，自己也吃苦头，你懂吗？”

“是的。”

“你今天跟我这样是干什么？是来补偿我帮你做的事情还是我帮你交的学费？”

"……"

他一句话便让我哽咽，什么话都说不出来了。我是真的又小又傻，有些该说的话怎么也说不出口：若一个年轻女孩不爱你，她为什么要打扮得漂漂亮亮把自己的第一次给你?

只是我也想要他爱上我，我不愿意在他面前那样狼狈，我不愿意接受他的施舍，更不愿意他像对待每一任恋人那样送我名贵却没有感情的礼物。

只是我什么都说不出来，这些话郁结在心头，翻江倒海，揪得我内脏疼。

我的眼泪顺着脸颊流到他的手指上。

他严肃的目光和面孔在我泪流满面的那一刻有了些许缓和。

可是我接下来的话却把事情闹到不可挽回的地步，我说："你为多少女人做过这样的事情？"

他的手放下来，看看我，忽然笑起来，笑得很温柔也很宽容，他笑过之后打开门，离开时对我说："那是我自己的事。"

第六章

微微，我不走。你不走，我就不走

九月的这个傍晚，在我将自己交给丹尼·海格之后，他拂袖而去。

奇怪的是，当我面对他的时候，没来由地那么多的委屈和眼泪。可他一离开，我就再没有眼泪了，眼睛反而很干燥。我从床上起来，换了床单和被套。除了睡觉，我不知道日子该怎么打发，于是吃了一粒小多的安眠药。睡到傍晚，我醒了，又再吃了一粒。我再醒过来，是被小多掐着人中给弄醒的。我的鼻子下面被她掐得生疼，挣扎着坐起来。我发现自己的脸上、脖子上都是脏兮兮的秽物，小多的手上也是。

我抹了一把："你干什么啊？"

她看着我说："你闹自杀啊？你不要吃我的安眠药啊。我刚从局子里出来，你不知道啊？"

原来我睡觉的时候吐了，把自己身上、床上都弄得很脏。

小多帮我打扫的时候发现我之前换下来的床单和被套，她愣了一下，喃喃道："难怪我觉得似乎有男人味。"

我说："对不住哦，趁你不在，堕落了。"

她搂着我的肩膀说：“对不住什么啊？不过你怎么这么不高兴？感觉不好，是不是？”

我摇了摇头。

小多给我一支烟，我没要，她说：“都是大姑娘了，还差这一支烟？”

我想了想接过来，吸一口，又苦又涩又冲额头。我皱了皱眉头想要还给她，小多推回来，对我说：“我告诉你，这东西刚开始的时候感觉都不好，都不喜欢，到后来啊，离都离不开。”

我说：“你说什么啊？”、

她笑一笑，看着我的眼睛说：“你说我说什么啊？”

从九月末到十二月初，我都没有再见到丹尼·海格。

我仍在家乐福做盘点工作，海格水又出了蓝色半透明包装的负离子水系列，有抗氧化、抗疲劳、延缓衰老的功效，只是越来越贵，卖到了四欧元。四欧元的海格和一欧元半的怡云，都是用来喝的，如果是你，你选择哪一种？但是海格水的销量仍是同类饮用水中的翘楚。

十月底发生的一件大事是，我母亲从中国寄来了我跟她要的那一万欧元。

我打电话想要谢谢她，几句话之后，她问我：“你想不想跟冯叔说话？是冯叔拿的钱。”

我不想就可以不跟继父说话吗？

我向我母亲的丈夫表示万分的感谢，听他的训导，要我好好学习，更上一层楼。末了他对我说：“一个人出门在外，要学会自己照顾自己。处理问题要更加成熟，不要让你妈妈担心。”

我在电话这端点头说：“嗯，我会的。再有事情，我会自己处理，不麻烦您跟我妈。”

他笑了，我也陪着他笑起来。放下电话，我的肩膀就垮了下来。

我仍迫切地需要这笔钱，比从前更加需要，因为我要还给丹尼·海格。加上银行的存款，除去少量的生活费和房租，我恰好有一年的学费。我开了一张支票，将它寄去位于香贝里城的海格公司。

几天之后，我接到了他秘书打来的电话。

那是一位声音悦耳的中年女士，她收到了这张寄给海格先生的支票，可是随信没有任何说明，她因此联系我，想知道该怎样向海格先生解释。

我说："我是在里昂高等商专念书的中国学生齐，海格先生曾经慷慨地帮我垫付学费，只是我现在没有足够的钱，支票上的只是我还给他的一部分。"

我说话，可以听见她在记录，钢笔擦过白纸，沙沙地响。

她说："明白了，我一定会转达给海格先生的。"

我快要放下电话时，又问她："嗯，我不知道，您是否能够……嗯，您是否能够告诉我，海格先生现在在哪里呢？"

那位女士沉吟片刻，说道："我可以告诉您，海格先生现在不在法国，他在纽约处理公事。"

"谢谢您，再见。"

"再见。"

天气渐渐凉了，我买了一件新的风衣，每天仍然骑车上学，头盔也换了一个粉色的。我有时候学习到深夜会吸两支烟，然后揉揉红红的眼睛，继续挑灯夜战。功夫不负有心人，我每次考试每篇论文的成绩在班里都排在前面。我把大大小小的成绩单都积攒起来，然后就有了一个新毛病：我喜欢把它们放在手里，一页一页地看，像守财奴稀罕自己的存折一样。

小多洗完头发，包着一条大毛巾看着我，大惊小怪地说："天哪，这个女人念商校念疯了，她走火入魔了。"

最近她换了一个喜欢她鬈发的新男友，那个神通广大的小裴自上次的那件事情之后就再也不见踪影。

我这个无趣的人偶尔也会有有趣的爱好。我很喜欢看动画片，宫崎骏的作品是最爱。十二月初，电影院重新上映宫崎骏的《千与千寻》，我买了爆米花去看，灯光一灭，也欢喜起来。

宫崎骏是一位喜欢水的艺术家，他在自己无数的电影当中歌颂这个元素。千寻去寻找善良的巫婆，乘坐木头火车，火车的轨道在海水中，水很浅也很清澈，火车缓缓前行，破开层层叠叠的小白浪——那是我小时候梦到过的情景。

电影院的另一个厅里有日本动画片和漫画书的展览，地毯铺得很厚实，还给赖在那里不走的小孩儿准备了香喷喷的小枕头。我看完了《千与千寻》，就在那里捧着书看，消磨了一天的时光。我先是站着，然后坐着，后来我在靠窗有阳光的位置上盘踞了一小块地方，垫了一个枕头在脖子下面，心安理得地跟小孩子们一起凑热闹，后来竟然睡着了。

直到我被人叫醒，睁开眼睛，是个穿着蓝色兔子衣服的小朋友，个头不到我的腰，手里拿着一张卡片奶声奶气地对我说："圣诞快到了，有什么愿望，写在这上面，会实现的。"

我看了看那张卡片："真的吗？"

蓝兔子点头："真的啊。"

"那你自己许了什么愿？"

"我想让爸爸把朱利安家里新生的小狗抱回来一只给我养。"

"成了吗？"

"会成的。"

"……"

"写吧，写吧。"一只胖乎乎的手从那身兔子服的袖口里伸出来把笔递给我，盛情邀请着。

我接过他递来的纸片和笔，仔细想了想，然后写道：我想见一个人。

他认字还不全，我这个外国人便解释给他听，蓝兔子问："他的名字呢？"

我写在后面：丹尼·海格。

蓝兔子很高兴："你的愿望一定会实现的，夫人，请给一欧元。"

我啼笑皆非："我把秘密告诉了你，应该是你给我才对。"

他把兔子头套拿下来，不到五六岁的年纪，但是脸上十分严肃："这可是为了失学的尼泊尔裔法国人捐款啊。"

是啊，圣诞节了，到处都有人在找礼物，送礼物，为认识的人，为陌生人。

我们学校在圣诞节放假前也组织了为孤儿院捐款的义卖活动。老师和学生捐出书籍和大大小小的玩意儿，然后分成几支小队在里昂的街头练摊。我被分配到莲花广场一带，摊上的货品有八十年代的尼康相机、一套一九八四年版的法文《古拉格群岛》，还有一条八成新的羊毛围巾等。

这天下午有零下五摄氏度，我穿了很多，围巾围住大半张脸，只露出眼睛。同组的两个法国男孩刚开始还很兴奋很热情，可是我们的东西乏人问津，没过一会儿，他们也冷淡下来，开始商量过一会儿去哪里用晚餐。

"慧慧，什么餐厅？你有什么意见？等一下我请客。"其中一个叫达米安的男孩说。

我笑了笑："那我要好好想想，咱们先把这些东西卖掉了再说吧。"

达米安说："不会卖掉的，我们只要等到收工的时间就好了。"

他扔了一支烟给我，我信手接住，衔在嘴上，另一个男孩离得近，刚要过来帮我点着香烟，就有人在小摊床的对面说："这对泥偶，请问我能不能看一看？"

男同学的打火机冒出火苗，可是我的香烟却没有被点燃，因为我转过头去，看见了被蓝兔子实现的愿望——丹尼·海格站在那里。

他穿着一件驼色的半长风衣，里面是白色毛衣的高领子，他脸色红润，嘴边总带些微笑，只是他蓝色的眼睛此时没有看我，而是在看一对装在盒子里的玩偶。

我把那个盒子拿给他，然后说："这是教授从埃及带回来的泥偶，一组两个，卖三十欧元。"

丹尼·海格把泥偶拿在手里，仔细看了看，然后递到我的面前对我说："可是你看这里，这个泥偶的颈子上有一道裂纹，能不能便宜一点呢？"

我看看他，他居然讨价还价？我说："如果您喜欢的话，就二十五欧元吧，不可以再便宜了，这是为孤儿院筹集的善款。"

他点头付款，我把泥偶包起来给他，我的手上还夹着刚才的香烟，他这时才看着我说："你跟什么人学了吸烟呢？"

我看着他，面无表情地说："那是我自己的事情。"

这么明显的不满和报复几乎又要把丹尼·海格给逗笑，他问我："你几时下班？"

我摇头："要很久的。"

"我在这里等，我有话对你说。"

他说到做到，拿着泥偶就在我们广场对面的长椅上坐下来。我看着他，然后转过身，觉得自己的心肠变得像冬天里的木头一样，又脆又硬。谁知道丹尼·海格带来了生意，在他买了那对泥偶之后，尼康相机被一位老妇人买走了，她同时还要了两盆盆景；几本旧版的俄国书被一对夫妻买下来，那女人因为发现了《古拉格群岛》而大呼小叫的；那条羊毛围巾虽然旧了，却是正宗的香奈儿，我们标价是五十欧元，一位穿着邮政制服的女士踌躇很久还是买了下来。

所有的生意好像是一股脑来的，我们三个人连解释带收钱找钱，很是手忙脚乱了一阵。待稍稍安静了，我才转过身去，看那边的丹尼·海格。他手里拿着一杯热咖啡，安静地在读一份报纸。咖啡的热气和他呼出的气息模糊了他侧脸的轮廓，他看上去有一点不真实，像一个久违的童话里的人物。

男同学在商量要把剩下的两盆盆景放在谁的车子里改天再带回学校去，我的自行车停在旁边，收拾停当后跟他们道别，要请客的达米安笑起来：“是不是那个人约了你？放我们鸽子啊！”

我没跟他们理论，推着车子穿过广场，走到丹尼·海格的身边，我说：“您等到这个时候，是要跟我说什么？”

他仍坐在那里，没有马上回答，抬头看着我说：“我饿了，我们找个地方吃饭吧。”

我没有拒绝，无论如何，我还是想多跟他待一会儿的。跟着他走了不远，我们进了一家名为“金瓯”的餐厅。点菜的时候，我很需要他的意见，因为有很多字我都不认识，比如小羊肩、松露、茄子丁，还有山莓红酒点心（天知道那怎么会是一个字）。我的衣着穿戴跟这个用厚实的亚麻布料当餐布，四处都用白色鲜花装点的高级餐厅也实在是格格不入。人们在不属于他的环境总是拘谨而不舒服，我一直用手托着下巴，看着窗子外面庆贺着圣诞快乐的街灯和绿色的喷泉水倒映着某个路易的铜像。

开胃饮料送上来，丹尼·海格点的是一杯鸡尾酒，我要的是一杯杏子汁。

他饮了一口酒才对我说：“我总在想，是不是我真的做错了什么事情？我想要帮忙，却让你过得更累……我收到了你寄来的支票，那些钱你是怎么弄到的？”

“我有一些积蓄，”我说，“此外，我的母亲从她现在的丈夫那里给我讨要了今年的学费。我凑了凑，先还您一年的学费。”

“你的继父很慷慨。”他说。

“他很有钱，在中国是富人。”

“所以，”他倾身向前，双肘支在餐桌上，看着我，“所以你宁愿从你的继父那里要钱，也要还给我，是吗？”

“是的。”没错，这就是实情。

“那我很荣幸。”他这样说，但脸上毫无笑容。

头盘上来，年轻的侍者为我们折好餐巾，丹尼·海格点的雪梨鹅肝，我点的海鲜沙拉。大西洋的虾子又厚实又软嫩，煮成粉红色，涂抹了浅绿柠檬汁，鲜美可口。

“你最近过得好吗？”他问。

“一切照旧，都还不错的。”我说。

他将一块垫着雪梨的鹅肝放在口中，然后用餐巾印了印嘴唇：“之前，你提了一个问题给我，你问我为多少个女人做那些事情。我想你可真是无礼，居然问出这个问题。可是后来我一直在想着这个问题。今天我告诉你答案，很多人，很多人都曾经收到过我的礼物，小到鲜花水果，大到宝石房子或者游船，但是没有人想过要偿还。除了你，微微。”

“……”

“其实原来我都不太在意，因为如果礼物送得漫不经心，随心所欲，也就不那么在乎收到的人是否喜欢，或者她拿什么来回馈，但是你不一样，微微，”他又是那样喊我的名字，“我总是不得不去想，你会拿些什么来还给我。”

我用什么还给他？用我继父给我的那卑微的尊严，还有我的第一个夜晚。

“但是，我一点都不感激，”丹尼·海格说，“一点都不。我说我觉得荣幸，其实我困扰万分，你的所作所为让我觉得亏欠。你太骄傲了，微微。”他的身体靠在椅背上，看着我，一字一字地说，“你自己累不累？”

我早就跟自己说过，再见到丹尼·海格，再不要流眼泪了，可是他的话让我的辛酸和委屈一下子都涌上心头和眼眶。我也想做一个讨人喜欢的甜美的女孩；我想要心里轻松并姿态优雅地接受他慷慨的馈赠；我想要赞美他温柔迷人的蓝眼睛；我也想跟他说，他今天下午在广场的另一端等我，还有现在跟我共进晚餐是多么让我愉快。可我就是说不出来。

这些忧愁和思绪突然爆发，他们像是潮水一样一浪高过一浪。我勉强压抑着自己，我看着他的眼睛，慢慢地说：“那我真是抱歉，先生。我不知道会这样。我就是这样让人不舒服。您告诉我，怎样做才能得体又让人愉快呢？其他人是怎么做的？先生的女朋友们是怎样做的？苏菲她又是怎么做的？”

我的眼泪还是夺眶而出，我抹了一把眼睛，伸手抓起自己的背包，我不等丹尼·海格反应过来便夺路而逃，眼前的一切被泪水淹没，光线、声响、人的身影、厚实的墙壁、食物的味道……我冲出那间豪华餐厅的大门，十二月冰冷而潮湿的空气忽然扑了满面，我打着寒战缩紧了肩膀。我的家呢？我怎么连个家都没有？

我在门口找到我的自行车，还没有扶稳就一下子跳上去，快速蹬了几下，想要冲过马路。忽然，四周车笛声大作，两辆车子在离我几厘米的地方紧急刹车。我想要再蹬一下逃离是非之地，谁知下一秒钟车子横着滑倒，我像片破树叶一样被抛起，又仰面躺倒在冰冷的马路上。

里昂城阴沉了一天，此时终于开始下雪了。

一个坏心眼的神仙路过，看准了时间让我出丑。

我闭上眼睛，任大大小小的雪花洒在我的脸上和身上。让它们下吧，把我埋起来最好，我再就也不用醒过来，再也不用爬起来，再也不用上学、考试、打工，再也不会爱上一个人，再也不会掉眼泪了。好好下吧。

可是有人就是不让你的心愿得逞。一只温暖干燥的手把我脸上的雪轻轻地拂掉，我睁开眼睛，身边都是围观我这个疯女孩的老外。最近的一张是张熟脸孔，金头发、蓝眼睛，似笑非笑。

丹尼·海格慢慢把我扶起来，圈在一侧手臂里，另一只手继续拂掉我头发上和肩膀上的雪花，似责怪又像在逗趣：“脾气也太大了，我还没有说完话，你就走了。”

我摇着头，哽咽半晌，用尽了最后的勇气握住他的手：“我……因为，我……因为我怕你先走……”

雪花纷纷扬扬的天地里，丹尼·海格看了我好久，那眼光有些陌生，有些不解，更多的是惊讶和震动，然后他把我揽进他温暖的怀抱里，慢慢地说："微微，我不走。你不走，我就不走。"

第七章

就是要有一个懒散的姿态，
才能挑选到最好的东西

我即将二十岁的那一年圣诞，成了丹尼·海格的新一任女朋友。

时光流转到今天，我再回忆起那段最初与丹尼·海格相处的时光，有一些具体的事情或者细节可能都淡忘了，但我清楚地记得自己那时的心情，像吃到夏天的第一颗樱桃，甜蜜，幸福，兴奋，甚至面对他的时候也会想念。虽然内心有隐隐的不安和对不可知的未来的担心，但是所有负面的思想和预感都被从未有过的热爱所覆盖。

我是真的恋爱过的。

香贝里城杜露大街十五号是他的家，是栋位于半山腰的四层楼房。庭院里种着高大的胡桃树，房子的地下室是丹尼·海格的木工房。他会在那里把采集并处理好的木料做成桌子、椅子、蜡烛台或者人像，我收到的圣诞礼物是一把木梳，上面用花体字镌刻着我的名字。

他送给我的时候包在一个纸包里，我们正在看蒙特卡洛电视台的圣诞晚会。老王子理查德·克莱德曼在演奏一首抒情小曲，壁炉里的火烧得旺旺的，淡淡的松香味道有时跳脱了烟囱飘到房间里来，他放在里面烤的栗子壳裂了，噼噼啪啪作响。

丹尼·海格坐在后面的沙发上拿了那个纸包给我，我摸了半天也不知道是什么，回头看看他："什么礼物啊？"

"打开看吧，打开看就知道了。"

我将那把梳子放在手里，看一看，闻一闻，喜欢了半天，忽然抬起头来问他："做得这么精美，连边都磨平滑了，不是你买了，然后再把我的名字刻在上面的？"

他一句话都没有反驳，从沙发上起来去拿烤好的栗子。我看着他面对着壁炉，背朝着我，鼓鼓捣捣一会儿，忽然一回头，我眼前一花，额头就中招了，我"哎呀"一声，疼得够呛，拿起来看，是剥好了的一颗白胖的栗子，丹尼·海格笑起来："再敢疑神疑鬼的，我下次就烤苹果。"

我把那颗栗子放到嘴里，边吃边说："我是在奉承你呢，还打我。做得这么漂亮，谁能想到是你的手笔？"

"等我再干活儿的时候，你去看看就能想到了。"他给自己剥了一颗栗子说。

那个圣诞节，我们大部分时间都消磨在他的木工房里。我拿着一本书、一杯酒坐在一张铺着白毛毯的圆椅子上，读一会儿书就抬头看他一会儿。看他把大块小块的木料灵巧地切割、镶嵌、粘连；看他用大拇指抚摸一块水曲柳的纹理，"啧啧"称赞。冬日的暖阳从高处的小窗流泻下来，光柱中飞舞着亿万颗尘埃和木屑，丹尼·海格做出漂亮的高脚椅子，然后精心细致地刷上七层无味的油漆，最后用黄色的颜料写上我的名字：Qi Hui Hui。

他读道："齐微微。"

我再也不纠正了，随他的便吧。

我是在贝尔热湖旁边的栈桥上问起他怎么会做木工活儿的，我们两个各自穿着厚实的毛衣和棉袄，裹着一条毛毯。他手里是一根老长的鱼竿，太阳渐渐从小猫牙山后面升起，湖面的晨雾被吹散，红色的浮子在圆形的水波里轻微地漂动。

“那可是个太长的故事。”丹尼·海格说，“我也算是个老男人了，很多事情究其来源都是历史，你要上历史课吗？说起来，小家伙，你有什么爱好没有？除了念书和疑心？”

我从他的肩膀上抬起头来：“我什么时候疑心了？”

他勾起一边的嘴角笑，那意思是在说：这还用问吗？

我咬了咬自己的嘴唇，这个话题我纠缠不起。我靠近他一点，把毯子拽一拽，裹得更紧了，我小声说：“我喜欢看动画片，我喜欢宫崎骏，Miyazaki。”

丹尼·海格点点头：“嗯，好啊，好成熟的品位啊。”

我啼笑皆非，这句是好话还是讽刺？忽然，有大鱼咬钩了，红浮子沉得不见踪影。丹尼·海格一下子站起来，线轴转得飞快，他的脸上满是兴奋，大声地对我说：“快，微微，去拿网兜，那个大的，这是个大家伙！”

我扔下毯子，“噔噔噔”地跑过栈桥去湖边拿拴着长杆的大网兜。丹尼·海格一会儿放线一会儿提竿，与那只不肯就范的大鱼搏斗。他大声地吆喝，咬着牙笑，太阳在他的背后升起来，把他高大的身体镌刻在红色的光影中。

他对着我说：“来了，来了，快过来！”

我又紧张又兴奋，手心里面全是汗：“准备好了！你收线我就捞得到。”

他忽然提竿，一条有我小臂那么长的粉色鳟鱼在一湖的波光中摇着尾巴被他提了上来。我眼明手快，一甩长杆，一下子就用网兜将鱼逮住了。我在栈桥上又跳又叫，他放下鱼竿，一只手接过我手里的长杆，另一只手把我搂过去亲我的额头。

“漂亮，真漂亮！”丹尼·海格把不停翻滚的大鱼扔到栈桥上，摩拳擦掌地问我，“怎么吃？”

“……”

“用苹果木烤还是煎？”

我凑过去抬头问他：“你们外国人钓了鱼之后不是放生的吗？”

他一愣，看着我：“这个‘外国人’包不包括早上只吃了两片面包、一片咸肉，等了两个小时才钓上来一条食用鱼的我？”

我双手合十，诚心诚意地低头求他：“海格老爷，求您放了这个可怜的大家伙吧。一来它长这么大不容易，二来它长这么大也不好吃了。”

他笑起来，捏着我的下巴亲我：“行啊，就依你说的办吧。不过我得在尾巴上刻上几个字才行。”

“不会又是Qi Hui Hui吧？”我推开他的肩膀问。

“这么聪明，送些什么奖励你？”

“我啥也不要哩！你快把鱼放了吧！”

他提着大鱼的嘴巴，小臂一扬，它在空中摇头摆尾地翻了一个筋斗，然后一头钻进湖水中。我在那一刹那从后面抱住他的腰，脸和嘴巴贴在他宽阔的脊背上。我的声音从他的身体传到他的耳朵里，虽然闷声闷气的，但是没有一点浪费在空气中。我说：“丹尼·海格，我要告诉你我现在最大的愿望。”

他说：“你不怕说出来愿望会落空吗？”

“我说法文，中国神仙听不懂的。”

“那你请说，我听着呢。”

“时间停止，或者我现在就死。”

“为什么？”

“太幸福。”

圣诞节的贝尔热湖，冬天里的栈桥上，清晨出来集会的鸟儿都停止了鸣叫，那么安静，那么安静。他把手覆在我的手上：“微微，再也不要说那样的话，世界这么精彩热闹，你才见了多少？”

这世界一多半的精彩和热闹在丹尼·海格的身体上。

我开始学习一个男人的身体。他的骨骼、温度、气息，他肩膀和腰部的肌肉，他身上的毛发，还有他的器官。他的头发是金色的，眉毛和腋下的毛发是栗色的，胸口的颜色最重。他本来白色的身体晒成了金棕色，后背上有几颗痣。他浑身都是劲瘦有力的肌肉，我最爱他的手臂和臀部，流线形状。他有时裸身在月光中穿过房间去给我拿放在窗边的冷水，我迷迷糊糊地想，他可能是一条矫健有力的海豚化为的人形。我一直弄不清楚的是，他怎么总会有一点薄荷的味道，唇齿间、皮肤上，像是多重的香水，在咸滋滋的身体味道之后，也有一层淡淡的、清凉的薄荷味道。

女孩为她的第一个恋人不可救药地着迷，身体、手指连眼神都泄露着狂热的爱情。我有时趁他熟睡的时候偷偷看他，轻轻地抚摸，从额头，到耳朵，直到他的踝骨，心里还在想，原来是这样的，原来一个男人是这样的，丹尼·海格是这样的。

忽然，我被他抓住了手腕。他像拉动电阀门一样抬高我的手臂，直到头顶，他在重重叠叠的白色被子中看着我："你不睡觉在胡闹什么？"

"我原来有个问题，现在自己解决了。"

他低声笑："什么问题？怎么解决了？"

"为什么冬天再冷你都只穿一条裤子——你啊，"我的脚在他的腿上滑一滑，"你的体毛那么浓密，根本就是等于穿了一条毛裤，真让人羡慕啊。"

"夏天还隔热呢，你不知道吧？"

"那敢情好。"

"也有麻烦。"他松开我的手，脸埋在枕头上跟我说。

"什么啊？"

"掉得也多，天气干的时候有静电。"

我哈哈笑起来。

他倾身过来吻我，很久才离开，借着月光，他自上而下地凝视我的脸，手指按在我下巴中间的地方："这里有个小坑，这是我的，得有个名字才行。"

"这是个给女孩带来好运的小涡，"我说，"可是我不知道名字。"

"让我想一想，"他眯着眼睛思考了一会儿，"叫博斯普鲁斯海峡吧，从此以后这是我的博斯普鲁斯海峡。"

"可有典故？"

"那上面满是旋涡，过往的船只必须小心翼翼，否则就会被拽到旋涡里，永不超生。就像我这样。"他说完又低头亲吻我，我只觉得有无数只蝴蝶拍打开翅膀从我的心里轻快地飞到房间上方那震动的空气中。

圣诞节后是新年，总共有两个礼拜的假期。丹尼·海格不用处理公事，我也不用上学。有天早上我还没起床，他拿着报纸进来，一下一下地拍我的脸。

我睁开眼睛，慢慢爬起来："请你去找别的东西玩，让我再睡一会儿。"

"这样还睡得着？我服了你了，今天发生了多少大事儿，你知道吗？"

"床不塌我就想再多待一会儿。"

我又要倒下去，被他揽住脖子，《世界报》明晃晃地放在眼前，听他说："昨晚，全法国怪事连连：政府宣布从三月份开始削减石油行业的国家补助；该死的美国军舰造访波尔多；有数据表明，自一九七九年以来，有百分之五的修女在四十岁之后还俗……"

我跟丹尼·海格作揖："你说的生词太多了，我一个没懂。早上我想吃煎蛋，请你通知管家让厨子做。谢谢。我再睡一会儿。"

他最后加上一句："Miyazaki十二月三十一日在卢浮宫开作品回顾展。"

我糨糊一样的脑袋里面狠狠地精神了一下，伸出双手抓住他的前襟："今天是几号？"

"三十一号。"

"我们能赶去看的，对不对，丹尼？否则，你不会叫我起床的，对不对，丹尼？我什么都不喜欢就只喜欢宫崎骏一个，你一定能带我去看的，对不对，丹尼？”

“听我说，微微，我们这么做：我现在叫管家吩咐厨子做煎蛋。除了煎蛋，你还要什么？”

“大米粥和草莓。”

“好，大米粥和草莓。这段时间之内，你洗漱换衣服。你得多穿一点，巴黎今天零下五摄氏度。我们大约在四十分钟之后出发，去私人机场，飞机已经在那里等我们了。那么，”他看了看自己手腕上的手表，“我们应该在上午十一点半左右降落在巴黎的德方斯区，找间小餐馆用一些简单的午饭，下午两点钟到达卢浮宫，正好赶上开幕，你觉得怎么样？”

我忙不迭地点头：“全能的海格老爷，我还有一个要求，你能弄到Miyazaki的签名照吗？能让我跟他说上几句话就更好了。”

他眨了眨那漂亮的蓝眼睛：“让我想想办法，朋友们总认识些别的朋友。”

那一天过得像做梦一样。我一直都保存着跟宫崎骏的合影。他是个文雅而勤奋的日本人，白头发和黑胡须修饰得很漂亮，戴着黑框眼镜，后面是一双聪明而年轻的眼睛。他亲切地跟我握手感谢我的关注，我的头发披在肩上，仍然穿着我自己的条纹毛衣和牛仔裤。照相的那一瞬间，我诚惶诚恐地瞪大了眼睛，笑容要多僵硬就有多僵硬，手想要比画一个“V”未遂，现在看都忍不住笑自己。

他是漫画界的在世毕加索，莅临巴黎，全城荣幸。卢浮宫那天人多得像麦加圣地，我看到大大小小的招贴标语和玩偶，他的粉丝们扮成千寻、红猪侠、龙猫，他们叫他的名字：Miyazaki，Miyazaki……我却被丹尼·海格从另一个入口带入会场，在高高的檐廊里七拐八拐，忽然前面有人叫他：“海格先生！”

他向那个人招手，然后把我领到前面去：“雅克你好，这就是我说的那个一定要见到Miyazaki的小朋友。”

那个雅克握住我的手：“您好，小姐，您会说日语吗？”

我摇摇头。

“那么等会儿由我来翻译。”

丹尼·海格谢过他后对我说：“微微，我就在这里等你。”

然后我被雅克领进宫崎骏的休息室，看见他正在接受采访。日方的工作人员上前来询问，雅克拿出证件说：“您好，我是法国文化部的……”

有了这个后门，我得以像记者一样跟大师面对面。我握着他的手激动了半天才说：“我……我看过您制作的所有的动画电影。”

雅克翻译给他听，他笑着问我：“肯定有最喜欢的吧？”

“都喜欢，”我说，“真的都喜欢。如果说一定有偏爱，那就是您动画片里的水，江河湖海，凡是有水的画面，我都喜欢。”

他听了这句话，把烟斗从嘴巴里拿出来，有点将我与其他的崇拜者区分开来的意思，带着点日本人特有的神经质说：“水是这个世界上最神奇的东西，所有的水都是连在一起的。江河湖海，云朵雨露，人的眼泪和心血，都是连在一起的，从这里消失了，从那里再蒸腾出来。所以水是神圣的物质，它有着神秘而且巨大的力量。”

我不住地点头，像小鸡啄米，直到工作人员上来催促大师，活动要开始了，雅克眼明手快地帮我们拍了前面说的那张照片。

我兴奋不已地把宫崎骏的话说给丹尼·海格听，我说：“看，丹尼，你跟这个动画大师之间是有共同点的，你们都热爱水。”

我们从卢浮宫出来，穿过杜乐里花园，走在香榭大道上，手里各自拿了一杯热可可。五点钟不到，日头开始下落，沿着远处凯旋门的高顶斜洒下来一层淡淡的橘色光晕。丹尼·海格喝了一口热可可：“谁说我热爱水了？”

我看看他的侧脸，他微蹙着眉，是一个高深莫测的表情。我笑起来：“你是个做饮用水的大老板，你有欧洲最好的水源，别告诉我你并不把它当一回事儿。”

“嗯……”他略沉吟，“听你这样一说，我好像确实应该感激。不过微微，水就是水，从天上掉下来，从地上某处冒出来，有人喝，我把它装到瓶子里卖。仅此而已。绝对不能夸张成什么有魔力的东西，并不值得。”

“你把一瓶饮用水卖到四欧元，现在告诉我它其实什么都不是，丹尼·海格，你说的这句话可别让你的对手听见，否则一定要大做文章。”

他哈哈笑起来，转过身把我搂在怀里，拇指按在博斯普鲁斯海峡上抬起我的下巴：“你这个小坏蛋，你是在跟我辩论啊？”

我双手抓着他的围巾，蹙着眉说：“你不服我偶像就不行。”

丹尼·海格捧着我的脑袋，旁若无人地亲吻我。

我们在巴黎逗留了三天，住在他在歌剧院附近的一所房子里。我最爱这所房子的地毯，纯白色的，特别厚实，光着脚踩上去，长毛能把脚面都给盖住。我拿着一杯水从这个房间走到那个房间，有时还特意停下来想一想，只为了体会那柔软的皮毛与脚底接触的感觉。我们游览城市，吃精美的食物，约见他的朋友们，但是天刚黑就回家。

我身上一直是我的条纹毛衣、牛仔裤和短风衣，每天晚上女佣会把它们洗好熨平了，让我第二天穿。无论我们是看电影还是听歌剧，或者在邂逅了部长的餐厅吃饭，丹尼·海格从来没有要求我换一身衣服。

我暗地里想，我上次连哭带闹一定给了他不小的教训，我的敏感变成了他的敏感，他再也不敢轻易送我礼物。我对此倒是挺得意的，至少我与别人不一样。我轻视他的钱。

我那时候那么小那么傻，以为拒绝了他送的衣服，就可以标榜自己爱情的纯粹，就多么有骨气，全然忘了丹尼·海格用私人飞机载着我从香贝里专程来巴黎看宫崎骏，我最喜欢吃的干脆牛肝菌，还有我最喜爱的那块可以覆盖到脚面的白色羊毛地毯，哪一样不是用他的财富买来的？

这种情形开始有些改变是在我们快要离开巴黎的时候，我们从枫丹白露回来，车子路过旺多姆广场，多家名牌店的橱窗在暮色中闪耀。我向外看了看，听到丹尼·海格说："我们去转一转？"

"……"

"明天假期就要结束了，我得送你一件礼物才行啊，微微。"

我看着他的眼睛，说："我已经有了你做的木梳了。"

"去看看吧，好吗？你要把那把木梳放在自己身上的哪一个地方？然后让别人看到并告诉他，这是我男友送的礼物？"这个人连劝带哄。

在两百多年的首饰老店，经理戴着手套拿出一颗透明的钻石："八克拉，纯度极佳，产自南非，可以镶做项链或者戒指。"

丹尼·海格不动声色地把经理的手轻轻一拨，让他向着我："不是问我，问她。"

我看了半天，漂亮是漂亮，却也不见得有什么大的名堂，我从来就没有向往过这种东西，此时放在眼前，也是无可无不可。

再拿出来一颗，有十二克拉，淡粉色，像一大滴忽然凝结的粉色葡萄酒，连人的脸孔都能照亮。

丹尼·海格直起身子，歪头瞧瞧我。

我说："我不是真的想要一颗宝石。"

他对招呼我们的经理说："您瞧，您拿出来的货品让一个女孩儿对宝石失去了兴趣。"

那个人发窘，踌躇半天："店里现在有一条祖母绿项链，几天前在布鲁塞尔参展回来的，好莱坞的明星都想要借走……"

他说："拿出来吧，我们看看。"

看到那串祖母绿的项链我才知道，我不爱宝石是因为没有遇到它。那是一组五颗的宝石，中间的一颗足有五克拉，其余的也有三四克拉的样子，它们每一颗都被小粒的钻石簇拥着，在其映衬下，那绿仿佛是研不开的墨，又有些荧光闪动，像森林里的精灵在里面跳跃。

经理说：“就是一个颇具实力的珠宝商，想要集齐这一条项链，恐怕也要一个世纪的时间。”

我带着惊艳和敬仰不由自主地伸手摸了摸，丹尼·海格告诉我：“微微，戴上它。”

那串仿佛有魔力的项链一戴上去，皮肤显得白得透明，头发被绿宝石照耀得如同层层叠叠的海藻一般。丹尼·海格终于笑了，对着镜子亲吻我的头发和脸庞，然后问在场的每一个人：“她不漂亮吗？嗯？她不值得你们的赞美吗？嗯？”

他们笑起来，那样诚心诚意地说：这串项链终于找回了它的主人。

我低着头对丹尼·海格说谢谢，他说：“你做得很好，微微，就是要有一个懒散的姿态，才能挑选到最好的东西。”

第八章

我的一段生命结束了，另一段生涯已经开始

自那条项链开始，我生活里一连串的改变接踵而至。我有了一张黑色的信用卡，我在里昂要有自己的房子了，我要开始学习开车了。然而我的问题是，我不可以要一辆Mini Cooper吗？Mini Cooper不算是好车吗？它多漂亮多神气啊。丹尼·海格看了看：“当然了，这车子很漂亮也很可爱，可是你来看看喜不喜欢这一辆？怎么？不认识？这是阿斯顿·马丁，你不想跟007开一个牌子的车吗？”

……

丹尼·海格到底有多少钱呢？我不想问也不敢知道。欧元的数字对于我来说，一旦超出了一辆Mini Cooper的价钱就是失去了概念。一千万欧元与一亿欧元或者几十亿欧元能买到的东西有多大的差别，我根本就不知道。

我的一张扑克脸被他错认为一种对钱的淡漠的态度，他于是这样教导我：“微微，它不是坏东西，这个你同意吗？那好，那我们就有了探讨的基础。它不能给予你人生中所有的快乐，但是它能买来绝大部分。带你的朋友去逛商店吧，你要离开她了，你说过那是一个好朋友，不是吗？送多好的礼物都不过

分。”

是的，我跟同住了三年的小多要拆伙了。她知道圣诞节过后我有了一个男朋友，但是我总是小心翼翼地掩饰自己身上的变化，我也一直没有告诉她我要搬出去住了。直到有一天她跟我说，她要去巴黎了，因为有人在那里看见了小裴。

她跟我说要走的时候，已经托人把一大堆东西运到巴黎去了。她站在一屋子的衣服里面挑拣一些会带走的，一些可以留给我的，一些托我扔掉的，她一边做这些事情一边嘱咐我：“你啊，可要小心点，你那张脸上还有胎毛呢，像个桃子一样，你刮一刮不行吗？别人总是看你小欺负你。”

“我托了朋友在教会的女生宿舍给你租了房子，你搬到那里去住的话，比住这里划算。虽然每个月多出二十欧元，但是没有那么乱。

“你吧，平时别总像一个独行侠似的，不管是中国还是法国的朋友，你都得认识几个。不然你被房东老太太给害了，都没人报警。

“哎，你瞪着我看什么啊？我说你说得不对啊？

“这件衣服你穿吧，你穿着比我穿着好看……”

我起先对她的嘀嘀咕咕有点不大耐烦，后来听她说到房东老太太的事儿，就想起她一直以来是怎么护着我的，我就难过起来，说：“你为什么一定要去巴黎啊？”

她坐在床上跟我说：“咱们俩在局子里的时候，你记得不，你跟我说不是小裴害了我们，我觉得也不是。但到底是怎么回事儿，我得去问个明白啊。”

“你说过你不爱他的。”

“我现在也不管爱还是不爱，我就得找到他，找他问个明白。”她气壮山河地说着，可是她一眨眼就有一串眼泪从眼角流下来。

我过去搂着她的肩膀，拍一拍哄她。我说：“小多，一直以来都是你做饺子给我吃，还把衣服给我穿，我都没送过你什么东西。现在你……你要走了，我送份礼物给你吧？”

她看看我，抹了一把眼泪："你送我什么啊？那……那也行，你今天晚上多做一碗粉丝汤，你把料放得足一点，多放点肉哦。"

我笑起来，一下子冒出一个鼻涕泡，我找了纸巾出来擦鼻子，低着头跟她说："不行，一份正经的礼物，明天我们去老佛爷，我送一份正经的礼物给你。"

第二天，我手里握着丹尼·海格给我的瑞士银行的黑色信用卡，带着小多走进了老佛爷。我那时候只认识范思哲、香奈儿、迪奥，还有MaxMara。当然，只认识这些商场里的成衣店也有好处，它们避免了我穿着廉价的内衣裤被私人名牌店的法国裁缝度量身体的尴尬。

我们走进香奈儿之前，小多用力地拽住我，她低声问："干什么你，抢银行了是吧？"

店员们隔着透明的橱窗好奇地看着我们俩，我拉着小多的手说："都走到这里了，再不进去就让人家笑话了。"

我们是两个衣着朴素的外国人，我已经做好了很多准备：被挡住不让进怎么说，被怠慢怎么说，被当成日本人怎么说，从来没使用过的信用卡出了问题又该怎么说，可是整个过程没有丝毫的波折冲突和戏剧性，女店员温柔亲切地介绍春季推出的新款、材料及配饰。小多试穿一套淡绿色的洋装时，我喝着店里准备好的咖啡，交叠着腿看他们的产品介绍，态度可亲的男店员像个熟络的邻居一样跟我探讨里昂这两天的天气。当然，他们最高兴的还是我拿出那张卡片来，在收款的单据上签上我的名字。

后来我想，可能有很多线索泄露了我那刚刚到手的财富，尽管我自己并不适应，但已经微妙地表现了出来，而让他们知道我是一个真的可以付钱在名牌店里买下那些昂贵又华丽的衣服的顾客。

可能因为我只关心那些衣服的款式和质地，从头到尾也没有询问或者翻看价钱，也可能因为我从进门开始一直都很自在，没有任何的紧张兴奋或者对某一件东西表示出特别的热情。当然更可能的是，他们早就习惯了那些年轻漂亮实则身无分文的女孩忽然得到富翁的眷顾，拿着神秘的信用卡或者空白支票在这里为自己改头换面。

我自己什么都没有买，我心安理得地穿着原来的毛衣和牛仔裤。

我和小多提着给她买的衣服和鞋子在金瓯餐厅坐下来，我们点了很多好吃的东西，她朝外面看了看："这里可真是不一样。"然后她转过头，看着我，"说吧，你究竟抢了哪家银行？"

我摇摇头："我认识了一个男人。"

"慧慧，我当然知道。"她手托着下巴，"是上次把我们从警察局弄出来的那个吗？"

"嗯。"

"对你好不？"

我本来想只说一个"嗯"字，但是她的问题让我没忍住。我一想到丹尼·海格，就咧着嘴巴乐了一下。

小多握着我的手，看着我的眼睛："那就行，这比什么都重要。我为你高兴。"

这些事情我都讲给了丹尼·海格听，我告诉他小多买了哪些衣服，哪些鞋子，她喜欢吃金瓯餐厅的哪一道菜。他听说我们两个女孩吃了四个套餐的时候，从正在阅读的文件中抬起头来："厉害！厉害！"

我看着他笑起来："我说这些你烦不烦？打扰你工作没有？"

"你说，微微，我喜欢听，"他说，"要知道我是永远也不可能当上女大学生的。"黄色的灯光下，他的脸上有种孩子气的兴致盎然。

"我还送了她一些别的东西。"我坐在他旁边的地上，抬头看着他。

"是什么？"

"我往她的账户上打了两万欧元。你知道的，丹尼，她独自去巴黎，什么都没有钱来得更实用。"

“那么你告诉她了吗？”

“没有，她用的时候自然会发现的。我怕她不要，我也不想要她当面谢我。”

丹尼笑起来，眼睛亮亮的，他弯下腰来亲吻我的额头和脸庞：“我就知道，你真好。亲爱的，你真慷慨，微微。”

我搂着他的腰，脸紧紧贴在他的身体上，体会着他的温暖，使劲闻他身上的薄荷味儿。我觉得又安全又愉快，笑嘻嘻地说：“你才好呢，丹尼，那是你的钱，你才慷慨呢。”

三月，丹尼·海格在里昂为我买的房子装修完成，可以入住了。那是一套高级公寓的顶楼，有八个房间、三个浴室和一个种满了鲜花的七十平方米的露台。自露台往外看是一个只对本楼居民开放的私人花园，里面最老的槐树已经有一百三十岁。四个用人在一位领班的带领下把每一个房间的每一个角落都打扫得纤尘不染，我们还有两个什么菜都会做，什么点心都会烤的厨子。卧室和书房铺着我最喜欢的那种能把脚面都盖起来的白色长毛地毯，壁橱的表面材料是亚麻布镶银边，水晶器皿在新春的暖阳下闪闪发光。我抚摸着它们，在心里暗暗惊叹，一个人怎么可以拥有那么多的东西？

当我窝在丹尼·海格的怀里在星空为顶的房间里看宫崎骏的电影时；当我在家里接待预约造访的著名珠宝经纪，赏鉴他带来的精美宝石，带着玩笑的心情听他讲述这块石头上附着怎样的传说和神话，然后大方地开出支票时；当我开着银色的阿斯顿·马丁穿过城市去上学而再也不用为下一个年度的学费和老师开出来的昂贵书单而局促不安时，我想，我的一段生命结束了，另一段生涯已经开始。

第九章

他喜欢尝试所有没做过的事情

那段时间的我与丹尼·海格，除了他处理公事，会见生意上的伙伴和我上学的时间以外，几乎寸步不离。我们大部分时间都住在里昂，每个周末都会回香贝里城。在里昂的每个早上，丹尼·海格起得都很早，他跑步三公里去专卖绿色食品的市集上给我买新鲜的橙子回来榨汁喝。

我学会了开车，他的司机因此有足够的时间睡懒觉，因为是我每天早上在丹尼·海格的指挥下绕过老城区七拐八拐的单行路，把他送到在里昂的办公室。然后我们就一整天都见不到了，我得上课，中午在食堂吃午饭，下午则在图书馆做作业。我们每天晚饭都争取在一起吃，他会把所有的公务都处理完，我也会把功课和作业都弄完。晚上我们就散散步、骑自行车、下棋、看电影，不然就很早上床睡觉。

不知不觉间，我胖了很多，有一天称体重，比三个月前居然胖了十斤。虽然我的个子不算矮，但这十斤肉都长在了胳膊上，看上去就非常明显。我真懊悔啊，在镜子前面转了很久，嘀嘀咕咕地埋怨自己。丹尼·海格拍着我胳膊上胖出来的那两块，打趣道："有人求你扮演大力水手吗？"

我转过身："黄油，一定是黄油。我得把它给戒了。"

"那可不要。"他摆摆手，"你也要变成那种吃什么都计算卡路里的女人吗？以后我早上跑步，你也加入吧。"

我没说话，在镜子里面看着他，这句话他是有心还是无心？哪个女人吃东西计算卡路里了？

他看着镜子里的我，伸手揉了揉我的头发："你在琢磨什么？你这个诡异的家伙。"

除了身体上的变化，我觉得自己的性格也和从前不一样了。我有了这样一个男人，觉得快活了许多。我可以大声笑，有时候撒娇，当我要什么或者我觉得某一刻尤其爱他，我都会告诉他。早上我一根一根地数他的睫毛，我也会逛一天的街只为给他选一条漂亮的领带，有时候再搞点恶作剧，给他出点难题什么的。

比如有一天，丹尼·海格犹豫很久也不太想系一条我买的领带，那是一条上面都是金色熊猫的蓝色领带，他找了很多个理由："微微，它跟我的衬衫不太搭……我的秘书萨侬太太去中国的时候被熊猫给咬了，我这样吓唬她不太好吧……不对，这条领带有问题，我怎么也系不好……"

他说了很多个理由，而我一声不吭。我的意思就是那样的：我的意见如此，戴不戴这条领带随便你。

到最后丹尼·海格终于觉悟了，系好这条领带，回头看看我，皱着眉毛咬着牙笑："了不起啊，微微，以后来海格工作吧，你这种别扭劲儿，能够打败任何人。"

不过他的宠爱也不是没有限度的，我幸福得膨胀啊膨胀啊，也有不小心玩砸的时候。慷慨的丹尼·海格最讨厌分享自己盘子里的食物，我最初留意到是有一天我们在一家小餐馆用餐，最后甜点上来，他点的炭烧鲜奶从卖相上一下子就把我的杏仁冰激凌给打败了。我眼睁睁地看着他一下一下地敲碎甜点黄澄澄亮晶晶的脆皮，发出清脆的声音，然后他舀了一小勺放到嘴里，细细品味之后跟我说话。我一边应承着他，一边把自己的勺子伸过去，在他的炭烧鲜奶里面舀了一块，吃一口，又香又甜。我咽下去后说："嗯，嗯，然后呢？你说，你说。"

丹尼·海格有一会儿没说话，看了看我的嘴巴，脸色稍变。

我这个人啊，向来敏感，他那边一有风吹草动，我马上就想为什么。那电光石火之间，我在心里面笑了又笑：怎么可能啊？丹尼·海格连几百万的项链都给我买，却因为我吃一口他的点心而不高兴？

后来我再吃他的东西就是有意试探了。

《加勒比海盗》华丽丽地上映，我们两个人买了汽水和爆米花去看在里昂公映的第一场。黑暗的放映厅里，银幕上打得天昏地暗，我偏头看一看他，他手里捧着自己那份咖喱味道的爆米花，看得十分认真专注。我想，现在下手，时机正好。我的脸还朝着大银幕，可是我的手已经度量好了方向，慢悠悠地伸了过去。一下，没碰到；两下，没碰到。我正诧异呢，回头看看，他已经用自己的身体护住了他的爆米花，正看着我。在电影院里他不好发作，只是低声问我："干什么你？"

我说："这不是很明显吗？我想尝尝你的爆米花。"

"每人一份，你自己有的。"

"你的是咖喱味的。"

到底是大老板，他很简短有力地处理了这件事："不行。"

我没想到他那么认真，也没想到他是真的不高兴，我在黑暗里还笑嘻嘻的呢，我让他不高兴了，我让这个总是温和愉快的人恼怒了。我以为可以像之前那条领带的事儿一样逼他就范，于是又看准了并朝着他那桶爆米花伸出手去，而他只是看着我的手。

我把手伸过去，抓起一小把爆米花，但在这期间我的动作停留了一会儿，我在想，事情真的会这样简单吗？

银幕上的海盗与政府军交涉不成，大炮上膛。

同一时刻，丹尼·海格狠狠地打了我的手背，他用了很大的力气，“啪”的一声，我疼得手指一松，所有的爆米花都撒了回去，疼痛从手背处传来，他看着我：“我不是说‘不行’了吗？”

那一刻我恼羞成怒，我并不是真的觊觎他的食物，只是想开个玩笑，我以为他还会让着我。可是他狠狠地打了我的手背。前面的人回头看，后面也不知道有多少人在看这个热闹。我腾地站起来，撞到别人的膝盖跑了出去。这个人说变脸就变脸，我想我再也不要跟他说话了。

我回家洗漱后上床，可是好长时间都没有睡着。我在被子里摸了摸自己被他打疼的手背，又有点后悔了，我这是干什么啊？爱情让人糊涂，再喜欢也不能真的亲密无间，他不高兴我又何必非得那样呢？我想啊想，越想越多，如果他再不理我了怎么办？他再不回这里了怎么办？我们俩就此分手了怎么办？多年以后，当我已是垂垂老妇，再度回想起自己如何失去最爱的一个人——只因为他不愿意，而我还非得要他的爆，米，花！

我想着想着，眼泪都要下来了。忽然，门一响，丹尼·海格回来了。

我咬着嘴唇屏息凝神地听他去浴室洗漱，换衣，喝水，上床，整个过程中他都没有开卧室的灯，动作很轻。他终于在我旁边躺下来了，我的心也就放下来一半。他没有过来抱我，但是当我感觉到他的温度，又嗅到他身上的薄荷味道的时候，我就又不是我了。

我窸窸窣窣地转过身去，蜷着身子，伸手去摸他的肚子，但是还没等我摸到他就被他攥住了手，然后手臂一带，我整个人就压在了他的身上，我看着他那张脸在月光下似笑非笑。

“最后的结尾是什么？”

“女孩爱上船长了。”他说。

“我以后再也不跟你说话了。”我说。

“太好了，可以节省许多时间。”他说完翻了一个身，又把我压在下面，亲我的下巴，他可真好闻啊。

“你在公共场合打我的手。”我说，“我又疼又没面子。”

他稍稍停下动作，看着我的脸，这回态度好了很多，但是说出来的话我再也不敢当儿戏了：“微微，你得乖一点，我说了，我不喜欢分享食物。还有，当我说不行，那就是不行。记住了？”

我点点头，搂着他的脖子诚恳地说：“老爷，我以后再也不惹你了。”

他被逗得够呛，笑了起来。

在他身边待久了，我对这位从不肯分享食物的丹尼·海格的了解也在加深。

他对食物十分讲究且博爱，口味偏重，喜欢印度菜和墨西哥美味。很多上不了传统法国餐桌的东西他都愿意尝试，绝对不拘泥于那些昂贵且口味单一的鱼子酱和蘑菇。

他精力充沛且思维敏捷，同时也爱玩乐。处理公事的时间要是想打球就马上走人，钓鱼的时候忽然想通了什么问题也会立刻抄起电脑和电话来布置沟通，约定谈判。

无论是享乐还是工作，他都是那种绝对不会推到下一分钟去的人。当然，他的态度总是从容的，事情再急也不会乱了阵脚。

那年夏天，香贝里不知道为什么冷得要命，七月里的气温是十八摄氏度。我在房子里看电视的时候跟他说：“我想去留尼旺岛，我从来都没有去过一个热带岛屿呢。”

他正在读一本侦探小说，抬起头来对我说：“你想去我们就去啊。”

结果第二天下午，我们就已经在那个岛的某片沙滩上了。

我跟向导学习用渔叉捕鱼时，他把手里的侦探小说读完了，然后把故事绘声绘色地讲给飞机机长听。

他喜欢尝试所有没做过的事情，对我也是鼓励有加。

他总是跟我说，试一试，微微，试一试才知道喜不喜欢。

我第一次骑马，第一次越过一道八十厘米高的篱笆，品尝农庄开窖的第一杯美酒，在他的指导下去体会那从九二年就开始珍藏的向阳坡上的葡萄，还有拿着他的钱做我的第一笔生意。

那是我上到四年级的秋天，教授布置了实习任务，让班里的同学分组，进行小型贸易项目的实际操作。我加入的项目组共有七人，每个人入股三千欧元，除去一千欧元的办公费用，还有两万欧元。我们要利用这两万欧元运作六个月，看一下最后的利润可以达到多少。

经过两个星期的调研，我们选择了一种新西兰生产的食品增稠剂，因为它是新的专利产品，同类产品在法国和新西兰的差价达到了十倍，我们觉得这个赚头比较大，也许可以下手。

摆在眼前的问题有两个，因为是食品添加剂的新产品，它能不能获准进入欧盟市场还需要进行认证。法国买家强调：货他们可以要，但是认证过程及其中产生的费用必须由我们负责；第二个是新西兰卖家的最低发货量要求达到五万欧元，买家一定要货到付款，我们的启动资金根本不够。

这时候我们项目组的内部有了一些不同的意见，有人主张另寻其他商品，如果不是食品方面的进口货物，那么欧盟的控制和质检体系相对没有那么严格。还有就是，他们不同意追加投资，二万到五万，增加了一倍半，这是一个比较大的风险。

我们是在课后开会讨论这件事的，有人反对，有人赞成，但是主张换项目的同学占了多数。我心里其实不太服气，我觉得选中一个不错的项目不容易，不应该轻易放弃，即使我们立刻换了别的产品来做，必然又会出现这样那样的问题，难道到时候再换阵地吗？但是反对派已经占了大多数，而且他们也有说得通的道理，我便什么都没有说。

我当时有点什么心事都摆在脸上了，思考啊、较劲啊、眉头紧锁啊，丹尼·海格问我：“你们学校开了拉丁文的课了吗？”

我说：“没有啊。”

“我以为只有拉丁文和中文课能把人难为成这个样子呢。说说吧，说说碰到什么问题了。”

我把事情跟他和盘托出，项目、预期利润和目前困难，还有我的想法。

“所以你是想做成这个买卖的？

“那还用说？我的proposal（建议）做了三十页。”

“那你为什么不在会议上提出来呢？”他看着我的眼睛问。

“哎呀，真让人挠头。”我说，“我跟他们说什么呢？我也不知道应该怎样解决这两个问题，我现在只觉得不能轻易放弃。”

“嗯。”丹尼·海格想了想，“第一个问题是买家的合理要求，作为中间商，这是你们应该做的工作，既然是规定程序，就要按部就班地完成，这是应该做的事儿；至于第二个问题，微微，我觉得这个计划也还不错，还需要多少资金，你做一个预算，我来出，以你的名义入股，怎么样？当然了，生意做成之后，股息我要利润的三成半。这个不算不合理吧？”

我坐在沙发上，皱着眉头看着他，看啊看啊，丹尼·海格就乐了，走过来，半蹲在我旁边：“你这么看着我干什么？你觉得我越帮越忙吗？”

我摇摇头：“丹尼，不是钱的问题。”

“绝对是钱的问题。你以后要小心了，微微，做再小的生意，也要竭尽全力地控股，要做定规则的那个人。还有，当然，你还得说服你的合作者们，你要让他们知道你的想法，让他们赞同你。你懂吗？”

我眼睛向上看：我多么希望有一个人让我知道他的想法，让我赞同他啊。

他过来捧着我的脸，让我好好看着他：“微微，你们下一次‘股东大会’是什么时候？”

“明天十点半，第一节课后。”我说。

“去，微微，”他说，“去跟他们说，说你想要继续这个计划及其原因。你说你愿意为此付出很大的代价，如果有人走，可以，你会立即补上他的那一份投资，当然，你很希望他留下来，你希望所有人都留下来，把这个不错的买卖做完。”

这是丹尼·海格给我这个商校生上的实战课，我记住了两点：我要做定规则的人，还有我要我的合作者留下来。

要真正达到自己的既定目标，过程殊不容易。丹尼·海格告诉了我该做什么之后，我仍然按照自己比较习惯的方式行事。我不喜欢不做准备，我要事先沟通。

除了我之外，还有六个人，其中两个人对这个食品增稠剂项目仍有些恋恋不舍。我先给他们打了电话，表明了我的态度，并且希望在明天的会议上如果他们不能够给予我支持，至少留在那里不走。剩下的四个当中有两个同学已经开始积极地寻找下一个目标了，而另外两个则明确地表示了对增稠剂项目的反对。

下一个电话打给谁呢?

我拿着电话在房间里走来走去，想了半天：愿意做事情的比总是说NO（不）的要容易争取，更好沟通。其中一头鬈发的达米安又跟我私交不错，总是张罗着要请吃饭一起玩什么的，于是我拨通了他的号码。

电话响了好几声才被接起来，那边的音乐声很大，我喊了两遍他才听见，笑呵呵地说：“慧慧，这么晚给我打电话干什么啊？”

“你忙吗？干什么呢？”

“跟朋友在酒吧呢。”

“我以为你在准备新的计划书。”

“太复杂了。我还没个头绪，我先歇一歇。”

“听我说，达米安，我觉得我们应该继续食品增稠剂的项目。现在已经过去三个星期了，要再找到好的产品不容易，我觉得我们不应该轻易改变。”

“难道我们对于这件事情还没有达成共识吗？太烦琐了，不是吗？我不同意。再说了，慧慧，我们没有那么多的启动资金，买家不会先付钱的，而且认证过程要那么长时间，别的小组可能已经做两笔了。”

“但是我们还没有找到下一个合适的产品啊，与其重新找项目做调研不如把事情一点点地按照程序做下去。”

“我不知道，慧慧，对不起，我很忙，我要挂电话了。”他说完真的把电话挂断了，我再打过去，对方已关机，我坐在沙发上，心里烦闷，想做点事情怎么这么难，而我们这仅仅是一次价值五万欧元的小实习。

晚上我躺在床上，翻来覆去根本睡不着觉。丹尼·海格到底把灯打开了，侧着身子看我：“要不你到沙发上去？”

我腾地一下坐起来，拿着枕头真要走。他一下子拽住了我，把我拉过去：“怎么了？这么大脾气。”

“我着急死了。”

“跟你同学沟通不畅啊？”

“没人听我的。”

“睡吧，有什么事情明天再说。”他亲了亲我。

我在他怀里半响仍然睡不着，如蠕虫般扭动，丹尼·海格终于睁开眼睛。

我说：“你跟我讲讲你第一单生意怎么做的？你的第一份合同是怎么签的？”

他睡眼蒙眬地思考半天：“微微，我想不起来了。但是我接手海格的时候，它已经有很大的规模了，所有部门按部就班，所有生意正常运行。所以，”他拨了拨我额前的碎头发，“所以你记住，这次实习如果成功了，那你就比我出色，你算是白手起家，平地建楼。”

白手起家，平地建楼。听他这么一说，我心里好像忽然就多了几分斗志和信心。当然了，这一兴奋起来，那一晚就更睡不着了。

第二天下了第一节课，我们在小教室开会。顶着黑眼圈的我看着那些洋人同学说："我不同意修改计划，我觉得应该继续做下去。"

我把我的想法解释给他们听，起先因为紧张还有些结巴，后来竟然越说越快，说着还站了起来。

最后我合上文件夹："这是我的意见，希望大家能认真地考虑。但是我想我们今天可以决定下来，因为操作过程仍需要时间，我们必须尽早启动。"

"我们没有钱，资金不够。"夏尔马上对这个项目提出反对意见，开会之前我就已经把他归为顽固派了。

"如果我们追加投资，你觉得是不是就没有别的问题了？"我说。

"投资不能增加，这是这个实习的前提条件。"

"我们做实习的目的在于积累经验和赚钱，"我语气和缓，但是针锋相对，"投资五万，预计盈利三十四万欧元，对任何人来说都是一个好买卖。食品行业利润丰厚，虽然监管严格了些，但是值得一试。"

"从哪里找来其他三万欧元？是从银行还是学校借贷？"夏尔问。

其他同学都在听我们两个人一句接一句的辩论，我本来不想在这个时候说我愿意出追加的这一部分投资的，但是话已经说到这里，我不能被他将住。于是我说："三万欧元，我来出。"

所有人都互相看了看，他们没想到我会来这一手。我反常的勇气和坚定把他们都镇住了，夏尔一下子笑了："慧慧，你是不是已经决定好了所有的事情？"他站起来，"那你继续决定剩下的事情吧。"

我把这些事情告诉了丹尼·海格：我终于说服了大部分人留下来一起干，夏尔不肯干，我留不住。但是股份他并没有撤走，如果赚了钱，我会连本带利都算给他。项目结束后，如果赔了钱，我也可以把他的本金如数退还给他。

我是这么打算的。

丹尼·海格说我真慷慨。

我也跟他说了会后我感谢达米安，他说不用谢，他很欣赏我深藏不露忽然爆发的魄力和勇气，他也完全同意我说的那些话。他还问我是不是可以一起喝杯咖啡，我说好啊，六个人一起吧，他说那样的话还是算了吧。

丹尼·海格一边听我说话一边乐，手上还在写我从他那里借钱的合同。

他把那份手写的合同递给我："微微，我借你三万欧元，五个月后，你那一份利润额的三成半给我，看看有没有异议？"

我当他开玩笑，笑嘻嘻地说："难道我真的要签字啊？难道你真的跟我要这钱啊?"

丹尼·海格特别严肃："一分钱都不能少。"

几个月之后生意做成了，我把他的那份给他。支票在手里掂了半天，丹尼·海格笑起来："自己赚的钱给出去心疼吧？你忘了我还帮了你一个大忙呢，我都没有跟你要求增加股息。"

是啊，这个生意要做成可真不容易，他还帮了我一个大忙。那是丹尼·海格给我上的另一课。

第十章

丹尼·海格的宠爱让我觉得自己像拥有整个宇宙一样忘乎所以

小组内部达成一致，之后的流程我们便迅速操作起来。从新西兰调来样品，送去进行官方认证之前，我先请了私人实验室进行非正式的检测，这样虽然稍微要多花一点钱，但是总好过几个月以后官方实验室通知我们产品的化学物质超标而不能引入该产品。两个星期后，实验结果出来了，这个增稠剂没有任何质量问题，完全可以达到欧盟的进口标准。我心里有了底，将同批次产品样品和相关材料整理好后，呈递给了位于南特的法国国家食品助剂和添加剂检验中心。

事情忙到这里，可以说是告一段落了。我们所能做的只有等待，检验中心宣称三个月之后，才能得到他们的认证，并得到这份至关重要的文件。这三个月真是过得漫长无比，我做什么事情都有些心不在焉，每天早上睁开眼睛想的都是有人通知我，可以去南特取认证证书了。这样熬着熬着，圣诞节过了，新年也过了，我二十一岁了，我和丹尼·海格在一起一年了。

这一年间，我学会了许多事情。我已经懂得挑选好的珠宝和衣服，享受谦卑的洋人周到的服务，我的个子长高四厘米，身体也壮了很多。我的头发最长的时候到腰部，我去一个叫裘德的英国美发师的店里把它们修剪到肩膀，还烫了几个波浪卷。

这件事情让丹尼·海格不动声色地光火了，他大约一个星期都对我爱搭不理。

理发时，那些被修剪下来的头发被裘德的助手一缕一缕地接住，整理好，一个月后，他们把用我自己的头发制作好的造型精美的假发送到了我的住处。

有时我在镜子里端详自己，从外表上看，我已经是一个又高又苗条，因为时常做户外运动而肤色健康，且衣着光鲜开着名车上学的年轻女子，符合一个富有的欧洲人所有的外在特征，但是从心理上看，我仍是一个缺乏安全感，天生喜欢发愁，经常忧心忡忡的人。

等了三个月，我的认证书仍然遥遥无期。我几乎每天都打电话到南特去询问，得到的答复永远是“排位太多，请稍候”。

丹尼·海格有一天早上搂着我说话时，他知道我是真的着急了。

他喜欢一边说话一边在我的背上摸来摸去，我渐渐觉得有点痒，还有点疼，于是转过身去让他帮我看看这是怎么了。

他看了看说：“都是冒了白头的小红包。”

我惨叫一声后趴在床上，闷在枕头里跟他说：“在中医里面，这个叫火，我现在快要被烧死了。”

“这么严重？”

“比想象中的还要严重。”

“那我帮帮你吧。”

我就等着他的这句话呢。

这件事情，丹尼·海格是这样做的：那个星期三，我们来到了南特，在一家很好的俱乐部看魔术表演。我们两个人要了一瓶香槟，喝了两杯，他“忽然”看见了他的一位朋友。于是他带着我去打招呼，那位先生四十多岁，稍稍发胖，肚子很大。他待丹尼十分热情，要丹尼和我去他们那一桌，他们是他和他的另一位朋友，我也是做过准备的，此时终于知道了丹尼专程带我来到南特葫芦里面卖的是什么药——那位朋友的朋友正是官方认证机构的负责人杜博先生。

看表演的过程就像是捉迷藏，没有人提谁是谁，也没有人提我的事儿。丹尼·海格后来还跟他们聊起去年罗兰·加洛斯网球赛的趣闻，男人们喝酒说笑，好不热闹。直到最后两相告别，也没有人提起那件事情。但是第二天，我跟丹尼·海格在酒店的房间里吃早点的时候，收到了来自认证中心的电话：他们请我尽快去取回认证文书。

这个时候我关心的已经不是认证本身了，我一定要弄明白的是：丹尼·海格是怎么做到这件事情的?

“你行贿了吗？”

“说话真难听。再说你们预计利润才多少钱？还想买通一个认证中心的主任？”

“他是你真正的好朋友？”

“显然不是。”

“他有小辫子在你手里？”

他这时方看着我：“不是我，是那个胖子。”

“快说说呀！”

“胖子来头不小，是大区议会的副议长永贝里……不要张嘴，真的要做生意了，切记这个表情要收起来。听我继续说，他有小辫子在胖子手里，他就是因为这个才肯帮忙的。”

“可是，如果胖子要拿这件事情要挟他，他们为什么不私下进行呢？为什么要当着你的面？”

“这是一个好问题。我也在想，是胖子安排的这个约会，让我假装偶遇然后跟他们会合。可是他为什么一定要这样做呢？我想杜博先生一定是一个检点而且颇有些倔强的科技人员，我的朋友并不确定能让他就范，所以他一定要让我到场，他要我知道，事情无论成还是不成，他都是帮了我忙的。”

我听到此时才终于点头：“原来如此，谢谢你啊。”

“小事情，夫人不必客气。”他从我耳朵后面亲了亲我，“不过，微微，通过这件事情你要知道，不要对官方的说法或者期限有过多的信心，他们说三个月，可能给你拖上半年。如果我们早着手，可能现在，你已经拿到你的钱了。还有一点更重要，那就是，任何人都有空子，当然你可以踏实认真地等待，但是当有更好的办法时，总会让事情事半功倍。记住了吗？”

我点点头：“反过来也一样，绝对不能给别人留空子。”

“说得对，亲爱的。”

四月份春假之后，我们完成了这个项目，赚了钱，由我写了报告，并做了答辩。我的智商不高，但是我做事情总是会做很多准备，教授提出的问题，我差不多都能应付，这次答辩的效果很理想。他们提出的最后一个问题是：“齐小姐，根据你们的报告，你们投入了相当于规定数额两倍多的资金，即五万欧元。很抱歉，这将被视为是违规行为，所以无论你们这次投资实习的成绩有多么好，我们也不能给予很高的评价。”

“应该承认的是，这是我们小组在操作工程中的最大硬伤。”我说，“我不能跟您引经据典地解释这在商业行为中并非异常现象，我们追加了投资，而别的小组没有，这不可否认。但是作为这个项目的实施者和经理人，对我们来说，真正有意义的是行动力和投资回报。我们可以募集到所需要的投资，将其投放到有效益的商品上，在规定的时间内产出最大的商业价值，这对我们来说是最重要的事情。在我的报告的最后，也明确地阐述了这一点。”

我说得十分严肃，说完只觉得背上一层的汗。三位教授中，我们的班导师诺兰先生忽然笑了：“真是会辩。”

最终，这次评价，我们七个人，包括中途退出的夏尔都得到了很高的分数。

现在，我已是个做中法进出口贸易的生意人了，想起来在丹尼·海格的帮助下做成的第一笔生意，其实就我的性格而言，可以说是一次挑战，甚至是重塑的开端。我觉得很刺激，也有遗憾。如果当年这次实习过后，我可以好好把握这个增稠剂的产品，签下它的欧洲独家代理权，也就不会有后来第二次的白手起家了。

我当时太高兴了，拿着自己赚的钱在日内瓦的渔具店里转啊转，想要给他买一根昂贵且精致的钓竿。我答辩的时候，他飞去美国谈生意了，这是我们在一起以来第一次比较长时间的分别，我想着等他回来的时候安排得罗曼蒂克一点。

渔具店的老板问我要哪种款式的钓竿，我说不清楚丹尼用的那些钓竿的型号和款式，就把他的习惯讲给老板听。

我说："我的男朋友他喜欢两种方式钓鱼，要么坐在岸边原地不动，要么坐着帆船在湖里边行边钓。他上船钓鱼的时候喜欢带上一壶红茶，有的时候戴着大耳机听点摇滚乐，如果钓了一条大鱼，有时候马上就给烤了。您知道吗，贝尔热湖虽然没有莱蒙湖那么大，但是鳟鱼却可以长到我的小臂那么长……"

我说着说着，渔具店老板就笑了。

谈恋爱的人的通病上来了，别人问起你的爱人什么事，就像一下子把聚宝盆给扣过来一样，他这样那样的事迹，大大小小的习惯，别人觉得稀松平常，你却大惊小怪，如数家珍，恨不得来个长篇评书。我就是这样的，本来就不聪明，那个时候变成了一只盲目且快乐的小龟，背上扣着一个倒过来的聚宝盆，我一想起丹尼·海格，就缩到自己那个华丽丽的盖子里面去了，愉快且充满安全感。

渔具店老板笑了，我也笑了，有点不太好意思。

那位善解人意的先生对我说："小姐，给他打一个电话，问问他的习惯，钓竿的款式和型号，您如果想给他一个惊喜，就说是自己要学习钓鱼，问问他的意见而已。"

我点点头："您说得对。"

我拿出电话来，那上面只存了一个号码，就是丹尼随身携带的手机，我算了一下时差，现在正是美国的早上。我拨过去，电话响了几声后被接起来，起先我还以为是自动回答呢，过了两秒钟我才听明白，一个女人在那一边对我说哈罗。

我用英文说："对不起，拨错了。"

那位女士说："没有，没拨错，你不是找丹尼吗？他在洗澡，请等一会儿再打过来。"

我说："那也好。"然后我就挂断了电话。

从前年的圣诞节我跟他在一起，丹尼·海格的宠爱让我觉得自己像拥有整个宇宙一样忘乎所以。

可是这一天还是来了。

第十一章

离开他，我连生存的能力都没有

四月末，小猫牙山的白色峰顶开始回暖，雪水融化，淙淙流下山峰。贝尔热湖在春天初涨。山雪水因为富含硅而显出天蓝色，那颜色温柔纯净可爱，可是谁知道它刺骨的冰凉?

我游了一圈上来打了好几个喷嚏，回家让用人帮我煮些姜茶来喝，然后就裹在毯子里坐在火炉边看书。我特别喜欢看杰克·伦敦写的短篇《野性的呼唤》，中文的、外文的，我看过好几个版本。

它讲的是一只大狗，名字叫巴克，它原来在明媚温暖的美国南方给法官看家护院，后来它被人勒住脖子，套上麻袋，拐到了冰天雪地的北方：那个年代有人在那里发现了金子，此地蜂拥了大量的淘金者，原始的山野中没有道路，没有车，人们迫切地需要强壮忠诚的狗作为雪橇犬，那几乎是当时最重要的交通工具。

巴克从一只骄傲而温厚的护院犬变成了一只出色的雪橇犬，中间经历了数番波折和斗争，它被穿着红衬衫手执大棒的人暴揍，打得奄奄一息；它在雪橇犬的团队中被欺侮排斥，甚至被人抢了在风雪中栖身的热乎窝；它因为技艺不精，被老狗狠狠地啃咬尾巴和肩膀；它也因为野心勃勃被对手觊觎，陷害。但是它从来没有放弃过求生、适应、学习和自己要当团队中的头狗的野心，它与人类妥协、顺从，它观察思考模仿提高，直到练得一身本领。它在月夜中的雪原上毫不犹豫地咬死了自己的同伴兼敌人，最后，它终于成为一只屡创纪录的雪橇团队的头狗。

丹尼·海格从美国给我打电话，问我在干什么，我跟他讲，我在读这样一个故事。

他说："听上去挺有意思的。"

"嗯。"我说。

"嗯"，"嗯"算是什么意思？不是对，也不是错，礼貌地应付了一次对话，却什么都没说。从这一天开始，我很善于用这种腔调来回答丹尼·海格的话。

他说："那你继续看书吧，我再打给你。"

"嗯。"

壁炉的火烧得太旺了，我站起来拨了拨，觉得肩胛有些酸痛，鼻子也不太通畅。我可能是感冒了，我很久都没有生病了。我让用人请医生来，然后躺回床上。

谁知道这一病会那么厉害。夜里我打完了点滴，烧还是没退，浑身上下没有一处不酸痛。我焐在被子里，一会儿睡，一会儿清醒，一会儿看见白天，一会儿又是黑夜。稀里糊涂地看见了我爸爸，我走过去问他："爸，这些年你去哪里了？"他没回答，扭头走了。我身上一点力气都没有，想追也追不了。

我妈妈出现在我身边，很奇怪，她那张脸仍是我小时候看到的那样年轻漂亮，我向她伸出手去，我看见自己的手小小的，还像个小宝宝那样。我说："妈，我一直都没有给你打电话，你怪我吗？"

话音未落，她一转身也走了，她身边的男人是冯叔。她也离开我了。

我这时候急了，手忙脚乱的，怎么会这样呢？他们都弃我而去了，只剩我一个人，这可不行，我拼尽力气追上去，扯着疼痛的喉咙喊：“爸、妈，你们干什么去啊？你们回来啊。我身上难受呢，没人照顾我！”可是梦里面山水遥遥，脚下的路也看不清，然后我摔倒了，整个人趴在地上，怎么也爬不起来。

身后有个人把我扶起来，他擦掉我脸上的泪水，指尖上是苹果木的清香。他金色的头发和蓝色的眼睛是那么好看，他轻声对我说：“不要哭。”

我握着他的手：“丹尼，我给你打电话了，你是不是要跟别人走了？”

他继续擦我脸上的眼泪和汗水：“不是说了吗？你不走，我就不走。”

我这颗慌慌张张的心才慢慢放下来，还好还好，还有一个人陪着我。

可是一艘富丽堂皇的大船驶过来，眼前的丹尼·海格纵身一跃上了船，那上面正开着一场盛大的舞会，无数香艳的女郎，身姿曼妙，倾国倾城，她们齐聚在丹尼·海格的身边，笑着看我这只丑小鸭。

我说：“丹尼，快下来。”

他在船舷蹲下，向我伸出手，看着我的眼睛，邀请着、诱惑着：“不，微微，你上来。”

他身后的女人们还在笑，我看着他摇头：“我不，丹尼，我要你下来。”

他冷漠地转过身，大船扬帆远航。

又一个人走了，终于还是只剩了我自己在这里。

我一下子从梦中醒过来，喘着粗气，汗水湿透了全身。周围没有妖艳的美女，没有大船，也没有一个接一个离开我的人，这里是香贝里城杜露大街十五号，临湖的别墅，我在温暖的卧室里，清晨的阳光透过白色的窗纱淡淡地扫进来。

身后有人说：“醒了？”

我回过头，是丹尼·海格，他走过来，坐在我身边，手伸过来，托着我的脸，拇指按在博斯普鲁斯海峡上：“睡了这么久，觉得舒服一点没有？”

我看着他，觉得他与往日不太一样，眼窝深陷，胡子也没刮，难免看上去有些憔悴，他衬衫的领口开着，领带松松垮垮地挂在脖颈上。

他是个整洁而且爱漂亮的男人，他从来不会这样。

“发烧到四十摄氏度，差点没得肺炎，四月份去湖里游泳，你问过我没有？”

他在责怪我，可是声音轻轻的，像是蔓延在这个房间里的晨曦的光，让人心里安定。

我握住他的手：“你是什么时候从美国回来的？”

丹尼·海格看了看自己的手表：“不到四个小时，管家说你病得不轻，所以我赶回来看看你。”他凑过来亲我的嘴巴，我想到自己身上有病，想要躲开，却被他抓住，他仔细地亲吻我的唇。

这一天的早上，我下定决心，要忘记那个“拨错”的电话。

人做事情，最重要在于“值得”两个字。这个男人给我的温暖和关怀，还有梦中我眼睁睁地看见他离开时，那蚀骨入髓的疼痛让我知道，丹尼·海格，我能拥有他一天就是一天。无论他在我之外还有多少女人，我都会努力地忘掉。因为他，是值得我这样的。

可同时我也清清楚楚明白了一些事情，为什么我会那么害怕他忽然离开呢？因为他给我的东西太多，而我自己真正拥有的太少了：金钱、知识、社会地位、人生阅历，我什么都没有。我像是一条吸附在大鱼身上的小鱼，招摇过市，得意洋洋，殊不知自己其实一文不值。离开他，我连生存的能力都没有。

我不能这样。

我开始更用功地读书，认真地做好每一门笔记，准备好每一次考试。我改变了很多生活习惯，不再过于贪恋那套在里昂的豪华又舒适的房子或是香贝里城那栋临湖的别墅，从前即使丹尼·海格不在家，我也喜欢自己待在那里玩玩这个，鼓捣一下那个，但是现在我更愿意把时间花在学习上。我跟导师们的关系很好，会帮助他们翻译一些材料，做点小事。我也愿意花更多的时间跟同学和朋友们在一起，听天南地北的人讲五花八门的故事。

此外还有一些其它的细微变化，我开始注意自己每一笔开销是否值得、合理，我可以花很多的钱，但是我要买到真正的好东西；我开始真正地关注宝石的品相、历史，除了装饰外是否有真正的收藏价值；我开始辨认那些好的衣料、箱包和鞋子是否有独一无二且经典的设计。原来相熟的珠宝商和名牌店老板觉得我越来越难搞定了，虽然我仍是一位重要的、出手大方的客人，但是极为挑剔。

我想，似乎应该是从那个时候开始，我的眼光渐渐由一个纯买家向一个生意人靠拢。

只是我可以起誓，在这所有我有意或者无意的变化中，我对丹尼·海格的爱丝毫没有减少，他望着我的时候，我望着他的时候；他不看我的时候，我也偷偷地看着他，在月色下，在帆船上，在灯光忽明忽暗的电影院里，在白色的枕头上。有时我看着，看着他，眼里就会有泪水，像每一个女人都清楚地知道自己终究会老去一样，我也分明知道了这个故事一定会在某个时刻结尾，因而心里充满悲伤，恋恋不舍。

丹尼，我亲爱的丹尼。

四年级的暑假，学校安排我们去尼斯一家叫美丽球的酒店实习。这个安排来得很突然，丹尼·海格要去伦敦开会，我本来要一同前往，他的秘书已经开始着手办理我去英国的签证了，可是计划忽然被打乱了。

丹尼·海格说："要去哪一边，这个，还是你自己来决定。"

其实我在跟他说之前就已经做好了打算，我说："那等我实习完了，再去英国找你吧。"

"那也可以啊。"他正用一个手工刨子刨一块木头，手上的力度没有掌握好，刨子斜着走下去，一块好好的木料被废掉了。他拿起来对着阳光看了那块木头半天，转过头却对我说，"现在难道不是暑假吗？你只是一个小孩儿，却把自己弄得比谁都忙，为什么啊？"

我什么都没有说。

他也没有再跟我说话了，专心地做自己手里的木工。

他去英国那天，我和同学老师们出发，从里昂南下到了尼斯。美丽球酒店是有着三百多年历史的老牌高级酒店，坐落在新城半山腰上，面临碧蓝的大海。这里是世界上最漂亮的地方之一，因为阿尔卑斯山在亚热带遇到了地中海。

酒店共有各种客房四百余间，风格各异的别墅七十八栋，它们被分别以一些法国省份或城市的漂亮的名字命名。我们到的时候，布鲁斯·威利斯带着新欢和浩浩荡荡的班底入住，他包下了三栋别墅，分别叫佩平扬、洛林还有鲁西永。

我被分配到销售部，跟着一个叫玛侬的女孩实习，每天处理来自全球各地的订单和合同，经常有中文的文件要翻译，有时还要跟国内的旅行社沟通。

玛侬说："不服气就是不行。原来我们在亚洲只做日本、香港、新加坡的业务，现在呢，这三个地方加在一起也没有中国内地的多。你们厉害，你们都是有钱人。"

我笑一笑，不置可否。

我们相处得不错，又都是年轻人，她看我平时也总是好脾气，就什么话都敢说了："慧慧，你也是，你不太一样。"

我看了看她："哪里？"

"你们学校每年来实习的学生大部分是富裕家庭的小孩儿，但是我极少看到那么美丽的戒指。这不像是一枚父亲送给女儿的戒指，你说，"她坐在我面前，无限八卦，"说说你的男朋友。"

我想了想："嗯，这个……他是一个摇滚歌手。但是你知道，玛侬，我不能告诉你他的名字……那……那会很麻烦……"

这些事情我也都讲给丹尼·海格听，他每天打电话给我，我跟他谈起我的工作、我的宿舍、我新认识的朋友和同事、我的困难、我的牢骚，还有尼斯的海鸥仗着自己个头儿大在广场上抢鸽子的食物，还有我说的关于他的谎言——

玛依问我："那么他具体是哪个方面的摇滚歌手呢？"

我说："轻摇滚混合pop。"

她说："那不会是庄尼·哈勒迪吧？天哪！你是庄尼·哈勒迪的女友！"

丹尼·海格听到这里哈哈大笑起来，笑过之后又问我："那你为什么不告诉她实话呢？"

这是个好问题，为什么我不能告诉别人我是丹尼·海格的女朋友呢？

因为我得给自己留一手，因为我心里的不安和不确定，我不能告诉别人那个人是丹尼·海格，就像我再也不敢给他打电话一样，我不知道在电话的另一端，会不会再是别的女人。

我不记得自己是怎么回答他的了，我们后来又说了些别的事情。我收了线，站在宿舍的阳台上，看着远方的山岬海角，蓝色的海面上纵横着大大小小的白帆船，晚风吹来，轻轻拂面。

下了班，同学们喜欢去街边的小店喝两杯。爱玩乐的人走到哪里都会先打探这种地方，我们这一伙人当中，达米安是行家。

那是一个星期五的晚上，我跟着他们一起去了于格路上一家叫烈火的酒吧。酒吧的入口高出地面半截，从那里猫着腰下四十级台阶才能到达嘈杂喧闹、四处弥漫着美国音乐和素不相识的年轻人用各种国家的语言调情的酒吧。达米安大声地跟我们说，这里的老板是个酷爱Aerosmith的塞浦路斯人，所以这里到处都张贴着这个乐队在各个年代的巨幅照片。

"你们知道吗？听说史蒂夫·泰勒每年的这个季节都来！我们没准还能碰到他。"

我对是否能遇到史蒂夫·泰勒不感兴趣，但是我挺喜欢这里。人群疯狂扭动，鼓点一浪高过一浪，漂亮的酒保调制出来可口的五颜六色的鸡尾酒，还有不时上前来搭话的男孩子，都让人觉得有趣又兴奋。

达米安拉住我的手："走，慧慧，我亲爱的，咱们跳舞去。"

我笑着推开他："我先喝点酒，热热身。"

达米安说："你没劲。"

我说："是啊，是啊，请你尽兴。"

说到这里，音乐变了，小舞台上上来一支三个人的乐队。领头的是个年轻的男孩子，红头发非常扎眼。他很有派头地招呼观众，像个真正的明星一样。已经有熟客在大声地叫好了。他们开始演奏，音乐最初很低沉、慵懒，红发男孩是主唱兼贝斯，声音有金属感。歌词我听不太懂，大约是说："我早上起来，喝杯咖啡，吃些东西，打一会儿游戏，忽然我发现她不见了，哦，她不见了，她不见了，她哪儿去了……"刚开始我大意了，毫无防备地听着这似乎走慵懒路线的歌曲，谁知道越到后来音乐越亢奋，那个红发男孩把贝斯玩得帅极了，像有魔音，高亢强大地控制了整个酒吧。高潮处戛然而止，我身边的女同学狠狠地吹了一声口哨，我也真心诚意地鼓掌。

可是这个人在台上和台下是两个样子，他们唱完了三首歌又换了另一个乐队上来，演奏热辣辣的南海岸舞曲。我觉得没有刚才的好听，就穿过层层人墙去洗手间。

拐角的地方蹲着一个人，我的膝盖撞在他的肩膀上，被结结实实地绊了一跤，我撞到墙上，一侧的胳膊很疼。

始作俑者慢慢抬起头来，我一看，居然是刚才的歌手，离近了看，他的面孔斯文且干净，只是眼神涣散。他说："对不起。"

我都从乌烟瘴气的洗手间出来了，这个人仍然蹲在那里。我走到他旁边，蹲下来看他的脸，把手在他眼前晃了晃，说："哎哎，你还好吧？要不要……要不要我叫车送你回家？"

他说："谢谢，让我自己待一会儿就好。"

他叫雅尼克，是个梦想成为摇滚歌星的大学生。我初次见到他，觉得一个人要想实现理想真不容易，他本来就生病了还要精神百倍地在这里唱歌。是啊，我以为他生病了。那天晚上我十二点才回宿舍睡觉，我以为人糟蹋自己的手段莫过于抽烟、喝酒或者熬夜，我怎么知道那个神志不清的雅尼克实际上是吸食了可卡因。

尼斯的这趟行程，让我不仅结交到了新朋友，居然还有幸碰到了老相识。那天我跟着玛依在酒店的大堂跟客房部的人谈事情的时候，一位女士在我们旁边的柜台check in（登记入住），我的余光感觉到她的脸朝向我这边，摘下墨镜，向我望了望。我于是回过头去，跟她结结实实地打了一个照面——那是女演员苏菲。

时间可真快啊，转眼已经两年了。前年夏天的我，为她工作，被她解雇，还有那张五千欧元的支票，还有丹尼·海格送给她的海格水。所有的记忆一起涌上我的心头，可是我只是看着她，微笑着点点头。

苏菲也在微笑，然后上上下下地打量我。我任她看，我很清楚自己的样子。我的头发干净而且整洁，脸上的妆清淡得体，身上的西装和裙子熨帖合身，丝袜质量上乘没有破损，小腿健康而且结实，皮鞋精美舒适，每天我都把它们擦得锃亮。

苏菲脸上的笑容扩大了，在那张美丽的脸上荡漾开来，没有恶意的笑，倒像是一个姐姐赞赏她初长成的小妹。

苏菲向我点点头：“好久不见。”

“好久不见。”

第十二章

那么我这个前会员
还是欢迎你加入“海格俱乐部”

即将下班的时候，我接到了苏菲的电话。要找到我很容易，因为我是在这里工作的唯一的中国人。可能也是因为这样她才重新得知了我的名字，她在电话另一边说：“齐小姐，晚上有没有时间，见一面？”

跟人打交道的时候，我的即时反应很慢，因此会遇到什么人，要说些什么话，我总是先做准备。碰不上最好，碰上了总不会太过狼狈。

我料到她会找我聊一聊，于是说：“夫人，我晚上约了朋友，我们现在见面好吗？我请您在酒店的咖啡厅喝点东西。”

“那也好，待会儿见。”

我早到了一会儿，下午四点多钟，咖啡厅的人很少，服务生在擦洗各种器皿和咖啡机，我要了一杯红茶，选了临窗的桌了。向外看去，远处的沙滩上有人在晒太阳，有人在打排球，还有小孩子把自己埋在细滑的沙子里，棕榈树的影子在风中轻轻地荡。尼斯真是个可爱的地方。

苏菲没一会儿就到了，我站起来跟她握手。她换了一条淡黄色的裙子，戴着大檐儿的草帽。我必须承认，她可真漂亮，没有一点“但是”“或者”“也许还”的漂亮，她坐下说：“我一眼就看出来是你。”

“那不容易，两年了。”我说，“西方人看东方人觉得都是一样的面孔，反之亦然。”

“你不一样，”她笑了笑，“你为我工作的时候，我就想，这是块蜜糖，而且你的法语说得那么好。”

别的我都没听见，但是她终于还是说了这句话，她说“你为我工作的时候”。

我说：“显然我们都对彼此留下了深刻的印象。”

她要的苹果汁送了上来，她饮了一口后问我：“你在这里工作得怎么样？一切都还顺利吗？”

可是还没等到我回答，她就朝过道那边看了一眼，然后向我挑了挑眉毛，像在提醒着些什么。我循着她的目光望去，一小颗花生躺在绿色的地毯上，没有被清理干净。

我知道她恨我，从丹尼·海格在剧院里跟我说话叫醒我的时候她就恨我。有些女人就是这样，想要报复都在表面上，做得拙劣又毫无意义。

她把地上的花生指给我看是什么意思？是要扮成热心肠的顾客指出我们工作上的失误吗？我身上穿的是酒店的制服，还戴着员工的胸牌，所以她认为我会现在走过去把那颗花生捡起来吗？

不，苏菲，从前我没有向你低过头，现在更不可能。

我打电话给餐饮部，对他们说：“你好，我是销售部的实习生齐，咖啡厅四号桌旁边的过道上有少量杂物没有清理干净，请派服务员过来，谢谢。”

我关上手台后对她说：“各司其职。”

她的演员作风马上又上来了，龌龊的心思想用笑容掩盖住，拿起果汁问我：“刚才说到哪里了？”

“说到……您问我这里的工作怎么样。”我停了一下，看着她的脸，“夫人，您跟我，我们之间没那么多的话题，唯一的话题就是丹尼·海格。您肯定知道我现在跟着丹尼，所以您想要知道、劝说，或者警告些什么，大可以直来直去，我没想过回避。不过题外话说太多不行，那对我的听力来讲是个考验。”

餐饮部派人来我们这边打扫了，微型吸尘器的声音和干洗剂的柠檬味道把这一方天地弄乱，像个小战场。

阳光一斜，苏菲的帽檐遮住了半张脸，有了那层掩护，她似乎也不想装腔作势了，她对我说：“我不仅知道你们现在是恋人关系，我还知道丹尼现在在英国，没错吧？”

“是的。”

“他不是一个高调的人，但是我总是关注他的——哪个女人能不关注他呢？他那么英俊、温柔，风趣又慷慨，我说的对吧？”

“然后呢？”我说。

“他在英国待了多久了？”

“自我来尼斯实习之后，大约一个多月的时间，他在伦敦开会。”我说。

“小姐，”她还是笑了，“有什么会能开上一个多月呢？”

“……”

“你有给他打过电话吗？”她问。

“我不愿意打扰他，但丹尼每天都会给我打电话。”

“不给丹尼打电话，那是个好习惯。学会跟他和平相处，一段关系就会维持得久一点。”苏菲说，“对了，你不会认为他住在酒店吧？”她从手袋里面拿出一张卡片，放在桌子上慢慢推到我这边，那上面是一串号码：“如果碰巧他的电话打不通，又如果你有急事找他，打这个电话十有八九能找到他的。这是伦敦的一间寓所，女主人跟你一样，跟我们所有人都一样，都是漂亮而且贪财的女人——虽然这么说对丹尼有些不太公平，他什么都好，不仅是富有。”

我看着那张卡片，身体向后靠了靠。我有一会儿没说话。

直到她轻轻笑出声来：“你是不是认为我在撒谎啊？”

我把那张卡片推回去给她，说：“夫人，丹尼的事情，我自己会问他。这张卡片、这个号码，还是留给你自己去问候吧。你想要看我大惊失色、怒气冲天，还是痛哭流涕？你也说了，丹尼富有得像个皇帝，一个皇帝做什么都不过分。我如果没有这个准备，就不会跟他在一起了。不过有一件事情我得纠正你，我跟丹尼·海格，我觉得开心，我觉得值得，不是为了他的钱。信不信，随便你。”

苏菲听了我的话，看着我，像真的有些佩服：“我都要鼓掌了，齐小姐。年轻姑娘最不缺乏的就是勇气和理想。但愿丹尼不负你。”

那天晚上我自己去了烈火酒吧，一个人坐了很久。雅尼克的乐队演奏了两首很柔软的曲子，我听啊听啊，心里越发难过，几乎就要落下眼泪来。过了一会儿，他坐到我旁边，给自己要了一杯酒。我说：“今天怎么都是慢歌？”

“你不喜欢吗？”他问。

“哦，曲子很好听，你自己写的？”

“不是，”他说，“原来的女朋友写的。我吸一支烟可以吗？”

“可以的。”我说，“她不跟你们一起演出？”

“她死了。”他说得无风无浪的。

我一直手托着头跟他说话，听到这句后坐直了身体：“真抱歉。不过那是怎么一回事？”

“她车祸之后锯掉了一条腿，变得非常暴躁，看了半年的心理医生。我们都以为她好了，结果有一天早上，她从教堂的钟楼顶上跳了下去。”雅尼克的声音很平淡，像在讲别人的故事一样，可是他的眼眶渐渐盈满泪水。

酒吧里面这一天人不多，没那么热闹，DJ在放老歌儿，舞池里面有几对情侣轻轻相拥。

雅尼克喝了一口酒后看着我：“说说你吧。”

“我这个人乏味得很，没什么可说的。”

“你还是个学生吗？我看见是达米安带你来的。”

“嗯，来尼斯实习。我念商科的，以后想要做生意，当老板。”我说，“但是我现在做了一个买卖，只怕会亏大了。”

他笑起来：“祝你好运。”

“你也是。”

说到这里，丹尼·海格的电话打来了。我看了看来电显示，把电话给按掉了。那天晚上，他没有再打来。我不是真的怄气矫情，想要博得他的关注，只是我非常不高兴，我不知道那个时候能跟他说些什么。

这样过了有两个多星期的时间，我跟丹尼·海格都没有再通话。到了十月份，南海岸的旅游高峰期慢慢过去，观光客渐少，我们的实习也接近尾声。每天晚上，我为实习报告准备材料却迟迟不能动笔，一个字也写不出来。好几个同学也遭遇了这个问题，达米安提议我们一起去蒙特卡洛玩一圈，去那边的大赌场试一试手气。本来我觉得有一堆烦恼的事情摆在眼前，但是换个念头想，它们不会因为我的纠结而有任何进展，索性我也就跟着他们一起去了赌城。

起先我只是玩那些特别简单的游戏，赢了几枚小钱。不过赌博这种东西要是开头输，那很容易收手，就怕你一上来就赢，我那点好胜心被鼓动起来，玩得越来越大。一天下来，几个伙伴中我赢得最多。那天我们住旅馆的钱都是由我来埋单。

第二天，我打算上船试一试四人局二十一点。我先是看别人玩了半天，后来坐下来入局，依旧是大获全胜。我赢钱也不奇怪，一来我是新手，新手的手气很旺，叫到的都是好牌；二来我说了，我有一张扑克脸，没什么表情，老手也很难从我的身上看出什么来。那天我赢到最后，围观的人有好几圈。我满载而归，决定自己留下来再玩一天。

第三天是个星期一，我信心满满地上牌桌。打第一局的时候我觉得自己能把整个摩纳哥小国给赢下来谁知道，运气的天平不知何时已经偏向了另一边，我越打越糟，越糟越打。不到两个小时的时间，之前两天赢的钱全输了回去。

我身上的现金不多，连一枚筹码都买不起，但是我有丹尼·海格给我的瑞士银行的黑卡。在赌场吃免费午餐的时候，我一边嚼着牛排一边想，我可以刷卡，但是我不太想让他知道我来这里赌钱的事儿，我心里的念头转啊转啊，终于转到自己中指上那枚让玛侬艳羡万分的粉色戒指上，那是我六月份的时候淘到的好玩意儿。丹尼·海格送我的东西不计其数，少了这一个，他也不会察觉，于是我把它从中指上取了下来。

同一艘赌船上就有效率极高的当铺，里面从房契到汽车到ferragamo（菲拉格慕）的皮鞋，什么都能被典当，那是一个又一个输红了眼睛的赌徒的斑斑血泪史。我把那枚戒指扔在打着灰色领结的评估师面前的办公桌上："看看这个能值多少钱。"

那样的好玩意儿都是有故事、有身份的。这油头粉面的绅士和他的同事连查带验了不久，便以一种冷淡却谨慎的职业腔调跟我报了一个价。我一听就笑了，连我买它时付的钱的十分之一都不到。

我说："行啊，直接给我换筹码吧。"

那枚戒指换来的钱被我三两下输得精光。

输得太精彩也太豪迈了，赌场为了表示感谢，免费给我安排了去火车站的车子，连回尼斯的火车票都是他们买的。

浑身上下只剩下十几欧元的我穿着玫瑰红的裙子坐火车，夕阳的光洒满了空旷的车厢，身边有些几不可闻的音乐声。我看看自己的手，戴了几个月的戒指输掉了，也不算什么大事儿，如果我不声不响地走掉了，丹尼·海格可能也不会当成什么大事儿，不在乎的东西来来去去都掀不起什么波澜。

我回到尼斯时，已经快晚上八点多了。厚云彩卷上来，里面有雷滚动，快要下大雨了。我叫了一辆出租车回美丽球，司机说，热到十月份，也该下场雨了，不过天气干燥也有天气干燥的好处，今年本省产的甜瓜特别香甜。

他说着说着雨就真的下来了，地中海岸的雨，来得急匆匆的。

我拿身上所有的钱付了车费，然后自己浇得像一只落汤鸡一样跑回宿舍。

门是开着的，我走进去，丹尼·海格正站在我的房间里。

我没有惊喜地尖叫着扑向丹尼·海格，而是在门口站了一会儿。外面雷雨交加，他站在窗边上，外面有闪电，我被他的影子覆盖着。我说："你怎么进到我的房间里来了？"

"在外面等了你三天都不在，再说我想看看你的日子过得怎么样，就找人开门进来了。"

"那你觉得怎么样？"

"嗯，很不错，很整洁，虽然空间有点小。"

我走过去，身上湿漉漉的，椅子在他旁边，我坐在床上。

他如何进的门我就不去追究了，这个人想做什么都行。我说："你从伦敦来的？"

"是的。"

从一个行宫到另一个行宫。

"你呢？你去哪里了？"

我想了想："跟同学去意大利玩了。"

"那很好，愉快吗？"

"是的。"

两个月没见，一个月没通电话，他在伦敦逍遥快活，我在赌城任性要钱，其实过得都算不错。可是两个过得不错的人忽然面对面了，少了很多对话的热情和基础。天越来越黑，雨还在下，丹尼把我书桌上的台灯打开。

"我就住在这家酒店，悬崖上的布列塔尼别墅。等一会儿，或者明天，你整理一下，去找我？"丹尼·海格说。

"嗯。"

他这就要走了，我一直低着头，他走到我身边的时候，我看见他皮鞋的鞋带松了，我说：“请等等。”然后我蹲下去，帮他把鞋带系好。当我再站起来，便被丹尼·海格抱住了。

我仰头看他，那湖蓝色的眼睛里生出火焰，他整个人是烫的，连呼吸都灼烧着我。他一只手搂着我的腰，另一只手捧着我的脸，声音低沉地说：“我想你。”然后他的嘴唇贴在我的上面。

我们彼此揪斗着，发狠用力，我总想要些更亲密更深入的接触，是那样贪婪。不知什么时候，他的眼神变了，他一直看着我的脸，脸上有淡淡的难以捕捉的微笑，带着点好奇、欣赏还有纵容，仿佛要看我究竟能折腾到何等地步。我的身体向后倒去，手一下子把台灯拉到了地上。房间里忽然变得漆黑一片，闪电划过天空，像是镰刀劈向我的影子，那一瞬间我看到的不是自己，是那只野兽带着满怀的嫉妒和占有，跳脱出我的皮囊，在暗夜里狰狞着。

……

雨越下越大。

喘息未过，人就冷静下来了，精明的意志和判断力都回来了。上一刻还热情如火恨不得把对方烧熟了吃掉的我们俩，待激情过去，都变得心平气和了。

我们躺在我宿舍的单人床上，他仰着，我趴着，他的手指从我的头顶抚摸到我的脊背，一点点滑到我的腰上，我安静地在黑暗里分辨着他侧面的棱角和曲线。

“从前我遇到一只漂亮的小猫，眼睛是琥珀色的，总像有点泪水。”他说，“我没见过那么乖那么可爱的小家伙，于是抱回来养。养着养着，这个小家伙长大了，脾气越来越大，变化莫测，性子也野了，再不像从前那么乖，我这才发现，原来那是只小豹子。”

我“咯咯”笑起来，支起上身，伸手抚摸他的脸：“那你打算怎么办呢？是要管住了，还是放归山野？”

他收敛了笑容看着我的眼睛说：“那要看她怎么办了。”

我凑过去亲他的嘴巴，用嘴唇亲，用牙齿亲，用力亲，亲得很重，亲得自己都觉得疼了，亲到他推开我。他用手指擦擦自己的嘴唇，上面有依稀血迹。

我笑着对他说：“那有什么啊？反正……反正你拥有整个动物园。哦不，森林都是你的。”

丹尼·海格没再跟我纠缠这个火药味十足的话题，他起身整理好身上的衣服后对我说：“你睡吧，明天去找我。”

他走之后，我坐起来，吸了几支烟，看看时间，还不到晚上十二点。我赌了差不多一天的钱，从蒙特卡洛赶回尼斯，恶狠狠地跟丹尼·海格缠斗一番，但是我一点都不累。我起来刷了牙，洗了脸，换了件衣服，打着雨伞又出门了，直奔“烈火”酒吧。

下雨的星期一，酒吧的生意清淡，我得以跟酒保详细地解释我想要的口味：“我要烈一点的酒，但是甜的；要能喝醉的，但是不能太难喝的。”

这个小伙子笑着点头，开始调酒，手法让人眼花缭乱。他在此过程中问我：“不高兴啊？”

我想了想，指着身后一屋子的人问他：“你说，这些人当中有几个高兴的？”

他说：“嗯，你说得对。”

我喝到第二杯的时候，雅尼克走过来。我带着点酒劲问他：“Gitan——说的是不是这种人，嗯，四处流浪唱歌的？”

他眯着眼睛想了想：“嗯，差不多。”

“吃饱饭总是能保障的吧？”我问。

“多少还能赚点钱。”他说。

“要人入伙吗？”

“你？”

“对，我。”

“你会唱歌吗？你懂音乐吗？”

“不太懂，但是总能帮点小忙，当个助理，看个合同什么的。”我说。

他哈哈笑起来，喝了一大口酒，上上下下地打量我："你？你是个有钱人。你……你那枚漂亮的戒指呢？"

我看看自己的手指，连他都留意到我的戒指不见了。我笑着说："你看，你说错了。我才不是什么有钱人。我的假戒指扔到哪里了，连我自己都不知道。你不信？我告诉你，我是一个虚张声势的人。哎，但是我真的想加入你们。"

雅尼克半天没说话，我想拿起自己的杯子再喝一口，手被他按住了。

他的手覆在我的手上，他说："你冷吗？你的手可真凉。"

那一刹那，我那被美味的酒精刺激过的脑袋里面很乱，眼前和耳畔闪过很多东西：那个打到美国的电话，女人用英语对我说"你不是找丹尼吗？没拨错"；苏菲从桌子上推过来的字条；丹尼·海格的眼睛；还有我在蒙特卡洛赌船上的溃不成军。

我转头看看他，雅尼克，年轻男孩，很高大也很帅气的摇滚歌手，红色的头发让他看起来像只毛发蓬松的大狗。丹尼·海格在这般年纪的时候在做些什么？他是否也曾经钟情于一个姑娘？还是他早就拥有了一片茂密的森林？

想到这里，我心中那只小兽又跳出了笼子。我带着点报复的心理和放纵的快感倾身向雅尼克，亲吻他的嘴巴，他也同时搂住了我的肩膀。我体会着他嘴唇和口腔的气味，柔软还有温度，我们的鼻尖相互摩擦，那一刻我想忘掉一个人。过了很久，我们才慢慢分开。这里没有谁会注意一对接吻的年轻男女，除了我们自己。他说："你想去哪里？"

我看了他好一会儿，然后从高脚椅子上下来，我把酒钱放在吧台上，准备离开。

雅尼克没再与我有身体上的接触。他有点疑惑，问道："怎么了？你怎么了？"

我什么都说不出来，连声"再见"也没有，便离开了那里。

他是一个嘴唇柔软、气味可亲的男孩。

可是，他不是丹尼·海格。

我在自己的宿舍里睡到日上三竿，第二天天气晴好，万里无云。我梳洗好，喝了一杯咖啡后就去布列塔尼别墅找丹尼·海格，屋子里是空的。酒店的员工在打扫，在客厅的桌子上，我看见他给我留的字条：我在沙滩上等你。

我找到他，他坐在阳伞下面的椅子上看书，是一本侦探小说。他的眼睛藏在太阳镜后面，他什么都没有跟我说。我在他旁边的椅子上坐下来，往身上擦油。有小贩叫卖着冰激凌和冰冻的覆盆子经过，我买了两杯，递给他一杯，他这时方跟我说话："谢谢。"

那本书看完后被他丢在一旁，空出来的手握住我的手："我们今晚上回里昂？"

"好的。你看了什么故事？给我讲一讲。"

"嗯，没什么意思，就是一群嫌疑犯一个一个地排查，看谁是真正的凶手。最后找到了，但是解释得很牵强。"他一直戴着眼镜，看不见什么表情，他说，"那天你讲的那只大狗的故事说完了吗？它最后成了一只雪橇犬，这就是结尾吗？"

我正要跟他讲巴克之后的经历，忽然听到有人叫："丹尼！"

沙滩上走过来穿泳装的一男一女，上来便拥抱他，那女的有一头发亮的栗色头发。丹尼·海格为我们互相介绍，那是夏洛特和她的丈夫布鲁诺，他们与丹尼是认识了十几年的好友。

夏洛特说："你来尼斯居然不告诉我们，真可恶。"

丹尼笑道："停留的时间太短了，不然怎么能不找你们呢？"

夏洛特用食指指着他的胸膛，又霸道又热情地说："别说那么多的理由，今天晚上要去我家吃饭，我写邮件的时候告诉你了吗？我的酒庄上个星期开窖的红酒棒极了，爱丽舍宫可能要选它当国宾礼物。"

夏洛特所言非虚，她的红酒味美甘醇，口感极佳。我们被邀请至她在半山腰的家，凭海临风，在草坪上喝酒聊天。丹尼·海格兴致极佳，美酒喝了一杯又一杯。

听他们聊天，我知道他们是在登山俱乐部认识的。夏洛特曾经在山顶遇险，丹尼搭救她下来，从此二人成了生死之交。布鲁诺是后加入的，他跟夏洛特五年前结婚，丹尼是证婚人。他们言谈之间对丹尼·海格总有些感激之情，夏洛特之后跟我说，原来丹尼·海格曾经出了一大笔钱帮助他们渡过生意上的难关。

我起身去洗手间，夏洛特陪我同去。我们穿过有着高大举架，穹顶上是宗教画的中庭，我对她说："这房子可真漂亮啊。"

"嗯，这是我三辈以前的祖父修建的，当时从罗马请了画师来，最初建成的时候，在这个地区也算是大事情。"

"那是肯定的。"

我从洗手间出来，夏洛特在外面等着我，她手指间夹着一支烟，我洗手的时候，她就从镜子里看着我，带有些审视和判断的意味，她将帕子递给我擦手："我带你看看这房子？"

"好的。"

她也三十多岁了，脸上不施薄粉，穿着一件休闲的袍子，脚穿软皮靴子，她的身体很瘦，走路慢悠悠的，有种说不出的潇洒的风骨。她带我看这房子每一位曾经的主人的画像、她从前的游戏房、给家中每一个到了十六岁的女孩儿举行晚会的舞厅，还有藏着五万册图书的书房。

"这漂亮的房子险些保不住。"她说，"前年的生意很不好，我们在中东的投资又出了问题，就想把这房子卖了抵挡一下。要不是有丹尼帮忙，恐怕会就此一蹶不振了。"她说起他，眼睛看着我，"他真是个慷慨的朋友。"

我笑了笑。

"你们在一起多久了？"

"快两年了。"我说。

夏洛特走在我前面，像是跟我说话又像是自己在感叹："日子过得真快啊，我认识丹尼都有十多年了。时间对于男人和女人真是厚此薄彼，我再也不是从前的那个样子，可看看丹尼，他几乎没有任何变化。请到这边来，这是我的钢琴，我更年轻些的时候，每天都在这里弹钢琴。"

那个房间踞在这层楼的角落里，三面都是大窗子，窗子下面种着大捧大捧的萱草，月光从窗外洒进来，清新的气味和月光盈满了整个房间，那中间是一架黑色的三角钢琴，夏洛特走过去，将琴盖打开，手指轻轻滑过琴键，在上面按下一串音符。

可是我的目光被放在钢琴上的另一个东西所吸引，我走过去，把它拿起来，放在手中，仔细地看。沙漏形状，雾白色的水晶瓶子，里面的水还剩下一半，冰冰凉凉的。

见我把它拿起来，夏洛特笑了："认得它？"

我没说话。我当然认识这个瓶子，丹尼·海格曾送给苏菲一模一样的礼物，是我负责把它拆开的。

夏洛特说："你也有一个吗？"

"……"

"那么我这个前会员还是欢迎你加入'海格俱乐部'。"

第十三章

找一个体面的、浪漫的、足够戏剧性的情节来说再见

晚上九点多，我们和夏洛特告辞。司机一直等在外面，我们还有三个多小时的山路要走。

之前下了大雨，所以这一夜是个月朗星稀的好天气，车子在起伏的山路上一路向北行驶，月光把斑驳的树影镶嵌在我们身上。我的左手一直被丹尼·海格握着。

我不讨厌夏洛特，她跟苏菲不大一样。过了两年，苏菲仍然想抓住丹尼·海格，用手段逼我放开他。而夏洛特，她跟丹尼的故事已经年代久远了，她自己结婚都五年了，虽然仍是念念不忘，但是她有一种冷淡的潇洒，她想看热闹。

我心里一个一个地计算着：夏洛特、苏菲，伦敦还有纽约的女人，还有我。丹尼·海格他可真是，我看着他，他可真是荒唐啊。他像收藏汽车和名马一样收藏女人，像品尝美味一样品尝着她们。我曾经想要说服自己，我曾经认为他是值得的，但是我显然高估了自己的忍耐力。我忽然又想起了夏洛特说的那句话，她说：欢迎你加入"海格俱乐部"。

也许她高估了我，我入会时间太短，还没有得到一瓶象征着他爱情的海格水。

不过，“海格俱乐部”，“海格俱乐部”，我想到这里，觉得有趣极了，一个没忍住，“咯咯”地笑了起来。

他转头看我，把我的手拿到嘴边亲了亲：“什么事情这么高兴？”

我把手收回来，双臂环抱着蜷到车座上的腿。我对他说：“我告诉你一件事情。”

他看着我，饶有兴味：“请说。”

“其实我没有去意大利，我去蒙特卡洛赌钱去了。”我说。

“这种事情用得着撒谎吗？”

“我本来是个身无分文的穷学生，受你的照顾，丰衣足食。我想无论如何，赌钱都不是一个好习惯，所以本不想让你知道。不过我忽然觉得不那么在乎了，你那么有钱，我多花点少花点又有什么差别？”

他没有说话，笑了笑，转过头去，不再看我。

他对这个话题显然不感兴趣。

我从车座上爬到他身边，把他的脸扳过来面对我。我亲亲他的嘴巴：“你都不问问我开不开心？”

他还是没说话，我们的鼻息间有很大的酒味，不知是谁的。

他只是看着我，他不配合我的喜剧。

即使他不配合我也要继续下去，我捧着他的脸说：“我还没尽兴呢。回到里昂，不管多晚，你都得跟我玩上一局。”

他在黑暗中居高临下地看着我，目光闪亮：“好啊，我不玩你肯定不会死心。”

一副扑克、一瓶威士忌加两个杯子。

一到家，衣服都没换，我们两个人直接上牌局。

丹尼·海格坐在沙发上松了松领带："什么规则？哪种玩法？"

我坐在柔软的地毯上，抬头看看他："你的玩法我可能不会，我的呢，可能你不会。咱们就来最简单的，比大小，怎么样？"

我摸了五张牌，他摸了五张牌，一一相对着摆好。丹尼·海格又问道："输了或者赢了都怎么样？斗酒吗？"

我把第一张牌翻开，是一张红心7，我说："如果你的那张比这张大，我就喝威士忌。如果你的牌比我的小，那你只要老老实实回答我一个问题就可以了。"

他的手指按在那张牌上。

我说："你不许撒谎。"

他翻开自己的牌，是一张黑桃6。

我笑了笑："你跟夏洛特曾经是恋人？"

丹尼·海格说："从前是。"

我点点头，很好，很坦率。

我翻开第二张牌，是一张草花Queen，丹尼·海格翻开他的牌，黑桃7。

"纽约和伦敦都有你的女朋友，却又不仅仅是她们，对不对？"

"对。"他回答得毫不犹豫。

"很好。"我呷了一口酒。

"你说什么很好，微微？是这件事情很好，还是我回答得很好？"他看着我，脸上带了点微笑。

"很好是因为你很诚实，没撒谎。"我说。

"那是你定的规则啊。我们继续？"他说得理所当然。

我翻开第三张牌，是一张红心Ace。用不着他翻牌了，这一张又是我赢。

我直接问道："你可有新的藏品？"

那张牌他没有翻开，他低着头，像是在扑克的背面寻找答案一样，过了很久方说道："微微，你跟着我两年，我们几乎天天都在一起。你觉得我有时间再去找新的女人吗？”他抬起头，“这个问题的答案是，没有。”

我是不是应该感激陛下在近两年里把时间都放在了我的身上？我是不是应该跟他说谢谢？我什么都说不出来，低下头继续游戏。

第四组牌仍是我赢，红心10对黑桃9。我抬起头看了他半天，我只觉得鼻腔酸胀，我只觉得那么不甘心，那个压在我心头很久的问题还是慢慢地问了出来：“丹尼·海格，你知不知道，我跟着你，是因为我爱你，不是……不是为了你的钱？”

他拿起酒杯，喝了一大口，然后回答我：“像我知道你是一个聪明又努力的孩子一样，像我知道自己的名字一样。”

我的眼泪瞬间流下来，我拿起手边的帕子用力地擦眼睛。我拉起他的手，轻轻地吻他温暖的手指，然后把它们贴在我的脸颊上。我是真的感激，我说：“谢谢，谢谢。”

游戏总要结束，还有最后一张牌要翻开。还是我赢，方片J对黑桃10。

我最后的问题是：“丹尼·海格，我们会有一个结果吗？”

他略沉吟了一下，回答我：“可能不会让你满意。”

远处的山坡上，教堂的钟声响起，悠悠传来，凌晨三点。

我所有的牌都赢了丹尼·海格，但是我输掉了自己的理想和希望。我扶着矮桌，慢慢地起来，因为蜷膝坐得太久了，两条腿又酸又疼，像有无数的蚂蚁在咬。我很累，也很困，我想要睡一会儿。我处心积虑地构思了一场牌局，最终知道了我想要知道的一切，丹尼·海格毫无保留，他是个遵守规则的好玩家。可是我情愿他能撒一点谎。

丹尼·海格说：“微微，游戏还没有结束呢。”

我回头，所有的牌都摆在那里，除了他的第三张没有翻开，丹尼·海格这个时候将牌翻开，是黑桃8。他的五张牌是黑桃同花顺。原来这才是大赢家。

“啊，真漂亮。”我说，“你……你要怎么惩罚我？我……我干脆把这瓶威士忌都喝掉吧。”

我的手已经伸过去把那瓶琥珀色的威士忌拿起来了，丹尼·海格把我的手硬生生地按下去：“你不用喝酒，也不用回答我的问题，只要好好地听我说几句话。你是最聪明的孩子，教你什么都学得会，也都做得那么好。那我今天再教你一件事情。一个人活在这个世界上为了什么呢？我告诉你，是去经历和享受。没做过的事情要做一做。无则努力追求，有则尽情享乐。我没你说的那样不堪，但是我从不打算改变现在的生活。你想让我为了你过得清心寡欲，你想让我为了你放弃森林？那绝不可能。所以你不用等待一些不切实际的东西。也大可不必因为我跟别的女人在一起就悲伤难过，如临深渊。合则来，不合则散。这是简单却正确的道理。”

他说的每一句话我都安静地听着，寒意从心里升起，蔓延至四肢。

“哐当”一声，他把一个什么东西扔在小桌上，竟是我在蒙特卡洛当掉的粉钻戒指。

“你喜欢赌钱吗，微微？喜欢就去，玩得多大都可以。你跟着我，这点玩意儿我还照顾得来。你用不着遮遮掩掩，更用不着撒谎。”他走过来，到我身边，亲亲我的脸颊，“去睡吧，你看上去很累。这不是愉快的一天，对吗？去睡吧。”

我站在那里，只觉得脊背僵硬，头昏脑涨。

丹尼·海格没有再给我时间，他扬长而去。

接下来的日子，学校已经没有课了。最后一年，要么实习，要么准备毕业论文。丹尼·海格没有再来这里，我独处了一段时间，像过电影一样梳理这段跟他在一起的日子。

所以我跟丹尼·海格之间，并不是一个信任或者不信任的问题。他一贯过着逍遥快活的日子，他认为人生在世就是要经历和享受。他的生活理念就是这样。难道我能以我的爱情为理由强迫他去改变自己的生活吗？那当然是不切实际甚至是荒谬的。

但是换一个角度来想，我也并没有做错什么事情。我爱上这样一个非凡的男人，起初我想跟他天长地久，后来我只求曾经拥有，可是仍然有那么多的困扰。

我也没有什么可后悔的，跟他在一起，我非常非常快乐。

所有的爱情中都有一些相似的桥段：甜蜜的相处，争吵，怄气，重归于好。这个过程进行良性或者恶性的循环。我独自一个人躺在床上，彻夜不眠，我在想：我跟丹尼·海格之后会怎样呢？

他会回到我这里来，或者我去找他？我一哭，他总会有些怜惜和感动，然后我们在眼泪和亲密中和好。之后我可能会再遇到他的某一位女朋友，以苏菲和夏洛特以外的方式向我证明她和丹尼之间的风流艳史。与此同时，他也难免再去追求一位可爱而迷人的女郎。那我要怎么办呢？像苏菲一样去警告她、攻击她，玩弄手段，试图拆散，还是优雅地抽身而退，对丹尼·海格说再见？

天色渐亮，我披上晨褛，起床喝水。说再见，说再见，既然要说再见，那就长痛不如短痛。趁我还没有看到他真的跟另一个女人颠鸾倒凤；趁他还没有见到我歇斯底里的模样；趁我们对对方仍有个完整不破败的形象，找一个体面的、浪漫的、足够戏剧性的情节来说再见，才对得起我们相处这两年来每一个让我沦陷的好时光。

说再见。

这年十月末的一个下午，我接到了一个电话。一个年轻的男声在那边说：“你好……不过，你可能已经不记得我了。”

我确实没有一下子听出来是谁，但是那边同时传来了架子鼓和贝斯的声音。我说：“你好，你是雅尼克吗？”

他在那边笑了，挺高兴的：“我们来里昂演出了，你什么时候有空，来兰多夜总会坐一坐？哦，我是从达米安那里要到你的电话号码的。”

“太好了，”我说，“你能不能告诉我地址？好的，我记下了，我们稍后见。”

我按照雅尼克给我的地址找到那家夜总会，比起他们在尼斯驻唱的那个烈火酒吧，这里无论是规模还是档次都高了许多。雅尼克和他的乐队又有新歌，曲风明显比从前柔软，没那么愤青，悦耳了许多，却也少了些个性。而且他们只唱了两首歌，就让位给别的乐队了。

听雅尼克跟我说，这里与尼斯的酒吧可不一样，没有那么多热情洋溢、喜欢听音乐跳舞的观光客，但是有很多职业经纪人和音乐总监出没，可能今天你还在这里免费唱歌，到了第二天就已经被发掘，就可以在拥有先进录音和混音设备的工作室里试唱了。

我听到这里，抬头看他：“你们在这里唱歌……免费？”

雅尼克喝了一口酒，看了看身边的同伴，没说话。

他们三个人对来不来里昂也有不同意见。雅尼克认为应该来里昂，这里有更大的发展空间，更多的机会。键盘手罗杰很想留在尼斯，在那里他们有可观和稳定的收入，而且也不用像走马灯一样，唱不了两首就下台来。鼓手让对于不能够随心所欲地演奏他们原来风格的重金属音乐颇有微词。

我想的是，让年轻人唱歌不给钱，这个老板真讨厌。

那是清晨四点多钟，夜总会打烊之后，工作人员在打扫，我跟雅尼克他们占了一张小台子喝酒，一个人过来给我们每个人的杯子里倒满香槟。他是个四十多岁的大胡子，眼神很精明。雅尼克给我介绍：“这是这家夜总会的老板扎斯先生，这是我的朋友齐小姐。”

我说：“您的夜总会很棒。”

扎斯笑了笑，眼睛看着我说话，同时拍一拍雅尼克的肩膀：“您也这样认为是吗？谢谢您，这里不是一个旅游区的小酒馆，而我呢，也只请真正出色的乐队。”

这个信息很重要：老板扎斯先生是看重雅尼克的乐队的，他亲自来斟酒，说明他想要他们留下来。

我说了，这个时候的我很闲，没有功课，没有找到实习的地方，也没有情人来约会。我非常用功地念了四年半的商科，形成了一些职业敏感，还有经丹尼・海格调教过的对人与人之间复杂关系的嗅觉，这让我对雅尼克的个案产生了浓厚的兴趣。我在第二天下午找到他，想要替他们去跟扎斯先生谈一谈。

摇滚乐手们租了一栋不大的两层小楼，三个人各占一间卧室，还有一个很宽敞的能练习的客厅和一个阳光很好的阁楼。

我到的时候，雅尼克在练琴、写谱子。他看看我："干什么，你要做我们的经理人吗？"

"那倒不是，"我说，"只是我现在也没有个实习的地方，哦，你觉得我是一个商业间谍，不放心我，是不是？"

他笑起来："你在说些什么啊？"

"我打算去跟扎斯先生谈一谈。"我说，"我要说服他给你们一份临时的合同，要有机会压轴，还要有不错的收入。"

"他不会同意的。"

"谈过了吗？"

"没有。不过我知道，如果我们走了，第二天就会有新的乐队顶上来，只为了能在这里唱歌，能认识好的制作人。"

我说："让我试一试，试一试才知道。"

我给扎斯先生打了一个电话，跟他说，我代表雅尼克的乐队想要谈一谈合作的事情，我简单地说了一下我的要求，他略微沉吟后同意在他的夜总会楼上的办公室见我。

那天我刚在夜总会办公桌的对面坐下，扎斯先生就拿着一个漂亮的方盒子走过来，"啪"的一下，盒盖弹开，里面是粗大的古巴雪茄。他说："来一支？"

我看看他，把盒盖扣上："先生，这是好东西，等事情谈成了，我再吸也无妨。”

他哈哈笑起来：“小姐，你有二十没有？我女儿看上去都比你大。你要跟我谈什么？谈他们唱什么歌？谈我给多少钱？我告诉你，我玩摇滚乐的时候你们还都没出娘胎呢！重金属摇滚就是噪音，我的客人不喜欢，那么我的夜总会就不能浪费这个时间。你想让我付他们钱？我给他们一个机会来里昂最好的夜总会唱歌，还要我给他们钱？这真是自不量力，这真让人讨厌！”

他说话的时候在我的身边转啊转，声音轰隆隆的，像对着我的耳朵喊话一样。全然不复我们之前见面的时候，那颇让人心生好感的热情好客。

有的人就是这样，声势极大，想要先声夺人，然后逼其就范。雅尼克他们也不容易。

我挠了挠耳朵，然后站起来。我看着他，觉得这么一个大胡子、大肚子的人十分占地方且让人很不耐烦。

我皱着眉头看着他：“扎斯这个姓不是法国姓，您是俄国人吗？”

“白俄。”

“咱们两个外国人用法语说话就简洁点吧。您懂音乐，我不懂，但是我知道雅尼克他们在尼斯唱到爆棚，雅尼克的歌曲连我这么一个不懂音乐的人也觉得好听。他们从尼斯来您的夜总会唱歌，您应该感谢列宁……先别说，听我说。我不是来吵架的，我有一个提议：每个周二，客人最少的晚上，您做一个重金属的专场。如果有好的反应，那么就继续下去，如果不好，可以马上终止。如果他们在尼斯能够很受欢迎，那么他们在这里就能够为您赢得更多的客人。我都写在这份文件上了，您可以看一看。”

扎斯把我手中的建议书接过去，嘴里仍在说：“这是什么破玩意儿？”

我还没把我的破玩意儿说完呢，我非常明确地告诉他：“我不知道这个行业的潜规则，但是我知道叫人干活就得给钱。在哪里都一样。雅尼克还是大学生您不知道吧？如果仍然得不到该得到的收入，那么我们只好诉诸法律。年轻的摇滚歌手没有钱请律师，但是您也知道，现在是暑假，大学里的法科学生排着队等着接案子实习，我们总能得到一点帮助的。”

扎斯被我彻底激怒了，我话音还没落，这个白俄罗斯人便用夹着雪茄的手指指着我说：“我用不着一个小女孩告诉我应该怎么经营我的夜总会，更用不着你来这里威胁我！你是要搞巴黎公社吗？你现在给我出去，马上出去……”

这场谈判简直是一路吵下来的，我从扎斯的办公室出来，气得简直手指发抖。我的第一个直接反应是，我要问一问丹尼，我要问一问他我应该怎样做。可是下一秒钟我就想起来，我去哪里问丹尼？他早就走了啊。

我给雅尼克打了电话，跟他们简单地说了一下我跟扎斯见面的情况，我没有说此人有多么的野蛮无礼，只说交涉未果，扎斯对于星期二晚上重金属的专场没有表示出丝毫兴趣。

“你打算怎么办呢？”我问。

“嗯，”他在电话那边略微沉吟，“我不知道，我也没有一个主意。”

“真抱歉，我其实什么忙都没有帮上。”

“不过我在想一件事，”雅尼克说，“我是玩重金属的，我想要出名，不可能一辈子在酒吧和夜总会唱歌。再说了，罗杰和让，他们两个人也不想委曲求全，所以我……如果扎斯不同意这个星期二晚上专场的建议，那么我们就不在那里演出了。”

因此对于雅尼克，我最初是有欣赏和感激之情的。他并没有为我做任何事情，但是他尊重我的热心和努力，当我与扎斯先生谈判失败的时候，他没有再去夜总会演出，而是坚持了我的建议，与扎斯先生对峙。不仅仅是我，他的同伴罗杰和让也都非常欣赏他的这个决定，他们认为这才是摇滚乐手应该有的脾气和风骨。

乐队与夜总会的老板扎斯僵持了一个星期左右，他们一直没有回去演出，其间雅尼克开始创作新的歌曲，我得说，他非常有才华，他顺手扒拉出来的几个音符都让人喜欢。但是每一天，每隔一段时间他都会有片刻愣怔，我不明就里，还以为他是病了，劝他去看看医生。他说没事，我也就没再当一回事了。

过了一个星期，扎斯给雅尼克打了电话。这场对抗终于结束，老板同意下一个周二安排他们专场演出，俱乐部可以负责宣传，但是在这个过程中产生的费用要由乐队承担。

扎斯跟雅尼克在电话里谈条件时，我就在旁边听着。他说到这里，我马上把字写到纸上让他看，让他告诉扎斯："可以承担费用，但是当天晚上酒水的利润，我们要拿十分之一。"

扎斯计算了一会儿之后说："百分之五。"

雅尼克念我在纸上写的数字："百分之八。"

扎斯同意了。

雅尼克放下电话看了我半天："你可真是厉害啊。"

我耸耸肩膀："跟他之间只有钱的关系，得计算到每一分钱上面去。"

那个星期二的晚上，除去开销，雅尼克他们赚到了一万二千欧元。

他们给了我一千欧元作为感谢，两张五百欧元的票子，雅尼克开玩笑说："够不够你一天的开销？够不够你买一双鞋子？但是这是一点心意，感谢你帮了我们这个忙。"

我把那两张钞票拿起来，在手里看了半天。我说："你误会我了，雅尼克。无论对谁来说，一千欧元都是个不小的数字，我曾经做过每小时赚十二欧元的工作。我能不能再提一个小的要求？请你们帮我一个忙？"

雅尼克看着我的眼睛说："请说。"

"我也想当gitan，你们收留我吧，把那间阁楼租给我怎么样？"

"只要你愿意。"他点头说。

我拿着雅尼克给我的一千欧元去了一趟银行，春天的那次实习，除去给丹尼·海格的股息和给他买礼物的开销，我一共剩下九万八千欧元，如今再加上手里的这一千欧元，我自己的账户上共有九万九千欧元。我权当这是我自己的钱，那是一个很好的数字，一个圆满的结束，也是一个充满希望的开端。

在丹尼·海格离开里昂的四十天后，我也离开了那个开满鲜花、铺着白色长羊毛地毯的房子。

我住在摇滚歌手们楼上的大阁楼里，阳光很好，晴天里可以看见飞过城市上空的灰鸽子。他们没有收我房租，我得到这个免费住处的条件是平时帮他们打扫一下房间，买点东西，煎个面包什么的。

他们每个周二在夜总会的演出越来越成功，因为赚头不错，扎斯先生又在星期四也安排了这个节目。他们赚得多了，名声也大了。十二月初的一天，我们的电话里多了一条留言："你好，我是乔·罗辛，巴黎MG公司的音乐制作人。我对你们的音乐很感兴趣，这是我的号码……"

终于有星探找来了。

几个人站成一排听了三遍电话留言，都有点难以置信。

雅尼克到底还是领头的，他对我说："我们都要排练，你愿不愿意替我们去谈？"

"我？"

我心里又高兴又没底，我觉得这是一件有趣的事情，非常愿意去做。我不是为了钱，也不是为了别的，我就是有点死心眼地想做成点事儿。

我同意了，连一份授权书都没有我就同意了。

这个时候我挺愉快的，我才不去想什么丹尼·海格呢。我也不找工作，跟原来的朋友和同学接触也少了。

这种亢奋的情绪一直持续到那一天的下午，在半掩的门后面，我看见雅尼克在自己的房间里，把锡箔纸上腾起的白色烟雾贪婪而细致地吸到鼻子里，一点都不浪费。

第十四章

我真遗憾没有在说完那句话之后看到丹尼・海格的脸

你怎样去真正认识一个人呢？他是一个跟我年龄相仿的年轻人，他看上去健康而且强壮，他非常有才华有理想，他怀念着他过世的女朋友，他也对我的帮忙很感激。但是他现在靠在沙发上，他刚吸食了可卡因，此时正慢慢地享受着，表情愉悦。

我走过去，坐在他旁边。他仰头看看我："还是被你看到了啊。"

我摇摇头："让不让我看到没有那么重要，这不是好东西，能不吸吗？"

他闭上眼睛："卡拉说过同样的话。"

然后他就不理我了。

那天是星期二，晚上他们在夜总会还有演出，观众们很热情，我看着雅尼克在舞台上激情四射的表演，想起丹尼・海格的话，他说，人活着就是为了去经历，去享受。如果雅尼克觉得快活，我又何必为他担心呢？

这让我又想起了丹尼・海格。

那天晚上，演出结束，我们从夜总会里出来，我看见对面街道的角落里停着一辆青色的宾利。我站在那里迟疑了一下，心想，那会不会是他？黑夜里安静的注视像是一场固执的谈判，谁都不肯谦让一步，直到罗杰把我拽走。

摇滚乐手们的荒唐一点一点逐渐展现在我面前。让和罗杰总是带不同的女孩子回家过夜，雅尼克在这个方面表现得清心寡欲，但是有一天，他一边用一把小刀切分白色粉末，一边跟我解释："我每天每顿的量都是固定的，不会少，也绝不会过量。我觉得吸食这个过量而死的人都是笨蛋，太贪婪了，适当地享受就可以了，怎么连命都丢了？"他切啊切啊，最后居然剩了一小撮。他用食指将它们点起来看看我，"你要不要尝试一下？"

房间里面放着涅槃乐队的音乐，雅尼克用手指点着可卡因问我是不是要加入他。我只觉得喉咙那样疼，那样痒，接着一阵剧烈的酸楚从胃里袭上来，我捂着嘴巴冲进卫生间，吐得天昏地暗。

也不知道过了多久，我扶着墙慢慢地站起来，转过身，我看到雅尼克站在我后面，他还没吸呢，可是瘾已经上来了。他又有点发呆，他对我慢慢地说："你……你看上去不好，气色太糟糕了，明天……明天去看医生吧？"

我点点头，在洗手池旁边漱口，抬起头，看着自己的脸，灰色的，眼圈青黑，额头上长了很多小痘。

十二月了，天气渐渐冷下来，白天很短，下午三点多就已现暮色。我在离住处不远的一家诊所里等着看医生，候诊室是一个贴着淡蓝色壁纸的小房间，墙上有女医生和她儿子的照片。桌上有几本杂志，我拿起来看，内侧第一页上就是海格的化妆水广告，精美的包装，高端的价位，女明星握在手里，星眸微转，微启朱唇，欲语还休。

医生送上一个病人出来，之后便轮到我了。我把杂志放下，随她进去。

医生询问我的情况，我一字一字地回答："嗯，清晨的时候会有些恶心，呕吐过两次了，吸烟，也喝酒。不，从来没有过，嗯……我的生理期，我的生理期一向不是很稳定，有时三十多天，有时四十多天……这一次，"我算了一下，"快两个月了。"

我一边说，医生一边往电脑里输入我的情况，我说到这里，她抬头看着我：“小姐，有没有可能，您怀孕了？”

我和丹尼·海格在一起两年，过程中都会注意避孕，可是上一次在尼斯，我们几乎把一切都抛到了脑后。我看着医生说：“有可能。”

医生笑一笑：“那么我先为您做一下消化系统的检查，如果没有问题，我再给您开一张验血的检验单，除了看有没有怀孕以外，我们还要查一下您是否有微量元素的缺乏症。请跟我到这边来，我先要检查一下您的肠胃。”

我并没有马上动，而是问她：“如果是怀孕的话，医生，我要怎么进行人工流产呢？”

医生看了看我，然后回到座位上坐好。这位女士有一张秀丽而庄重的脸，她的表情和她身后的窗子外那些铅灰色的云朵让她接下来说的话有一种仪式感。她说：“可能与中国不同，在法国，自然受精的人类胚胎已经被认为享有人权……虽然自一九七九年起，人工流产在法国合法化。但是如果要剥夺一个孩子出生的权利，我们强调一定要有足够说服力的理由。”

“什么叫有足够说服力的理由？”

“一些生理指标的化验明确显示不适宜妊娠，还有我们坚持要与双方当事人进行沟通，希望能够劝说保留小孩子。”

我捋了一下头发：“有没有商量的余地？难道这件事情不能由我自己决定吗？”

女医生双手相交，放在桌面上：“小姐，任何一位医生做人工流产手术都要承担道德和法律上的责任，您想商量些什么呢？”

“我明白了。”

我的肠胃没有问题，于是抽血化验，等第二天出结果。

我没有一点侥幸心理，我在药店里面转了很久，想寻找那些孕妇忌服的危险药品。可惜很多都是处方药，我看来看去，只发现用于性生活第二天紧急避孕的药物不需要处方，而且说明上的措辞颇强硬：服用本药避孕失败后要用人工手段停止妊娠。我买了两颗。

傍晚我在城里逛了逛，走到了莲花广场。我买了一杯可可坐在长椅上，看见有小贩在街对面卖烤栗子和热白酒。喷泉的水声很大，阿波罗勒住九条火龙。我坐在长椅上想，那是什么时候？丹尼·海格坐在这里等在街上摆小摊做义工的我，那是什么时候？

医生说，要与双方当事人沟通，那么我要把这件事情告诉丹尼·海格吗？其实找一个人去医生面前表态说我们不能要这个孩子，我们决定把孩子打掉并不难。我接下来想到的就是雅尼克，无论如何我们也算是朋友，让他帮我做这件事，也并不需要费太大的周折。

这一天也不都是坏消息，我在睡觉之前接到了罗辛先生的电话，他希望圣诞节之前雅尼克他们能够抽空去一趟巴黎，让他的合作者们也看一下这个乐队的表演，然后在圣诞节之后，我们也许就能够准备一份合约了。

这真是一个好消息。

我又有了一些愉快的理由。

第二天是个出人意料的大晴天，晚归的摇滚乐手们还在睡觉，我在阳台上给化验中心打了电话，结果跟我想的一样——我怀孕了，丹尼的孩子。我谢过对方，放下电话就下楼给自己做些东西吃，心里盘算着什么时候去做手术。

“给我也煎一个鸡蛋，行吗？”雅尼克不知什么时候出现在我身后。

“嗯，好的。”我看看他，“你不再睡一会儿了？”

“不困。”他说。

“我有件事情想要跟你说。”我把一个鸡蛋打在平底锅里。

“我也有一件事情想要跟你说呢。”雅尼克说。

我转过身，手里拿着翻鸡蛋用的小铲：“那你先说吧。”

他拉了一把椅子过来：“你愿不愿意跟我去美国？”

我有点没听懂，雅尼克，他问我，是否愿意跟他，去美国?

“似乎不行，”我说，“我正要跟你说呢，昨天罗辛先生打电话来，他希望你们三个人在圣诞节之前去一趟巴黎，去见一下他的合作者们，然后……”

他对此没有丝毫的惊喜，只是看着我。

“你是什么意思，雅尼克?”我问。

“有个美国的制作人想让我去那边工作，下个星期一走。我希望你也能去。”他在餐桌上拿了一个绿苹果，咬了一口，“你愿意还是不愿意?”

鸡蛋在平底锅里煎得嗞嗞响，我赶快把它们翻了一个个儿。我背对着他想了几秒钟，转过身问雅尼克：“是你去美国，不包括罗杰和让，对吗?你要单飞，对吗?”

“对。”

“是你自己接触的美国制作人?”

“是的。”

“可是你……你仍然让我跟罗辛先生联络，这样就没有人注意到你自己的打算了，对吗?”

“有这个意思。”

我笑了一下：“那他们两个人怎么办?”

“人各有志，我现在觉得我们三个人之间有很多的不同点。我觉得自己单飞可能比在这个乐队更适合。”

“那我呢?我怎么办?我怎么跟罗辛先生说?我已经见了他两回了。”

“你不用跟他说，”雅尼克到现在都是一副满不在乎的样子，“你只要告诉我，你是不是同意跟我一起去美国就好了。”

“你在说什么，雅尼克?下个星期一你去美国，你现在来问我是不是愿意跟你去?你以为去美国像去家乐福买东西一样吗?”我紧紧地盯着他，到现在都不能消化这个消息。

“我到了美国，就在那里等你。你可以立即开始着手办理签证的事情。”

他说，“中国人去美国可能会有些困难……我是真的邀请你一起去，我需要一个人帮忙，我觉得你……”

我向他摆摆手，请他不要再说下去了，我把煎好的鸡蛋分别装在两个盘子里，我很难压抑自己的震惊和愤怒，鸡蛋给他的时候，盘子落在桌面上，发出“砰”的一声。

“你刚才说，你也有事跟我说？”他看看我。

“没有了，雅尼克，没有了。”我看着他，摇摇头，转身上了阁楼。

摇滚乐手雅尼克让我非常非常的挫败。

我坐在阁楼的椅子上，一边吃煎鸡蛋一边想起在尼斯遇到他的那一夜，我以为他生病了，想要帮他叫车，其实他是刚刚吸食了可卡因，在那里舒服呢；我帮他联系制作人，洽谈合同，跟夜总会的老板叫嚷着讨价还价，而他早就打着自己的算盘要登上大洋彼岸的新大陆。人不为己，天诛地灭，他做的其实也没有什么错。可是我曾经那么感恩于他的热情和信任，我曾经把他当成一个真正的朋友，可是他背叛了他的伙伴，也背叛了我。他是个精明而且自私的人，我多么愚蠢，甚至还动过那个念头，想让他陪我去医生那里冒充我的男朋友。

我想着想着，头疼极了。这么多的事情乱七八糟地涌上来，我只觉得耳边一片杂音，像潮水奔腾一样。我吃完鸡蛋，把盘子放在桌子上，我觉得肩膀酸软，一点力气都没有。如果丹尼·海格在这里，他会怎样做呢？他会帮我摆平很多事情，然后他会告诉我：微微，你要记住……你不应该……你做得好……或者，你再不要这样。他像是一个教我驾驶的老师，无论我的车技有多么糟糕，有他在一旁总能化险为夷，而我如今自己上路，横冲直撞，狼狈不堪。

我想给他打一个电话，把手机拿起来，发现欠费了。我下了楼，在街边的电话亭打通了丹尼·海格的电话。

电话铃一声一声地响，我想，如果现在要他来搭救我，他会来吗？

上午时分，街上人不多，一个扎着辫子的哥特造型的女孩坐在电话亭旁边的马路牙子上，旁边是她的大狗，她从自己的背包里拿出半个包在锡箔纸里的三明治，自己吃了一口，剩下的大部分都给了她的狗。

一辆漂亮的车子停在她旁边，男人从驾驶座上下来给女人打开车门，他们两个人是那样光鲜亮丽，互相亲亲脸颊之后道了别。

我脑袋里面忽然有个念头，他对她，会不会比，它对她更忠诚？

打给丹尼·海格的电话这个时候接通了，是他本人，嗓音低沉：“喂？”

我的喉咙哽咽，没说话，他现在是在谁的温柔乡里？那一瞬间，我改变了主意。

“微微，是不是你？”

我没说话。

“你在哪里？”

我还是没有说话。

“逛得怎么样？累了还是无聊了？我去接你回来？”他说得有点纵容，可我觉得也有点看笑话的味道，仿佛知道我会打这个电话一样，又仿佛知道我转了一大圈，最终会告饶一样。

我的坏脾气又上来了。

“是我，我就是想要告诉你，丹尼·海格，”我的手紧紧地握着话筒，越说越慢，“我就是想让你知道，我过得还不错。”

“那很好。”他说。

然后我就挂断电话，“啪”的一声。

外面的哥特造型女孩看着我。

我从电话亭里走出来，也坐在马路牙子上。我从衣兜里掏出香烟，自己拿了一支，然后把香烟盒往前送了送，那个女孩摇摇头：“谢谢，我不吸烟。”

我说：“你爸妈呢？”

她说：“不知道他们在哪里。”她问我，“你的呢？”

我摇摇头：“我也不知道。”

所以我把这个小孩生出来干什么啊？他的妈妈是一个没有能力抚养他的女学生，而他的爸爸是一个风流成性的大富翁。

剧情的发展逃不开两个方向——现实版的是，孩子生下来，丹尼·海格不承认他的血统，我用尽高科技手段、法律手段、传媒手段将之证明给世人看，丹尼·海格的财产得以有他的份，就算是问题解决得不理想，他也可以得到大笔的赡养费……钱，钱，丹尼的钱，我不要都摆在那里，我要的话，不用拿一个孩子要手段。

浪漫版本的是，我带着他独自生活，他会是个优秀的小孩儿，漂亮、健康而且热情，我一看到他就会想起他的爸爸。那种幽怨缠绵持续我短暂的一生，我去世后，孩子可能会去找他，他对着丹尼用过去时说："我妈妈叫齐慧慧，你叫她微微……"

我的眼泪都要流下来了。无论怎样演绎，这都是悲伤的故事。

我不想用我的孩子写一个悲伤的故事。

如果我得不到丹尼·海格的全部，那我就放弃他；如果我的孩子出生后要成为一个私生子，那我也情愿放弃他。

我买了一瓶矿泉水，一边吸烟一边把那两粒药吞下去。

由于我态度强硬，而且化验的结果显示我确实不适宜怀孕，我终于从医生那里得到了可以进行人工流产的诊断书，时间定在了下个星期一，也就是雅尼克要出发去美国的那一天。我从摇滚乐手的阁楼上搬出来，在一个暖气不错的小旅馆租了一个房间。我买了一床很厚实的被子和很多吃的。我总得把自己照顾得好一点。

那天我的状态不错，因为打了麻药，过程中也没有那么疼。我叉开腿，看着医院手术室粉色的天花板想，我只当是生了一场病，一个炎症组织被医生挖出了身体。那是个好医生，手术之前给我冲中国绿茶喝，给我讲他在桂林旅行的经历。

我还是问他："人工流产会给我的身体造成多大的伤害？"

他说："没什么大的问题，好好保养，很快便能复原。您还这么年轻。不过最好没有下一次啊。"

痛苦是从我看到绒毛的那一刻开始的。护士把从我体内剥离的东西给我看，在一大片浓稠的血液中，我看见莹白色的绒毛，里面居然还有小节的残肢，透明的，但是已经能看出形状，哪里是他的小脚，哪里又是他的小手。

我笑了一下，我以为自己笑了一下，其实那是在极度的震惊和痛苦下，脸上肌肉的抽搐。我看着那个护士，沙哑着声音问："怎么……怎么是这样啊？怎么都有脚了？"

她看着我，目光中带着怜悯。但她只是摇了摇头。

我离开医院时，想着那个小孩子；我坐在出租车上时，想着那个小孩子；我将自己缩在旅馆的被子里时，我仍然想着那个小孩子。

那天晚上我在小腹的剧痛中醒过来，麻药的药效过去，我的惩罚从肉体和心灵同时袭来。我将手捂在自己的肚子上，我的脑袋里面是他或者她可能的样子。

要是个男孩，应该像我，皮肤白白的，无论长到多大脸上都有着孩子般的小绒毛，下巴上也有个小涡。我的样子不难看，像我的男孩儿会眉清目秀的，会有许多姑娘爱上他，而他也会深情地对待一个真心的女孩。

要是个女孩，会更像丹尼·海格，更像一个典型的欧洲人，金头发、蓝眼睛，有一点偏执和果断的魄力。她不会爱上谁，她是个小坏蛋，她把心留给自己。

他或者她，本该在来年的七八月份出生，处女星座，是个心地温柔、善待朋友的完美主义者。

他或她会非常聪明。

他或她很小就会讲复杂的汉语和优雅的法语。

只是，再没有他或者她了。

……

一阵阵刀绞般的剧痛从我的身体里传来，我实在忍不住，想要呻吟一声，谁知张开嘴巴便痛哭出声。

我从那间小旅馆出来，是十二月二十三号，学校组织了圣诞晚会。我身上不疼了，但是脸色仍然糟糕，我涂了很多的粉和腮红，却发现，黑眼圈怎么也盖不住。

吃自助餐的时候，达米安坐在我旁边，他看着我说："你看上去气色不太好。"

"我生病了。"我说。

"哪里？"

"阑尾炎。"

"好了吗？"

"嗯，好了。"我点点头，"谢谢你。你现在在哪里实习？"

"我爸爸的公司，帮他们做一些地产项目的宣传策划。你呢？"他问我。

"我什么都没做。养病嘛。"

"你知道那个唱歌的雅尼克自己去美国了吗？他把他的两个同伴扔下了，自己单飞了。他走之前，谁也不知道。"达米安说。

"哦？是吗？"我配合他，做出一副惊讶的样子。其实他的情报错了，雅尼克走之前，至少有一个人是知道的，我。

晚餐之后有燃放烟花的节目，然后是舞会，还有人从教堂请了少年唱诗班来唱圣诞歌曲。穿着白袍子的小孩们唱《小城伯利恒》，声音和他们的脸颊都很纯净，可爱得让人想要流眼泪。

晚会还在进行，我离开得很早，赶上唱诗班的小朋友们互相牵着衣襟走出学校，去与等待他们的家长会合。我把衣服紧了紧，将围巾裹好，如果找不到一辆出租车，我打算就走回旅馆去。走了几步，我停下来，因为我又看见丹尼·海格的车子了。离我不远，停在路边。

这一次没有对峙，也没有谈判，丹尼·海格从车子上下来，朝着我走过来，他穿着灰色的羊毛风衣，向我伸出双手。

小孩子们被他们的父母接走了。

丹尼·海格又来认领我了。

我被他抱在怀里，他的手按在我的头上，我又嗅到他身上薄荷的味道，听他在我的耳边轻声说："圣诞快乐。"

"圣诞快乐。"

我回到了那个铺着白色羊毛地毯的房子，绿色植物仍然长得很好，壁炉的火烧得旺旺的，我们洗了澡，躺在床上，脸对着脸。他的手拨动我额前的刘海，像是极为专心地做着这件事情。我在心里想，他这么容易就找到我，我那些事情他又知道多少?

"你知不知道我这段时间干什么去了？"我说。

"骑鹅旅行。"他说，有点笑容。

我摇摇头。

他看着我，目光温柔："是的，我知道，你跟几个摇滚歌手待了一段时间，我也知道其中一个跑到美国去了。你自己有什么感想？"

我低下头："我是个笨蛋，搞砸了一切。"

他搂着我，手轻轻抚摸我的后背："胡说八道些什么？见识一下不也挺好的吗？至少你知道摇滚乐手是怎么过日子的。"他亲亲我的头发，"至少你知道人还是没有合同值得信任。"

我犹豫了半天，直到丹尼·海格睡着，我都没有勇气问他，你是否知道我去医院流掉了一个孩子？之后他也没有跟我提起这件事情，我带着一丝侥幸告诉自己，他可能知道很多事情，只是除了这件。

我得说，只要这个人愿意，他会让你觉得他的一颗心都是你的。

我回来之后的日子过得又像从前一样风平浪静、温柔浪漫了，像我们最初那个时候一样，像什么事情都没有发生过一样。他仍然每天跟我在一起，吃饭、睡觉，看电影和动画片，帮我改一改毕业论文，还有，他仍然送给我那么多漂亮的礼物。

我有一天在《国家地理》上看到突尼斯的照片，蓝色的大海，白色的房屋，还有白金色的沙漠，我跟丹尼说想去这里，他说："那是沙漠啊，那个国家非常炎热干燥，你知道吗？那里跟这里可不一样，都没有大叶片的植物。"

"我想去看看，我还没去过呢。"

他笑起来："可以，等我忙过这一阵。"

"你要记得啊。"

"你放心。"

四月份，天气转暖，丹尼给我定制的新帆船出船坞了。它有十四米长，双三角帆，纯白的船身上用罗马字母写着我的名字，丹尼读出来仍然是：微微。这艘大船在晴天里的贝尔热湖上张开双帆，就像一只天鹅一样，漂亮极了。

"你可以在这里看书。"他让我看船舷上包着白骆驼皮的柔软座椅。

"你可以在这里睡觉。"他打开船舱的门，让我看里面装修得奢侈华丽的内室。

"你可以在这里上网玩游戏。"他把自己的电脑给我看，上面信号满格，画面清晰。

"你还可以BBQ。"他甚至还准备了一个烤肉的圆盘。

我抱着肩膀笑道："这真好，丹尼，不过你忽略了一个问题——我不会驾驶帆船啊，如果你不在，它就只能停在港口了。"

"这有什么好担心的？"他说，"你过来。"

我随他到船尾，看见两个巨大的白色螺旋桨。丹尼说："双动力的帆船，驾驶它比开车容易，按一下电钮，掌握好方向盘，要知道贝尔热湖上可从来不会塞车。当然，夫人也可以一边用船桨驱动，一边把船帆张起来，那样会很漂亮，而且看见的人都会好奇——怎么你的帆船会那么快……”

我笑起来，上前抱了抱他。

他捏着我的下巴说：“这样很好，微微，高兴一点。嗯？高兴一点。”

事情发生在这艘船上。

那天早上有雾，不过过了中午天气便大好。丹尼·海格带着我驾驶着新帆船行驶到贝尔热湖中心钓鱼。早上漫天的雾气被阳光一缕一缕地结成了小块的云朵，沿着小猫牙山缓缓攀升，春天里回归的候鸟成群地掠过蓝色的湖面，优雅地低声鸣叫。

我站在船舷仰着头一点一点地看这景色，忽然想起我在这里见到丹尼的那一天。那是我随教授来香贝里城实习，那是秋天，那是灰姑娘初见温柔慷慨的皇帝，风景与此时是何等相似。两年半的时间，对于一座山、一面湖只不过是一刹那，可是现在的我已经是另外的一个人了。

我们在湖心停好船，丹尼把船帆收拢，捆结实了，然后把我送给他的钓具拿出来。他身上穿着驼色的毛衣和短裤，脸被午后的阳光晒得红红的。他说：“我给厨子放假了，钓上来你做吧。怎么样？辣一点的。”

“嗯，好啊。”我说。

“过来让我亲一下。”

我坐在他旁边，膝盖上放着电脑，先找找鳟鱼的做法，再看看国内的八卦。

达米安在线上，从MSN Messenger上给我发了一个链接，我顺手打开，是一个英文新闻网站，窗口的标题是“法国摇滚乐手过量吸食可卡因在纽约寓所不幸身亡”。

那是雅尼克。

他到美国还没多久，他还没有成名呢，他连专辑都没有。他死了。

几十个字的短新闻，我反反复复看了好多遍。

认识的一个大活人忽然死了，冰冷的毫无表情的文字出现在我的面前，我的心跳在那一瞬间好像停了一下，再恢复，心如擂鼓。我觉得四肢都麻了。

我机械性地朝丹尼靠了靠，低声说：“丹尼。”

他稍稍转过头，扫了一眼我的电脑屏幕，然后转过头去，专注地盯着自己的钓竿，他什么都没有说。他戴着太阳眼镜，我看不见他的眼睛，可是他的脸色平静得几近残酷，我甚至觉得他是满意的。

那个时候，我忽然想起雅尼克跟我说的话。他说：“我每天每顿的量都是固定的，不会少，也绝不会过量。我觉得吸食这个过量而死的人都是笨蛋，太贪婪了，适当地享受就可以了，怎么连命都丢了？”仅仅几个月而已，他的毒瘾会疯狂到要了他的命吗?

丹尼·海格猛地收竿，一条活蹦乱跳的鱼被他钓上来。他把鱼从钩子上卸下来，“啪”地一下扔到桶里，换上新的鱼饵，手一扬，钩子远远地甩出去。

我看着那条无力挣扎的鳟鱼，却对丹尼·海格说话，我说：“是不是你？”

他说：“什么是不是我？”

“是你派人杀了那个摇滚歌手，对不对？”

他回头看看我，勾起嘴角，有点笑容：“如果我说不是，微微，你信不信？”

我抓住他的胳膊，要他看着我，我的声音几乎是颤抖的：“你……你干什么？你为什么这么做？他怎么了？你为什么要这么做？”

“这个摇滚乐手，他不应该死吗？他在尼斯亲吻你，他不该死吗？他利用你甩了自己的同伴，然后跑到美国去，他不该死吗？而与此同时，你在医院里做手术，他不该死吗？”他把我的手从他的手臂上拨下去，紧紧地盯着我，“微微，可惜我并不屑于用这种手段，他的下场不过是自作自受。我只不过用了一点小手段，让他离开你的身边。”

原来他是知道的，他知道孩子的事。

可是他弄错了一件重要的事情。

那跟雅尼克毫无关系。

远处忽然有哨声传来，我跟丹尼·海格同时循声望去，另一艘浅蓝色的帆船轻快地破浪而来。船舷上站着一男一女两个人，他们高声喊着："丹尼！丹尼！"

上一分钟还面色铁青的丹尼·海格忽然变了脸色，他愉快地站起来，向他们喊道："哈喽！夏洛特！布鲁诺！"他转头看我，"是他们！"

他见到了前情人和老朋友，顿时就把一个死人抛到脑后了。

我觉得我不认识他。

他是谁？

那张英俊的脸后面是不是另外一个人？

我慢慢地、慢慢地向后退。

丹尼·海格看着我："你在干什么，微微？"

迎着阳光，我看不清他的脸，只见一片阴影。我慢慢地说："我得谢谢你，丹尼·海格。你知道我跟摇滚乐手们一起鬼混还这样善待我。我得谢谢你……"

"你过来。"

"我没说完！请听我说完！"我握着拳头，一步一步后退，我那样愤怒，几乎尖叫起来，但是我说得很清楚，我要丹尼·海格听得明明白白，"丹尼·海格，海格老爷，只是关于我，你弄错了两件事情，我不叫微微，我叫慧慧，从前我很聪明，但在你这里，我却像只蚂蚁一样渺小。还有，那个摇滚乐手，他什么都没有做。"

他向前一步，朝我伸出双手，手心向上，是一个请求的姿势："好的，你过来。"

我还是一步一步往后退，与此同时，我的心里忽然出现一种怪异的快感，我几乎着急看到他错愕的样子，我说："我从来没有过别的男人。所以，那是你的孩子，丹尼·海格，我流掉的是你的孩子……”

可是忽然我脚下一滑，整个人失去平衡，下一秒便滑向水中。我觉得头上挨了一下子，我真遗憾没有在说完那句话之后看到丹尼·海格的脸，可是我有幸看到了两个自己：一个沉入水中，而另一个我慢慢升起。

第二部分 重生

题记

丹尼·海格

“海格先生，我们今天请您来，是因为海格企业涉嫌商业垄断行为被举报。委员会在决定是否对海格进行调查前要进行质询。”

“我明白。谢谢。我本人和我的企业没有进行过任何有垄断企图的商业行为。”

“您在三年内收购了四家瓶装矿泉水生产企业，据我们所掌握的数据显示，您控制了百分之六十的西欧优质水源，市场占有份额达到百分之五十六。”

“我没有垄断。”

“海格先生，我们在听您的解释。请放心，本次质询中涉及商业信息的内容将会被保密。”

“……”

——2018年9月欧盟贸易委员会针对丹尼·海格涉嫌垄断召开的质询会会议记录

第一章

她再没有见到丹尼·海格

这个故事她写完了，人也长大了，她有时仍会想起他，想起那段在一起的日子。只是越来越少了，她越来越忙，忙于自己的生意，忙于自己的生活。日子总是一天一天过去的，一个人在旅行中，看见不一样的风景，遇到不一样的人。

三年过去了。

那天的聚会，杨晓远是最后一个到的。

大厅里的投影屏在播中央一台的春晚，主持人喜气洋洋地念到“在法国里昂的华人华侨祝国内同胞新春快乐”时，电视机这边爆发出一阵掌声和叫好声，大家是自己给自己鼓掌呢。这是二零一八年的春节，领事馆、华商会还有华人学联租用了一家酒店的宴会厅办新春联谊。齐慧慧来了法国这么多年，从来没看到过这么多张中国面孔聚在一起：学生、教师、派驻官员、商人老板，还有土生华侨，济济一堂。

所有来宾都要在留言簿上签字，因为经费有限，除了学生，每个人需交五欧元的活动费用。这个男孩签名后也拿出一张蓝色的五元钞票来，慧慧看看他：“学生可以不交的。”

杨晓远笑着说：“我不是学生啊。”

慧慧说：“哦，那好。”

他对慧慧说：“你是学生吧？你是在里昂二大念书，对吗？我圣诞节前去过，好像见过你。”

小多在她旁边掩着嘴巴乐，对杨晓远说：“有你这么明显地打听底细的吗？”

慧慧也笑了：“不是，我早就不是学生了，是给华商会帮忙的。”

这个杨晓远高个子，白皮肤，长得很好看，说话是北方口音。他把短大衣脱了，里面是一套很考究的烟灰色西服。用小多的话来说，这个晚会挺开眼的，起码这么齐整英俊的人物，从前在华人圈里是没见过的。

小多说这话的时候，慧慧剥了一颗花生放在嘴里：“你都结婚了，还这样品评男人，小心你老公修理你。”

小多“咯咯”笑起来：“你不说谁也不知道。”

那个年轻的杨晓远可不简单，华商会的陈会长亲切地拍他的肩膀。没一会儿，领事孙树军先生发表完新春祝词，下来敬酒的时候跟他也是挺熟稔的样子。但是此人不在华商会工作，也不是使馆的官员，不知道是什么底细。

时差的缘故，春晚看完了，才晚上八点多。有人在舞台上表演节目，几个留学生女孩唱了一首歌，然后“江浙楼”的老板带着店里的大师傅和伙计舞狮子。九点的时候，第一锅煮好的饺子热腾腾地端上来，陈会长叫慧慧：“小齐，来这边坐。”

她因此跟孙领事、陈会长一干人等还有那个杨晓远坐在一张桌子上吃饺子。杨晓远就坐她旁边，像是跟她说话，又像是在自言自语：“哎呀，要是有两瓣甜蒜就好了。”

慧慧没接茬，低头吃自己的饺子。

杨晓远说：“我是北京人啊，吃什么都得就点甜蒜。”

桌上别人都在说话呢，他的声音不大，就只有慧慧能听清，她看他一眼，他可没看她，还像自言自语似的。

慧慧又夹了一个饺子吃。

杨晓远说：“我跟你说话你也不回答，你是哪里人啊？”

慧慧端着小碟子看着他说：“我啊?我是辽宁铁岭人。你在那里自言自语似的，谁知道您是在跟我说话啊？”

杨晓远笑着说：“铁岭啊，哎呀，好大的城市啊。哈哈……就您坐我旁边，我不跟您说跟谁说啊？”

后来他们俩没怎么说话，陈会长和孙领事的夫人向杨晓远咨询股票的事儿，慧慧不搞这个，但是听他分析得头头是道，给出的建议都很确定且有力，也不说什么模棱两可的话，直接告诉他们这个该买，那个得抛，颇有一副指点江山的语气。他说话的时候，她看看他，年纪看上去还不如自己大呢，能耐倒是不小。

杨晓远其实比她大，比她大一岁。

午夜十二点放完鞭炮，陈会长给所有的来宾发纪念品，那是生肖造型的钥匙扣。

杨晓远拿了一个说：“我属鸡的，都二十七了。”他又看看慧慧手里那个，“你属狗啊？三十八岁还是十四岁？”

慧慧没好气地道：“我五十岁了。”

杨晓远笑起来：“对不起，对不起，得罪你了。”

这是个爱说话的机灵人，样子那么年轻好看，走到哪里都有好人缘，还开一辆银灰色的奔驰车，估计在法国混得风生水起。

晚会结束后，慧慧送三个在小多的饭店打工的留学生回家，听她们议论起这个杨晓远。

“你们注意到那个人没有？穿烟灰色西服的，脸白白的，一嘴京片子的，那个人，你们注意到没有？”一个女孩说。

“啊，从前没有见过这位，也不是领事馆的，他在哪所学校念书？”

“不知道，改天找人打听打听。”另一个女孩忽然想起来，“慧慧姐，你认识吗？”

慧慧在后视镜里摇摇头：“都不知道你们说的是谁，整个晚会我觉得孙领事最帅。”

她们都笑了起来，孙领事原本应该是挺帅的，如果个子没有那么矮，头发没有那么少的话。

将女孩子们送回了家，她自己再开车回家。

她现在住在一栋八十年代建成的公寓楼里，房子虽然有些老旧，但是在一个环境和治安都很不错的街区。五十多平方米，两室加一个小厅，房间里的设施都很好，房东的每一个壁橱都是用香樟木打造的，因此这个房子从来不生虫子，而且打开卧室里南向的窗子，能看见罗纳河。

她泡在浴缸里的时候把收音机打开，凌晨一点钟的新闻，什么五花八门的内容都有。中国人刚刚过了农历新年；北非大旱不知会不会在这个春天波及相隔一个地中海的法国；著名的法国女演员和美国导演的私生子照片卖出怎样一个天价……她忙了一天，有点累，差一点睡着了，头歪了一下，水灌进耳朵里。

她赶快站起来，裹着毛巾从浴缸里面出来，用手擦了一下被雾气覆盖的镜子，像每天早上都要喝清水一样，像每天晚上都要涂上薄薄的面霜一样，她把右耳上方的头发向后拨了一下，看着那个伤疤。

细细的一条暗红色，明明不长也不深，却怎样都不肯消失。

她想起三年前，自己在医院里睁开眼睛，整张脸又胀又痛，她用尽力气稍稍挪动了一下，然后就在旁边的窗玻璃上看见自己被包扎得厚厚的脑袋。

她因为从帆船上跌下，头撞在了螺旋桨上，造成了颅骨的断裂，几乎丧命。

她苏醒过来之后，医生每天来看她数次，跟她说话，谈谈她的病情，或闲聊点别的事情，可她却一句话都不肯回答，当几个穿白大褂的人讨论是不是应该再做一下检查，看一看她的大脑神经是不是受到损伤而导致不能说话的时候，她终于张开嘴巴，声音嘶哑地问他们："谁？谁让你们把我救活的？"

可是没有办法，人的生死像单纯的赌徒抽纸牌一样，老老实实，逆来顺受。该死的时候要死掉，被救过来又得残喘着活下去。

从四月到七月，她的伤渐渐好转，裹在头上的白色纱布越来越薄，一直到被彻底拆掉。

她再没有见到丹尼·海格。

他每天都送鲜花来，雏菊、玫瑰、鹤望兰、向日葵、铃兰……各种各样美丽的鲜花，可是他再也没有出现。

这也让她轻松了许多，他最好不来，否则他们又能说些什么呢？

她知道丹尼·海格真的要说再见了，是有一天他的律师来医院看望她。

她穿着医院的小褂子坐在沙发上，看着这位一直为丹尼办事的傅里叶先生将很多文件从自己的公文包里一样一样地拿出来，放在她的面前。

她拿过文件打开看，题头上写着：财产赠与文书。

丹尼·海格送了她几处房子，有里昂的、有巴黎的，也有天蓝海岸的。两辆车子和一些珠宝，这些都附有照片和说明。最厉害的是两匹赛马，寄养在巴黎的跑马场，不算它们本身的身价，就是每个星期进行比赛所赢得的奖金也令人咋舌。当然了，还有一张数额巨大的支票。

她从头到尾翻了一遍，然后抬头看着傅里叶律师："这是……什么意思？"

傅里叶律师说："丹尼赠了一些礼物给您，您只要在每份文件上签字，然后我去处理税务方面的事宜。"

她摇摇头："可是他为什么要赠与我这些礼物呢？他平时就是这么打发每

一个失宠的女人吗？”

傅律师没说话。

这么棘手的问题，连律师都被难住了。她说：“您有烟吗？”

傅律师从怀里掏出烟盒和火柴，给她点上。慧慧偏着头，深深地吸了一口。

傅律师说：“如果您还需要好好看一下这些文件的话，我把复印件留给您，您仔细看一下，什么时候签字接受了，请给我打电话。”

她没有同意，只是把所有文件都拿过来再翻一遍，一边翻一边说：“他真的是慷慨，所以就算是我跟他再要点什么，他也会给我的，是不是？您帮他办过多少个这种案例？我得到的东西比不比别人多？”

傅律师这时才说：“您问的这个我回答不了。但是我为丹尼工作十五年了，有一件事情印象最深。几年前我们正赶着去开会，差几分钟就要迟到了，那时路过一家不错的家居店，丹尼忽然叫司机停车，他进去那家店，看中了一款白色的长羊毛地毯，他把鞋子脱下来，踩上去试一试，来回走了好几圈，扬起头，细细体会——我从来没见过他那样做——后来我去您的住处找丹尼的时候，看见了那款地毯。”

她轻轻地笑，原来是这样的，那条豪华而舒适的地毯是他精心为她选择的。可是，他送给她的哪样东西不精心呢？她是被他真正地宠爱过的。可是这并不能否定他的风流，也并不能救活那个摇滚歌手，更不能抹杀她心里和身体里那些疼痛的回忆。

慧慧把那些文件整理好，然后把它们摞在一起推到桌子的角落里，然后对律师先生说：“请将这些拿回去，我是不会签字的——我不要，我也不稀罕。如果丹尼·海格问您，请您一定原封不动地转达我的话，我不要他送我这些东西来补偿，因为，不是他打发掉我，而是我打发掉丹尼·海格。律师先生，请一个字都不要漏掉。”

……

她仿佛现在也能体会到当时的怒气，木梳在湿漉漉的头发上不太顺畅，往下用力一带，头皮有点疼，几根长头发被带下来。她把头发从梳子上拈下来，那是一把木头梳子，上面刻着她的名字。

……

在医院的花园里，她遇到了一位老朋友。一个大屁股的小孩儿站在篱笆旁边，把上面蔓生的紫色灯笼果揪下来，一个一个地放进嘴巴里。她在后面看了他半天，小孩儿忽然觉得不对，回过头来，那张脸让她觉得有点熟悉。小孩儿的腕上戴着一块卡通表，是一只蓝兔子。原来是他。

她走过去，蹲下来，看着那张小脸半天："我认识你，你也病了？"

蓝兔子看看她，指着她的脸说："还说我，你也很苍白。"

他的样子没有变化，可是连"苍白"这个词都会用了。

"你记得我吗？"慧慧问他。

蓝兔子摇摇头，然后张开手心，里面是三四个灯笼果："吃吗？"

慧慧拿起一个放到嘴里，咬破了，一股强烈的酸味儿。她问蓝兔子："你生了什么病？"

"不知道，"他耸耸肩膀，"每天打点药，吃了再吐。"

"那次你让我许愿写在你的小本子上的那个愿望实现了，我还没谢过你呢。"

蓝兔子笑起来："不用客气。你又有新的愿望了吗？"

她还没回答，蓝兔子就从自己短裤的口袋里拿出一本小册子："有的话请再写在上面。"

慧慧接过那本小册子，里面夹了很多小卡片，形形色色各种各样的愿望写在上面——"我想要去肯尼亚旅行"，"我想见到一只真的鹈鹕"，"我想要蜜雪儿爱上我"……她终于找到自己的那张卡片了，已经过了三年，它仍然在蓝兔子这里，记载着她对他最初的爱。

我想要见一个人：丹尼·海格。

她捧着小册子，手不能自已地颤抖着，眼泪夺眶而出。

她咬着嘴唇不吭一声，任眼泪在脸上漫延，那是剧烈的疼痛、最终的绝望和哀悼，对自己过往的青春和所付出的真情的哀悼。

蓝兔子拍拍她的肩膀，奶声奶气地安慰她：“写吧，写上新的愿望，这一次不要募捐了。你想再见到他，对吗？写上吧，一定能够实现的。”

她擦了擦眼泪，摇了摇头，她看着蓝兔子的黑眼圈和小胖脸问道：“我眼前的这位小绅士叫什么名字？”

蓝兔子四处看看，反应过来她在说自己，笑着回答：“我叫阿库瓦，A-Q-U-A，我是意大利人。”

于是慧慧在卡片上写下：我想要阿库瓦先生尽快好起来。

蓝兔子已经认识那上面所有的字了，读完便伸出小胳膊，紧紧地拥抱她。

……

第二章

如果能碰到一个好男人，为什么不给自己一个机会呢

三年后，齐慧慧在商业区拥有了一小爿店面，专门卖来自中国的蜜蜂产品。

说起这个，又得回到她刚出院的时候。她拿到了学位，应该去找份工作了，正在她准备简历四处投递时，小多从巴黎回了里昂。她不是一个人，转了一大圈，跟她注册结婚的男士居然就是当年一声不响失踪的南方人小裴。

所有的谜语都有时效，时间一过，谜底自然就揭开了。

当年替老板倒卖中国香烟的小裴把烟存放在小多和慧慧租住的房子里，警察得到房东老太婆的线报第二天早上过来搜查的时候，他就站在街对面，本来是想来把烟都取走的，只差一步，否则也会被警察逮住。他当时慌了，什么也顾不上，第一个念头就是跑，能跑多远就跑多远，于是一路逃到了巴黎，谁知事后居然风平浪静了，因为小多和慧慧什么都没有说。他也得找出路，他想尽量留在法国，于是报名当了雇佣军。正当他与一帮走投无路的黑人和流亡者要一起被派到非洲去的时候，得到他的消息的小多居然杀到了。

两个人一见面，小多当时就赏了他一个耳光。

“是你害我？”

他说：“是。是我害了你，我就不该把那些东西放在你那里。”

他什么都没有说，从上衣兜里拿出所有的美金，塞到小多手里：“这个你留着。”

小多当时就哭了：“我……我一路找到巴黎来，就是为了这个吗？我贪你这么点破钱是吧？”

小裴也哭了：“我当雇佣军的事儿你可别跟别人说啊，我怕他们告诉我妈妈。”

俩小孩抱头痛哭一场，第二天小裴就去了非洲。

慧慧在丹尼·海格的黄金屋温柔乡里的时候，小多在巴黎打工念书，小裴在非洲的法军军营里时刻提防着来偷袭的游击队。慧慧最终跟丹尼·海格分手的时候，小裴服完了三年兵役回到巴黎，跟一直在等他的小多在大使馆领证结婚。

当过雇佣军的小裴拿到了法国的永久居留权，也赚了一些钱，两个人打算开家餐馆。华人餐厅在巴黎的竞争很激烈，于是他们就回到里昂开了一家店。

这两口子对慧慧各有各的感激，小多不能忘的是，小裴一走，她在巴黎处处碰壁，打算把银行卡里面的钱都取出来，然后买张机票回北京，结果发现卡里面还有慧慧给她的两万欧元。小裴对小多转述的一句话念念不忘，慧慧说：“怎么会是他呢？他是你的男朋友啊！他怎么会害你呢？”

当时正好有个国内的蜜蜂制品生产商在里昂寻找法国南部的代理商。慧慧自己的钱不够交抵押金，小多两口子凑了不少给她，才成功拿下了那个产品的独家代理权。

生意开始的时候也不是很好，虽然中国产的蜂王浆批发价只相当于法国的蜂王浆价格的十分之一，利润空间很大，但是法国人天生对进口的食品没什么信心。

可是仅仅两个月以后，慧慧的好运气就来了。先是在法国全国范围内使用的蜂箱消毒剂被发现存在大量的化学残留，全法生产的蜜蜂制品那一年全部下架，接着从法国过境的东南亚小国的美貌王妃无意中在电视上说自己青春永驻的秘方就是食用中国蜂王浆，像阿甘打到第一网满满的虾一样，齐慧慧也赚到了她的第一桶金。

后来，生意一直平稳发展，慧慧租下了自己住的房子，自己的车，也因为生意做得不错，她又喜欢帮忙，成了法国南部华商会的骨干。

只是她二十六岁了，还是一个人。

再见到杨晓远是在小多的饭店里。

那是个礼拜四的晚上，不知怎么有那么多人。三个厅，六十张台子坐得满满的，服务员照顾不过来，一份炸香蕉火烧冰激凌放在传菜的窗口，没有人去端。

慧慧来小多这里吃饭从来不用付钱，人多的时候她也会帮忙，这会儿她左手拿着炸香蕉，右手拿着点火用的烧酒和打火机，送到那张台子旁边一看，是杨晓远。

她把六十度的烧酒浇在香蕉冰激凌上，打火机一燎，蓝火焰烧起来。冰激凌融化了，渗到黄黄的炸香蕉里，味道又香又浓。

杨晓远笑着说："您这业务挺熟练啊。"

慧慧说："您见笑了，留学生没在餐馆打过工的少，不会做火烧冰激凌的也少。"

杨晓远满不在乎地炫耀："我不会做，我没打过工。"

她说："哦，那咱们不一样，我家里不是高干，也不是大款。别说火烧冰激凌了，让我去后厨替个班，问题都不大。"

杨晓远笑嘻嘻地吃了一口炸香蕉说："我再叫一份，您坐这儿，咱们一起吃？"

慧慧说："不用了，我还得帮忙呢。再说了，我在这里吃饭不用你请。"

她这就要走开，杨晓远在后面声音不大不小地说："这位同学，你怎么瞧不起人啊？"

两个人说的是中文，旁边吃饭的老外跟看东方景物似的。慧慧不想给小多添乱，笑着对他说："真没有，忙着呢。"

十点多的时候，客人渐少，小多这边人手够了，慧慧才告辞。小多给她用餐盒打包了两份虾饺、两份炒面，和两份料理好只要炒一下就能吃的牛肉，还有剥了壳的榴莲什么的。

慧慧走到外面，看见杨晓远站在门口。

他说："打不到出租车，烦请你送我一下。"

她说："你自己的车呢？"

"借给同事了。"

"来吧，我送你。"

两个人在车里的时候，杨晓远说："我家里既不是高干，也不是大款。我爸爸妈妈都是小学老师。"

她在后视镜里看看他。

"我不是四体不勤、五谷不分的纨绔子弟，也不比任何一个普通的留学生家庭环境好。"杨晓远说，"我就是……我就是上学的时候就会赚钱。"

"哦？"

"我原来在马赛念书，帮着人卖电话卡。你知道吗？很多小城市是没有中国电话卡的，我从马赛进货卖到蒙彼利埃、亚维农、尼姆什么的，每一张赚两欧元，每个月能卖四百多张。"

"够来回的车票钱吗？"

"什么啊？"杨晓远不知道她在打趣，对她这个问题特别不高兴，"邮寄的。我赚不少呢。"

慧慧笑起来："您请继续。"

"我学金融的，成绩很好。你笑什么？"

"没有，别误会。就是你的北京口音跟我好朋友的一样，听上去挺好玩的。"

"我继续说啊，后来我想，我得学以致用，不能光做论文什么的，我以后总不能拿着论文去商店刷卡吧。我就开始研究法国股票和基金，我用我爸妈给我的生活费、自己的积蓄，还有从朋友那里凑的钱，第一次玩是在二〇一二年，那一年那个乱套啊，我……"杨晓远说到这里，眼睛都眯了起来，睫毛像是小扇子一样。

"你大赚特赚了？"慧慧说。

杨晓远笑起来："嗯，算是吧。从那年开始，就有外国人开始找我帮忙炒股了；从那年开始，我在法国想买什么就买什么了，太奢侈的不算啊。也是从那一年开始，我的车变成了奥迪，不久又变成了奔驰。我不喜欢法国车，哎，你这辆还行，毕加索不错。不过你一个姑娘，开一辆六座的车干什么啊？"

"我啊，我有时候接待客户，还有给华商会帮忙的时候，要接的朋友多，难免需要辆大一点的车。"

这个人的神态和语言都有种跟年龄不相称的快活，一看就知道因为经历顺遂而洋洋自得。学业好，赚到外国人的钱了，感情上可能也是一帆风顺。但他总怕慧慧不信，总怕她笑话自己。其实她见他的第一面就已经知道这是个厉害角色，谁能让华人商会的会长还有领事夫人服服帖帖地听其训导呢？

杨晓远说："哎呀失敬，您已经是个老板了？"

慧慧说："小店一个，混碗饭吃。你呢？"

杨晓远这时拿出名片给她："我可不能跟你比，我是给人打工的。"

那名片上写着：瑞士银行集团，里昂分理处，高级投资顾问，雷米杨晓远。

后来小多拿着杨晓远的名片看了很久，说道："嗯，这个人也算华人圈里的精英了吧？年纪轻轻就在瑞士银行坐到了这个位置，年薪得二十万欧元以上。”

慧慧倒有些惊讶：“有那么多？”

“大姐，这小子就是玩钱的啊。人家淘金就跟我们淘米似的。”

她这话说得慧慧笑起来。

小多喝了一口菊花茶，说：“嗯，我看行。”

“什么东西你看行？”

“别跟我揣着明白装糊涂，他对你不可能没兴趣，找个机会在我饭店请他吃饭。然后你们两个人出去看场电影，要是这哥们儿身体健康，情绪稳定，没有什么大病的话，你们俩就相处一下。”小多一下子把剧情推进了好几集，“你记住我说的那句话没有？给别人机会就是给自己机会。行了，这张名片我留下了，我这几天就给你们俩设计一个正式的见面。弟弟不是北京人嘛，我亲自下厨做个炒肝。”

“你又来了，”慧慧把那张名片从小多手里抽回来，“我以后不能跟你八卦了，你事儿太多了。你不就结了婚吗？不就快我一步吗？你是把我当成落后地区扶贫对象了是吧？”

小多忽然站起来，一挺肚子：“还真不是我跟您不谦虚，我不是快您一步，是快您两步了。今天我来主要就是告诉你这件事：你姐我两个月了。”

她说完这句话，小裴从外面进来，手里拿着新烤的点心。

慧慧看着这俩人，由衷地说道：“这正果修得真快啊。我佩服你们两个人的效率。”

在自己家里，慧慧也把杨晓远的名片看了好几遍，她是不会主动给他打电话的，但是如果杨晓远来约她，她也不一定会拒绝。她心里面还是明白一个道理的：人到了多大年纪，就得做这个年纪该做的事情。

她当过小女孩，曾经义无反顾地纵身入火，又伤痕累累地退出来。但是她现在二十六岁，有时候疲惫，有时候寂寞，如果能碰到一个好男人，为什么不给自己一个机会呢？

杨晓远的自信有时候让人觉得很搞笑，他给慧慧打来电话用很纯正的法语说：“就算我不跟你说我是谁，我也确定你不可能不记得我。”

她说：“是的，我记得你，杨晓远。但是这句话里的否定词太多了，我非得仔细转转脑筋才能明白你在说什么。”

“齐慧慧，周五晚上我们去看一场电影怎么样？那部让·杜加丹的喜剧片，我看了电视里的介绍，好玩极了。”

“嗯……好啊。”

“六点钟我去你店里接你？”

“我说地址，你记一下。”慧慧说。

“不用了，我早就知道了。”

那是个早春的傍晚，杨晓远开着他那辆灰色的奔驰轿车来接她。看电影之前，两个人先找了一个饭店吃晚餐。他把风衣脱下来，里面是一件手工编织的粗线毛衣，左侧胸口上是拉尔夫·劳伦的标志，衬衣的白领子在毛衣里面露出细细的一条小边。他看菜谱的时候，手肘架在桌子上，漂亮的脸上有种孩子气的认真神情。慧慧的目光有时候扫在他的脸上，觉得这个人不说话的时候很像亦舒笔下的家明，文静而优雅的家明。

可他说起话来就不一样了。

慧慧说：“你怎么‘早就知道’我的店的地址啊？”

他看着她的脸，想了想，然后大言不惭地说：“我查的呗。”

这家伙一句话，把慧慧十句话都憋了回去：“你……你……”

他把她的开胃果汁往前推了推，又给自己把啤酒倒上：“我这个人做事很讲效率。”

“这是个什么理由？”

杨晓远没管她，自顾自地说下去：“上学的时候，有一个法国姑娘喜欢我，真热情啊，考验了我好几回。但是，我就是没有就范。后来她跟她的好朋友说我是个gay。”

慧慧听到这里，笑起来。

“我吧，不是我不能谈恋爱。但是你想想，我白天看着巴黎证券，晚上盯紧道琼斯，我还得再跟精力充沛的外国姑娘谈场恋爱，万一留不住，浪费多少时间和金钱不值得算计，但是我这精力和体力得耗进去多少啊？”他说到这里向着她眨眨眼睛，像是在说：我的意思你明白。

慧慧皱着眉头说：“你怎么说话这么粗俗啊？”

“这位同学，那你说我说的是实话不？外国人，你养得熟吗？”

杨晓远一句话点到她的心里去，慧慧愣了一下，侍者把头盘端上来，她闷头吃自己要的汤。

杨晓远以为她是不高兴了，这时慢慢地说：“我查你，不是非得查一查你，只是好奇。女孩在法国当小老板的也不多，我也挺佩服你的。再说了，我碰见一个不错的姑娘，总不能剃头挑子一头热啊，忙活半天，原来人家是有老公和小孩的，我不白浪费时间了吗？”

“你越说越没边了，杨晓远。”慧慧抬头看他，表情很严肃。

他却笑了：“那你没有老公和小孩吧？”

“没有。”

“太好了。”

这个人不粗俗，他只是思维和说话都很直接。他想要知道的一定要知道，他想要确定的会跟你确定。他也非常细心。他们在电影院黑暗的放映厅里找自己的座位时，他抬起左手让她牵着，以免滑倒。

他一边看电影一边吃爆米花，忽然对慧慧说：“我的爆米花，你要不要尝一尝？”

“嗯？”她偏头看看他。

他把自己那桶爆米花往前送了送：“借你吃几口。”

“我自己有的。”她说。

“口味不一样，我这个巧克力的味道不错。你的呢？”他说完也没等慧慧同意，就从她的那一份里拈了几颗，放到嘴巴里，“你喜欢咖喱味的？你喜欢吃辣的啊？”

两个人在这里交流爆米花，电影里不知抖了个什么包袱，全场爆笑起来。杨晓远赶紧转过头去追电影，慧慧偏了偏头，仿佛有什么东西涌上心头，感觉酸起来。

看完电影已经快到午夜了，他送她回家。直到楼下，慧慧说：“时间太晚了，就不请你上去坐了。今天很愉快，谢谢你。”

他点点头：“我也是，很愉快。”

几颗大松树的针叶落在慧慧的肩膀上，杨晓远把它们轻轻地拨掉，她嗅到他手上戴的那薄薄的黑手套的皮革味道，淡黄色的路灯下，他看着她的脸，他的眼睛里没有那些玩笑和活泼的热情，又变成了那个文静而优雅的家明。他很认真地说：“我今天怎么忘了一件最重要的事儿？”

慧慧稍稍扬起头看着他：“什么事儿啊？”

“我怎么能忘了跟你说：你可真漂亮。”

她不知道该怎么回答，轻轻笑了一声，杨晓远亲了一下她的脸颊，然后离开了。

第三章

过了三年，他的名字忽然又醒目地出现在她的面前

里昂的春天，过了三月，天气暖和得很快。华商会的陈会长在一家新开的很高档的海鲜饭店宴请江苏来的商人的那天晚上，天空下着小雨。江苏客人们要了怡云矿泉水，酒过三巡，陈会长看着怡云的瓶子念叨："最近这支股票浮动得厉害，让人心惶惶的，手里那些啊，拿不定主意是抛还是留，改天还得问问那个杨晓远。"

慧慧不玩股票，只说道："'怡云'是政府控股的大企业，市值波动，有惊无险，您有什么可担心的？"

陈会长捋了一下额前的头发："经济形势不好，什么怪事儿都能发生。"

这时，她的手机响了，是杨晓远打来的，她去餐厅的过道上接电话，这位先生在那边说："我研究了两道好菜出来，想请你来我家吃饭。"

"我去跟你吃饭，那我的店谁来管？"

"晚上还敢开店，小心政府罚你……明天晚上，行吗？你来我家，你知道我家地址。"他说话有点霸道，还有点赖皮，"我还弄了个《大话西游》的法语版，哎，你知道《大话西游》法语版叫什么吗？"

“不知道。”

“叫《东方的奥德修记》，来吧，咱就当是听力练习了。”

这年轻的北京男人油嘴滑舌的几句话在她脑袋里勾勒出一个场面：两个人吃着中国炒菜，看《大话西游》的法语版，还挺搞笑的。

慧慧说：“好啊，我带点心去吧。你喜欢什么甜点？”

这位大哥还真是想了想，然后很仔细地吩咐：“离你的店不远，皇宫酒店旁边有条玫瑰井大道，你知道吧？嗯，那里有家利奥尼达斯巧克力店，你知道吧？”

“嗯，知道，你要巧克力啊？”

“听我说完。这家里奥尼达斯对面有一家叫老饺子的甜品店，哎呀里面的奶酪蛋糕好吃极了，我得吃三份，两份红酒的，一份蓝莓的，你吃几份我就不过问了。”

“您绕这么大圈子就是要三个奶酪蛋糕啊？”

“就这家店的，可别弄错了啊。”杨晓远嘱咐得可认真了。

“好好好好。”慧慧点头答应，好不容易放下电话。

她此时在这家餐厅的三楼，外面下着雨，几辆黑色的车子拐进餐厅的停车场。有人下来给主人打伞，随后一行人进了餐厅的大门。

慧慧正在想这么大的排场会是哪位富商政要，陈会长从餐厅里面追出来找她：“哎，小齐干什么呢？一个电话打了这么久啊？进来进来，有表演上来了。”

慧慧返回去，看见餐厅正中间的演出台上正上演杂耍。演员是个高个子的阿拉伯小伙子，他有卷曲的黑头发，黑色眼睛，赤裸着上身，穿着阔腿裤，光着双脚，手执一柄弯刀。只见他的弯刀在周身上下翻滚，闪出一轮银亮的光影。真真是好身手，好精彩。

小伙子的节目结束，换了一队香艳女郎上来跳舞。阿拉伯女人很漂亮，身体摇晃起来，像能摇散男人的心。她们的舞蹈跳完了，观众们好长时间才反应过来，继而掌声轰隆。

第二天在杨晓远的家，他把好不容易研究出来的两道菜端上来，慧慧只觉得很无奈：一盘炸酱面，一盘凉拌西红柿。

“你就拿这个换我绕那么大圈找到的甜点？”

杨晓远笑着说：“别……别着急，尝尝再说。”

吃了一口味道还不错，慧慧说：“这酱炸得还行，鸡蛋和油你没少放吧。真大方。”

杨晓远的房子很漂亮，有一百多平方米，两个带阳台的房间，花台上都种满了雏菊，客厅和厨房也很大。屋子收拾得很整洁，从很多细节能看出来是那种一贯保持的整洁，而不是临时抱佛脚收拾出来给客人看的。他还有点小情趣，洗手台上的刷牙缸上有龙猫。

慧慧洗完手，拿起来看了看。

杨晓远说：“你也喜欢宫崎骏吗？”

她点点头：“原来特别喜欢。”

“后来不了？”

“后来我长大了。”

“他很久没有新片子了。”杨晓远说，“你原来喜欢看哪一部？”

“《千与千寻》。”

“你是不是不喜欢这部《东方的奥德修记》啊？我们换《千与千寻》吧？我有这个片子。”杨晓远看上去因为找到了同道中人而兴致勃勃。

慧慧说：“好啊。”

结果这个家伙进了他的书房去找那张影碟，半天没出来。慧慧喝完了自己的果汁去看看他在干什么，原来杨晓远正对着电脑忙着发邮件呢。

慧慧站在门口说：“你先忙着，我走了。”

杨晓远回头看她一眼，说话语速很快：“我这就好了，手头的东西处理一下。”

“怎么忽然这么忙？”

“有人在商场上搞大动作，我们得抓住机会，跟着掀点风浪，赚点钱。”杨晓远把那封邮件打完，按了发送键，二十四封邮件同时发出去。他终于办完了事儿，回头看看她，“齐小姐，你是福星，刚来我家吃饭，这边就有动静了。要是这下子赚得多，我送你一份好礼物。”

慧慧坐在他旁边的椅子上，看着总是高高兴兴的杨晓远：“到底怎么回事儿啊？你说得我心都痒痒了。”

“你不弄股票可能不知道。最近有一个大公司内部人心涣散，外面的竞争对手虎视眈眈，听说了吗？”

她想起昨天陈会长吃饭时说的话：“嗯，是怡云吗？”

“没错。我提前十个小时得到消息，始作俑者是，海格。”

慧慧愣住。

“丹尼·海格把‘怡云’逼得无路可走了，除了被收购，没有任何出路。”

“……”

“你知道丹尼·海格吧？他是海格水的老板。”杨晓远看着她说。

慧慧点点头，慢慢地说：“我知道的，我知道。他很有名，很有名。”

过了三年，他的名字忽然又醒目地出现在她的面前。

第二天清晨，很多报纸的头条都刊登了一个颇为震撼的消息——海格或将吞并怡云。

什么样的评论都有，官员的、专家的、业内零售商的，也有老百姓的。有人认为老态龙钟的“怡云”早该让“海格”大修了；有人准备好了爆米花等着看这欧洲两大矿泉水巨头的年度大战；有人说“只要水仍然是好的，那么谁吞并谁跟我无关”；有人批评海格的巨大野心和不自量力：“这不是当年雪铁龙和标志的合并，海格作为私企，想要吞掉政府控股的怡云，这是痴心妄想”；也有人从另一个角度表示了担忧，报纸《鸭鸣报》上刊登了一幅漫画：一个人一脚踩着巨大的矿泉水瓶，龙头拧紧了，老百姓在下面眼巴巴地等着那里一滴一滴出来的水，几个字写在旁边“如果连矿泉水都垄断……”——那踩着矿泉水瓶的正是丹尼·海格，被他们画得凶神恶煞。

她把那张报纸“啪”地拍在桌子上，丹尼·海格怎么兴风作浪都与她无关，多少人恐慌，多少人被得罪，多少人骂他也跟她无关，但是请他们在画图之前至少多看两眼他的样子。她非常讨厌他们把他画得那般丑陋。

无论如何，从报纸上或者别人的嘴里听到丹尼·海格的名字，总让她的思维有那么片刻的短路。昨天晚上，杨晓远发现她后来有些心不在焉，便主动说：“时间晚了，我送你回家吧。”

《千与千寻》的开头他们都没有看完。

他送慧慧到她家楼下，她要下车了，他在后面说：“齐慧慧。”

“嗯？”她回头看看他。

他笑着说：“你看月色多么好。”

慧慧还真往外面看了看，然后转过头跟他说：“什么月亮啊？都被云彩挡住了。”

她转过头才发现，这位兄台的脸离她只有一厘米，那双好看的眼睛里黑眼珠特别大，带有得意的笑容，像是在说：着道了吧？

他身子渐渐向前倾，慧慧慢慢往后靠，那情形仿佛一个存心吃定，另一个欲迎还拒。杨晓远笑得更深了，好像喜欢极了这个小游戏。直到慧慧被逼到没有退路，脑袋贴在自己一侧的车窗上，她摇了摇头，表情严肃。

他也停住了，想了一会儿，特别认真地说：“晓远哥一般开弓没有回头箭，就这么让你拒了？”

慧慧没什么幽默感，不知道怎么上来一句话把杨晓远给逗笑了：“我拒了你也好过把你的箭撅折啊。”

他哈哈笑起来，回到驾驶座上去："改天吧，改天会有月亮的，改天姑娘你会有心情的。"

那天之后，齐慧慧再没有见到杨晓远。大约过了两个多星期，他给她打了一个电话："那天我没得罪你吧？"

她知道他什么意思，只说道："哪天啊？什么事儿啊，我都忘了。"

"那太好了，求你一件事儿，请你一定帮忙。"

"先说来听听。"

"瑞士银行集团的周年庆，今年由里昂分理处主办。两个星期的活动，还有一场酒会——我想请齐慧慧陪同我去，你说她能同意不？"

"场面太大了，不会应酬，怕给你丢面子。"她说。

"你不用应酬，只要站在我旁边就行。"杨晓远说。

"……"

"你是不是真要手起刀落，拒我两次？"

慧慧笑起来："哪一天？什么时间？你的场面这么高端，我得好好准备啊。"

杨晓远可高兴了："这个周五的晚上八点钟，丽多皇宫。您不用准备什么，您洗把脸就够用了。"

她已经有很久没有穿过晚礼服了，那天打扮好了在镜子前面看了自己好久：高个子，长脖颈，黑头发披在肩膀上，像在细绢上泼的墨。她穿了一件黑绸子的齐胸短裙，没有什么特别的装饰，只是显得腰细腿长，皮肤发亮。天气还冷，她披了一件柠檬黄的小貂皮披肩，那是去年圣诞节小多送给她的礼物。

她涂上深红色的唇膏，然后对着镜子笑了笑，还是年轻漂亮的一个人，还有一副不经风霜的皮囊。

那天慧慧是自己开车去的丽多皇宫，因为杨晓远下午去巴黎办事，下了高速火车就直奔晚会，根本没有时间去接她。他跟她解释这个的时候十分抱歉，慧慧说："没关系的，这算什么啊？我去火车站接你都可以。"

他们是在酒店的大堂里见的面，他的眼睛就再也没有离开过她。慧慧在心里想，所以说一条漂亮的裙子对一个女孩来说特别重要，他们之前见面，她从来都是毛衣搭牛仔裤，但是今天杨晓远把她当成了另一个人。

当然了，这位男士也是一表人才，瘦且高，穿着白衬衫、系着黑领结，精彩在黑色西装的袖口处，三粒丁香形状的小金扣子。

这两个人的身高和容貌不输给任何一位到场的洋人，又都那么年轻，杨晓远终于说了一句杨晓远该说的话，是在他们面对着墙壁处的一面镜子时，他说："咱们俩太般配了。"

慧慧微微笑起来，饮了一口杯子里的香槟。

丽多皇宫富丽堂皇的大厅里高朋满座，这是世界上反应最快、手段最多、声誉最佳的银行的周年聚会，来自世界各地分理处的金融精英济济一堂，绅士淑女，衣香鬓影。

大厅中间的舞台上有一黑一白两架三角钢琴，两位琴师在上面演奏着快活的阿尔卑斯小调《撒伏瓦的春天》，舞台周围的喷泉水随着音乐声摇曳跳动，湿润的空气中弥漫着令人愉悦的百合花香。

杨晓远说："我老板来了，你跟我去打个招呼？"

"可以啊。"

"我说什么都请你配合一下。"

"你要说什么？"

"我会跟他介绍，这是我的女朋友。"他说。

"有这个必要吗？"她看看他。

"太有了，我老板说我什么都好，但是想要晋级到一个让人觉得彻底成熟可靠的银行家，最好先把婚给结了。我今天借机跟他表明一下，我是有这个准备，并在为之努力的。还有，"杨晓远又嘱咐道，"要是我等会儿一副拍马屁的嘴脸，请您忍住别吐，都是为了混口饭吃。”

杨晓远的老板是个四十多岁的德国人，离得老远就看见他了，哈哈一笑：“老杨！”

杨晓远并拢了食指和中指指着他：“尤尔根！”

两个人跟足球队的队友似的。

尤尔根走过来，亲吻慧慧的手背：“这位小姐是……”

杨晓远一搂慧慧的肩膀：“我的女朋友。”

他夫人跟杨晓远也是熟络到不行，眨眨眼睛开玩笑：“你胆敢把美女藏到今天！”

杨晓远道：“但你们绝对是最早知道我毕生最大秘密的人。”

这个反应啊、这张嘴啊，慧慧想，我怎么忍住别吐？我佩服都来不及呢。

尤尔根一偏头，杨晓远便迎过去。那尤尔根压低了声音，典型的跟心腹说话的语气：“去巴黎给拉米夫人办的事儿搞定了？”

杨晓远比画了一个“ok”。

慧慧看看他，尤尔根的太太说：“雷米是我见过的最聪明能干的男孩。”

慧慧点头笑笑。

尤尔根又继续说：“另外，等会儿丹尼·海格会到，我跟行长说了，我一定要上去跟他打个招呼问候一下，你呢，你跟着我……”

那句话之后，她就什么也听不清了。

慧慧一个人在露台上待了一会儿，傍晚的风吹来，让人手脚发凉。旁边拐角的地方，一队穿着演出服的阿拉伯艺人翻了几个跟头，正在做上场前的热身动作，一个穿着古装、戴着包头的男孩将火棍在舌头上一点，“轰隆”一下，一道火龙从他口中飞出。

身后忽然有人碰了一下她的胳膊，慧慧猛地回头，是杨晓远。

“你怎么了？”他问她。

她摇摇头："没事儿，我……"她看看他，"其实，我不太舒服。真抱歉……我想先离开。"

杨晓远说："怎么忽然不舒服了……好的，我们这就走，我送你回家……你回家还是去医院？你是哪里不舒服？你刚才喝了不少香槟，是不是……"

"我头晕。"慧慧说，"我最近有些感冒，可能昨天晚上也没有睡好，不过不是什么大问题。"她咳嗽了一声，"所以你看，我可以自己回去的，你留在这里，你等会儿还有应酬呢。"

杨晓远还要坚持，这时有几个同事上来跟他说话，慧慧说："我先走了，再给你打电话。"

她没再跟他说话，转过身，离开露台，急匆匆地穿过忽然间变得漫长无比的大厅，穿过层层叠叠的人群，想要迅速离开这里。

可是，她还是迟了一步。

第四章

三年之后的丹尼·海格站在那里
叫她真正的名字，慧慧

她不是没有想过，在这个城市里，总有一天会遇到他的。可是这一天毫无预兆地到来了，让她有些不知所措。那一刻，她的灵魂好像又出了窍，浮浮悠悠地到了半空中，看着这个豪华绮丽的场所里热闹的悲喜剧：

丹尼·海格身边是红头发的美丽女郎，身后跟着他的班底。他们从雕花的大门外下了两级台阶进入宴会厅。他的目光似乎在她的脸上扫了一下，然后和她在那两级台阶上擦身而过。在细微流动的空气中，她似乎能听见他低声吩咐的声音，他轻快的毫不迟疑的脚步声，甚至是他呼吸的声音，那曾经是她多么熟悉的声音。可是丹尼·海格心无旁骛，就那样从她身边过去了。

慧慧在那里待了一会儿，一只脚在台阶上，一只脚在台阶下，过了一会儿，她回头看了看，她觉得似乎看见了丹尼·海格那耀眼的金色头发，但是他被上前问候的人围住了。

他们错过了。

那个失落的灵魂好久都没有回到躯壳里去，看着茫然的自己下楼找到车子，坐在里面待了很久。黄昏时候开始下的小雨停了，此时是明亮的夜晚，青草长长的叶子上攒动着水珠，反射着星星点点的光芒，夜很美也很宁静，让人有一种虚幻的感觉。

想得太多了，她的脑袋里面渐渐形成了一个让她困惑不解的疑问：刚才那是真的丹尼·海格？她会不会是出现了幻觉？她最近总觉得有点累，又对那些吞并啊、垄断啊的新闻过于关注了一些，因此看错了也说不定。

慧慧慢慢地靠在方向盘上，她到底是不愿意相信些什么？是不愿意相信那是丹尼·海格，还是不愿意相信丹尼·海格从她身边经过，彻底把她当成一个透明人？

像是回答她这个疑问一般，一个人在外面轻轻地敲她的车窗，她向外看一看，久违的丹尼·海格站在外面，对着她点头微笑。

慧慧愣了一下，觉得自己肯定是眼花了，这个人怎么会明晃晃地出现在她的眼前？

她坐在那里发呆的空当，丹尼·海格又用食指敲了敲车窗，在外面对她说："请把窗子打开。"

他想干什么？他想跟她说话？不不不，他们之间没有什么好说的。她看着他摇摇头，心里害怕起来，钥匙一转，车子点着了火。

丹尼·海格在外面用手掌拍她的车窗："你在干什么？请马上下来。"

她没给他把话说完的机会，车子晃动了一下，丹尼·海格被陡然甩开，那一瞬间，她开着车像支离弦的箭一般冲了出去。

她是喝了很多香槟，但她神志清醒，头脑冷静。她只是想要开得更快，她只是不想见到丹尼·海格，后面的车子在大声地鸣笛，不停地闪着前灯，要她停下来，那是丹尼·海格，他追了上来，要她停车。

她偏不，她心底发狠，一脚把油门踩到底。车子在老城区狭窄的马路上一路颠簸，好在夜深人静，路上几乎没有行人，她也不知道自己闯了多少个红灯。在此过程当中，丹尼·海格一直在后面紧紧地追赶，他的车子几次发力，几乎与她并行，几乎逼着她停下，可是慧慧总是会抓住机会急转上另一条路。

道路越来越窄，车子渐少，地势变高，树枝遮蔽了月色，她这时发现自己渐渐上了山路，一直在后面追赶的丹尼·海格此时也放慢了车速，跟她保持着一个车身的距离，却紧紧地跟随。山路很窄，一个弯都拐不了，她没有别的选择，只得上山。

一直开到小山顶，才发现是平地，还有一栋老旧的钟楼。慧慧想一个急转，躲过丹尼·海格的车然后沿原路再冲下山去，谁知他早就料到她会这样，将车子打了横轮，整个车子挤过来，把慧慧直逼到钟楼的墙壁下。她终于停下来。

她车子没有熄火，他也没有再挪动地方，人从驾驶座上下来，又过来敲她的车窗，脸上一点表情都没有："车子开得很好。保险金额上得足够高吗？"

她一声不吭。

"你的酒气很重，"他说，"坐到那边去，我送你回家。"

她在自己的车子里吸了一支烟，她的手一直不停地颤抖，心仿佛要从喉咙里面跳出来，也不知道是因为刚才极速飙车，还是因为再次见到丹尼·海格。

他一直在外面等她，倚着她的车子，被白月光剪出一轮侧影。

她看着他，不知怎么的就有一点点泪水从眼角流出来。

慧慧从自己的车上下来，换到副驾驶的位子上。丹尼·海格上了她的车，缓慢地发动上路。

在路上，他们有一些极其简单的交谈，她告诉他，应该在这里左转，然后再直行……她也问了他在山顶的车怎么办？丹尼·海格说不用担心，他会派人去取回来。

在她住处的楼下，他下了车后向上看了看，对她说："嗯，这里看上去不错。"

她点点头："嗯，还算安静。谢谢你送我回来，我要上去了。"

她往前走了几步，他在后面喊她："慧慧。"

她回过头。

他们之间是那盏黄色的路灯，三年后的丹尼·海格站在那里叫她真正的名字，慧慧。

丹尼·海格轻轻地点着头跟她说："这么久不见，宴会上你连个招呼都不打，就这么走了？"

她把披肩拢得紧一点，说了实话："我不知道应该说什么。"

"说些什么都好。说一说你过得怎么样；说一说你一直都在做什么；说一说你怎么留在这里了，没有回中国去……我很想知道关于你的这些事情，我很想知道。"他说。

"……"

"今天太晚了，我们改天见个面，你觉得怎么样？"

"……"

"我的电话号码没有变过。"他说。

那天晚上，她做了一个梦——

梦里的情节很干净简单，就是她一个人坐在火车上，一站不停地赶路。车窗外的风景各不相同，有时她看到自己原来的家和幼儿园，小孩子们很吵闹；有时她看到她跟小多住过的那栋位于罗纳河左岸的老楼，庭院里水汽腾腾的；有时候她又看见贝尔热湖，蓝色的湖水上，一个人坐在白帆船上钓鱼的背影，他披着毛衣，戴着耳机听慢摇滚。

然后她醒过来，看见明亮的月光映在她的枕头上。她安静地想，原来无论她是否愿意去回忆或者寻找，这个人总是在那里的。

早上起来，她一边给自己热牛奶做早点，一边听收音机。

牛奶在锅子里，一只鹩哥从窗前经过，收音机里五花八门的音乐和新闻很多。

她忽然听见了他的名字——

"昨天晚上十时许，在城东凡尔纳大街发生一起交通事故，一辆轿车与一辆吉普车相撞，造成包括两辆车司机在内的四位男性受伤，目前四位伤者都在医院接受治疗，情况稳定，事故原因正在调查中。据悉，其中一位伤者是海格集团的总裁丹尼·海格先生。目前，警方已经介入对事故原因的调查……”

牛奶从小锅里溅出来，她拧了一下开关，来不及收拾就去找电话。

她一边拨通那个她烂熟于心的号码，一边想：怎么会发生这种事情？十点多，正是他从这里离开，叫来了自己的司机，然后就出了车祸？怎么会发生这种事情？

电话响了两声就被接起来，他说“你好”，声音听上去没有任何异样。

“我，是我。”她在这边说，自己并不知道声音有轻微的颤抖。

“是的，我知道是你，慧慧。”

“我听了广播，你……”

“车子撞了一下，不过还好，问题不大。”

她有一会儿没说话。

“我现在在让若赖斯医院，你愿不愿意过来一趟？”他说。

“好的。”

“等会儿见……慢点开车。”

她这个时候才放心了一点，起码在电话里听起来好并无大碍。可是到了医院，慧慧才发现事情并不像她想象的，或者说像丹尼·海格描述的那样简单。

在让若赖斯医院的问讯处，还没等她开口，身后两个扛着摄像机的记者便抢着问工作人员：“请问海格的媒体招待会在几楼？”

“七楼322会议厅。”

她于是跟着这两个人坐电梯到了那个挤满了记者的大房间，门一打开，就看见丹尼·海格坐在房间中央的平台上，身边是他的律师傅里叶，还有数位海格高层人员。闪光灯闪得人眼花，好像一定要在这位刚刚出过车祸的名流身上翻出伤口来，但是丹尼·海格毫无破绽。

他身上是一件小格子纹样的休闲西服，白色衬衫的里面，灰蓝色的丝巾系成温莎结，他身子向后稍稍靠在椅背上，脸上没什么笑容，但是看上去自在且舒服，仿佛这里不是医院的会议厅，而是香贝里杜露大街十五号那临湖的阳台。

傅里叶律师手执话筒：“女士们、先生们，谢谢大家给予丹尼·海格先生和海格集团的热情和关心，现在招待会开始，请大家提问。但是海格先生时间有限，等一下还要请医生做例行检查，所以海格先生只能回答媒体方面的三个问题。”

记者们纷纷举手，丹尼·海格看了看，授意傅里叶律师，点了一位年轻的女记者，准备回答她的问题。

女记者起身说：“《东南财经》记者拉斐尔·弗兰。海格先生您好，您气色不错，身体还好吗？”

丹尼·海格点点头：“谢谢，您也好。我的肩膀有一些擦伤，除此之外，医生建议我稍微少喝些酒，其余的，如您所见，并无大碍。”

女记者笑了笑：“据我们了解，车祸发生的原因和过程都有一些疑点，警方已经介入调查。海格先生您个人认为，这起车祸跟海格近来一连串的商业大动作有没有关系？是不是一次有预谋的报复行为？”

丹尼·海格回答道：“关于这个问题，也请您帮我督促警方的调查结果。我个人的意见就是，这是一次很偶然的事件。我老老实实做生意，没有敌人。”

接下来是一位中年男记者，来自《世界报》财经版，他的问题很直接：“您这次受伤，会影响对怡云的收购过程吗？”

丹尼·海格连一秒钟的迟疑都没有：“我个人的任何问题都不会对‘海格’集团已经做出的商业决定有丝毫影响。”

这个房间被记者们大大小小开足马力的专业机器弄得很热，慧慧掏出手帕擦了擦汗。她心里想：就凭你们，跟他斗？

慧慧正擦汗，忽然，她身边的记者被点中了，那位记者问完问题，慧慧恰好抬起头来，热得红红的一张脸，正好对上丹尼·海格的眼睛。

他没说话，过了一会儿问那位记者：“哦，对不起，请再重复一下您的问题……”

他的目光一直停留在她的脸上。

丹尼·海格回答完记者的三个问题便离开了会议厅，不一会儿有人打开慧慧身边的门，对慧慧说：“齐小姐？”

“是。”

“请跟我来这边。海格先生在等您。”

慧慧随着那个人出来，先是上了八楼，经过医院保安和海格的保镖把守的楼梯门，穿过空无一人的长长的甬道，到了西翼檐廊尽头的一个房间门前。那个人敲了敲门说：“先生，您的客人到了。”

他亲自过来打开门，看到是她，终于笑了：“那个房间很热对不对？”

慧慧还没回答，先看见的是他白衬衫里面，鲜红的血从厚厚包扎的绷带里隐隐透出来，在左侧胸口的位置。她吓了一跳，看看他的脸，再看看那伤，说话结巴起来：“到底……到底怎么回事儿？”

他还是说：“小伤。”

他又说：“进来，进来，慧慧，说说你怎么样了。这是什么？这是给我带的东西吗？”

随从问他：“先生，我要叫医生来吗？”

丹尼·海格一边打开慧慧带来的东西，一边说：“先不用，等一会儿再请医生过来。”

她的手提袋里有自己店里的两罐蜂蜜，还有来的路上买的两个甜瓜。丹尼·海格拿了一个甜瓜出来，摸一摸碧绿色的粗糙的表面，又嗅了嗅：“这一个挑得好。这个季节买到的甜瓜，很贵吧？”

“五欧元。在我常去的一家水果店买的。”

“看看，”他说，“我就说贵吧。”

他们在窗子下面小圆桌两旁的椅子上坐下，慧慧注意到，他的行动稍有不便，胸口的伤困扰着他。他刚才面对记者，那坚韧的一切都是假象。

“是不是昨天送完我，你在回去的路上发生的车祸？”

“跟你没有关系。”他说，“是司机不小心，跟另一辆车子碰在了一起。”

“我最近听到你要收购‘怡云’的新闻，那么记者的怀疑有没有可能？”

他摇摇头：“记者什么都怀疑。”

他可能是不愿意再继续这个话题，把一瓶蜂蜜从那个袋子里面拿出来：“这是什么？你怎么买了这个送给我？”

慧慧说：“这是我店里卖的东西。”

“哦？”他抬头看看她，微微蹙着眉头，不是不惊讶，“你店里？”

她点头，笑了笑：“我自己有一个小店，专营从中国来的营养品，主要是蜜蜂制品、蜂王浆和蜂蜜之类的。”

“听上去不错。”

“去年的利润有二十多万欧元。”

他笑起来：“你这个有钱人。”

她也笑起来：“如果你说我是有钱人，那我真的是。”

他记得给她买的珠宝吗？他记得送她的名车吗？他记得那每一个壁橱上每一条银线吗？他记得他最后要送给她的那两匹威风凛凛的赛马吗？

她都是记得的，那么轻易得来的东西也就不在乎，扔得也快，可自己赚到的一粒小谷子也觉得香甜，如今，丹尼·海格说，你这个有钱人。

她应该为自己感到骄傲。

“我得走了，丹尼。”她说，“我还得去店里。”

“好啊。”他站起来，“你自己开车来的？”

“嗯。”

走到门口时，听到他叫她："慧慧。"

"嗯？"她抬头，看着他三年间别来无恙的湖水般的蓝眼睛，又嗅到他身上薄荷的味道。

"今天早上，医生给我包扎，疼得要命，可是我接到了你的电话，我非常开心。"他说，"你能来看我，我也非常高兴。见你过得好，我就更高兴了。所以慧慧，如果你有什么事情，有什么为难，你要记得，我总是在这里的。"

"嗯，谢谢。"她迅速点头，然后离开他的房间，脚步很快，没有回头。

她迎面遇见打发完记者的傅里叶先生，听见他对着电话说："小姐，丹尼在休息，他现在不见任何客人。您也许可以下午过来。"

她开着自己的车子回到店里，处理了两张订单，发了一批到外省的货物。

她晚上去小多的酒楼吃饭，摸了摸她的肚子，喝了一杯杏子汁。

她回忆起昨天晚上忽然见到丹尼·海格，还有今天去医院看望他时两个人那些客气而温暖的对话。

她看到一个留学生往这家中国餐馆的唱片机里塞进一欧元的硬币，点播了一首老歌：

"也许我偶尔还是会想他

偶尔难免会惦记着他

就当他是个老朋友啊

也让我心疼也让我牵挂

只是我心中不再有火花

让往事都随风去吧

所有真心的痴心的话

仍在我心中

虽然已没有他

……"

她的心头萦萦绕绕着歌声，直到自己一个人坐在漆黑的车子里，看一只夜鸟从夜空飞过。

她趴在方向盘上，眼泪无声地流出来。

“我又有件事儿求你。”杨晓远说。

之后的一个周末，他们两个人在西餐厅里吃午饭，慧慧抬起头：“你请说。”

“我想给一位客户的太太送一份礼物，请你陪我去珠宝店挑一挑。”

“什么客户啊？你赚了他多少钱，要送珠宝给他太太？”慧慧看看他。

“嗯，反正是特别重要的一位。你照漂亮的选，别替我心疼钱。”杨晓远说。

“行啊，等会儿就去？”

“等会儿就去。”

进了卡地亚的店，两个人从头看到尾，杨晓远一句重要信息都没给，收礼人的年龄、头发、皮肤的颜色，他一概不知，只跟慧慧说：“你找漂亮的就行了。”

她嘴上说“你这人送礼送得糊涂”，心里却小心翼翼地替他比较算计，款式要经典，不能太贵太离谱，却也要拿得出手。小碎的钻很漂亮，但是不那么高贵，圆圆的一颗价格一下子就飙了上去。选来选去，慧慧最后挑中了一副耳环，圆形的立体包金，藕荷色的三颗宝石拼成幸运草的形状，八千多欧元，估计还在晓远哥的预算里。

“这个好看。”她对杨晓远说。

“放在里面看不出来啊。”杨晓远说，“你试戴一下？”

“好啊。”慧慧拢了一下头发，对营业员说，“请把这个拿出来让我试戴。”

那营业员刚要从打开的玻璃箱里把耳环取出来，经理从办公室里出来，对她说："您有电话。"然后那位经理亲自为他们服务，他笑着对慧慧和杨晓远说："夫人和先生是要看这副耳环？"

慧慧看了看这个人，马上又看了看杨晓远，那一刻心跳得很厉害。卡地亚的这位经理从前与她再熟悉不过，他原来在另一家珠宝老字号，慧慧在他的手里不知道买了多少亮晶晶的东西。

她这边还惴惴不安呢，可是干这行的都是机灵鬼，经理一张再热忱不过的脸，但是待她就像新主顾一样，毫不露马脚。

慧慧戴上了那副耳环，转过身问杨晓远："你看看怎么样？"

"嗯，"他点点头，"就是它了。"

趁杨晓远签支票付钱的空当，慧慧要把那副耳环摘下来，只听他说："哎哎，你干什么？"

"包起来啊。"

他笑起来："它已经在它应该待的位置了。"

"平白无故送我礼物干什么？"慧慧看着他。

"那天说好的，赚了钱要送一份好礼物给你。除非，"他站起来，离她很近，鼻尖几乎触到她额前的刘海儿，他拨了拨她耳朵边的头发，深深地看着她的眼睛，"除非你觉得这件礼物太轻了，或者钻石不够亮，配不上姑娘你美丽的脸。"

她慢慢笑起来："说什么呢？这可是卡地亚，有一条小链子我就心花怒放了。"

他也笑起来，将她抱住："要替我省钱啊？以后吧。"

之后小多看着那副耳环，说："所以，进展得还不错？"

慧慧老老实实地回答："还不错。"

"杨晓远为人怎样？我这里的小留学生一天到晚地八卦他，你也跟我爆一爆料，让我也八卦一下。"小多眉开眼笑。

"杨晓远啊，"慧慧喝了一口冰红茶，说，"特别快活、聪明，也知道努力，会赚钱，但是还有点儿孩子气。我觉得啊，从心理年龄上讲，他比我要年轻。”

小多哈哈笑起来：“这个不用说，连我都比你心理年龄小，你从小的爱好不就是装深沉吗？”

慧慧气得那一口红茶差点儿没喷出来，噘了噘嘴巴：“我招你了是吧？”

“你没招我，你就跟我照实招了你对这个杨晓远是怎么打算的吧。”

“我打算过了，”慧慧说，“认真相处一下，你都有孩子了，我也不能落下太远，不是吗？你原来跟我说找个人，收拾收拾把自己嫁了，我觉得这话很对。”

小多握着她的手，半响才说：“怎么突然就觉悟了？”

“我成熟得就是这么快。”

她是很认真地跟杨晓远相处的，如果杨晓远不忙也不开会，他们几乎每天都会见面，一起吃晚饭，看电影，或者去酒吧里坐一坐。他的飞镖射得非常好，瞄准的时候上排牙齿咬着下嘴唇，认真极了。他有一回五支飞镖射出来49环，赢了一个大胡子老外两大杯啤酒，慧慧给他鼓掌，他揉着鼻子小声跟她说：“我告诉你你可别告诉别人啊，晓远哥原来在马赛上大学的时候是校队的，现在的水平已经不能跟当年同日而语了。”

“加油吹啊。”慧慧笑着说。

那天晓远哥两大杯啤酒下肚，出了酒吧一见路口埋伏着不少宪兵和警察，明明就是要逮酒鬼的阵势，杨晓远当时就不敢开车了，是慧慧把他送回家的。

这天晚上还发生了一件不大不小的事儿。

她送他回了家，然后在他的冰箱里找果汁，翻到一小桶芒果汁，她刚站起身，大侠晓远哥不知道什么时候已经在她后面了。这个小白脸眯着眼睛笑里藏刀地看了她半天，一只手握着她的下巴，下一秒钟就吻了过来。

什么都很好，他带着麦芽味道的呼吸，他厚实而柔软的嘴巴，还有他几乎挠到她脸颊的长长的睫毛。慧慧一边跟他亲吻一边想，时间太久了，她都不记得自己上一次与男人亲密碰触是什么时候了。

她的回应鼓励了这个家伙，他那捧着她脸庞的手开始摸摸索索地穿过头发，找她的小耳朵，一边带着她往房间里走。两个人倒在客厅的地毯上，杨晓远伸手就解她的扣子，专注的样子好像那将是他今生此后唯一的事业一样。

慧慧被他压在下面，手覆在他的手背上，把他给按住了。

“杨晓远。”她说。

他低着头，也不看她，全神贯注地想怎么把手挣脱出来好继续解她的扣子。

“杨晓远。”她又喊。

他稍稍抬头。

“你别跟我装啊，两杯啤酒就把你给灌醉了？刚才在车上你还帮我看红灯呢。”慧慧说，“你想借着酒劲干坏事儿，是不是？”

他看看她的眼睛，刚才那股色劲一下子没有了，慢慢地倒下来，脸还是贴在慧慧的身上，瓮声瓮气地说：“什么世道啊，怎么现在想要个流氓都这么难啊？”

他说得她笑了起来，伸手拨一拨他的头发：“等我准备好了，行吗？”

他滑坐到她身边，一只手支着头，紧紧地盯着她：“行啊，不过你告诉我得等到什么时候？正常男女咱们俩这种情况，早就走到下一步了。你是不是心里有别人？”

他没压在她身上了，慧慧得以稍稍抬起上半身。她看着他的眼睛，很肯定地说：“我没别人，如果我有别人也不能总是跟你约会。但是现在你能不能把你这只手从我身上拿下去？”

杨晓远讪讪地挪开自己那只不死心仍想占便宜的手，然后一下子趴在地上：“太晚了，你开我的车回家吧，明天上午再来接我啊，咱们俩一起出去玩。”

慧慧哭笑不得，于是开着杨晓远的车子回了自己家，洗漱，更衣，睡觉之前又站到镜子前面，她摸了摸刚被亲吻过的脸颊和耳朵，觉得自己好像忽然之间老了。

第二天是星期日，她到下午才去找杨晓远。晓远哥在一分钟之内就穿戴整齐，打扮漂亮，一边拥着她出门一边数落："我这饿得啊，就差没饿死了。不是让你上午来吗，你怎么才到？"

在电梯里，他指着她的眼睛说："发生了什么事？怎么变成熊猫眼了？"

慧慧把他那根手指挪开："我昨天没睡好，要不然也不能才来找你。"

杨晓远说："早跟你说留在我这里了，你看，昨天晚上天人交战，想我来着吧？"

他说到这里，她就真生气了："你这个京片子，再不闭嘴，我发誓今天以后你再也见不到我。"

她话音没落，他就赔笑道："我这不是关心你吗？再说过了时间饭店都关门了，咱去哪儿吃饭啊？哎哎，我知道一家馆子，人够多，营业时间够长，咱这个时候去，正好不用等位子。"

两个人都很饿，午饭都没吃，天开始变暖和了，从西海岸来的海鲜很不错，慧慧吃了一大份海鲜饭，吃完后杨晓远说："咱去哪里玩啊？"

她说："一路开车兜风吧。"

她其实是有点累，昨天晚上睡得不好，这时吃得多了，在车上晃晃悠悠就睡着了。其实她睡得也不踏实，迷迷糊糊地好像看见道路两旁的槐树，村庄的红房顶，还有阿尔卑斯一座座连绵不绝的山峰。也不知过了多久，一直在车上睡觉的她出了不少汗，擦了一把额头，睁开眼睛，忽然觉得眼前的景色是那样熟悉。她从车上下来，巍峨青翠的小猫牙山挺立在眼前，四月的山顶仍旧被厚厚的白雪覆盖，山下是贝尔热湖，在晴天里颜色鲜艳，碧蓝碧蓝的。湖面上有帆船划艇，还有白色的大天鹅顺风飞行。

时隔三年，她居然又回到了香贝里。

慧慧站在那里好半天没说话。

“你没来过这里吗？”杨晓远在后面说，“怎么像从来没到过这里的观光客一样？”

慧慧回头，皱着眉头看着他：“你怎么大老远把我带到这里来了？”

“我想带你划船。”杨晓远说，“我们银行在这里有脚踏船的招待券，你不想试一试吗？”

“……”

她的头上全是汗，用袖子擦了一把。杨晓远过来揽住她的肩膀：“都来了，玩一会儿就回里昂去，好吗？还是，你怕水？”

她摇摇头：“不是。”

他亲亲她的额头：“走吧，咱划船去。”

这是一个四月的星期日的下午，贝尔热湖畔很热闹。有人带着小孩子和宠物在白色的石滩上散步，有人在打排球，有人在港口维修自己的船，也有人在嫩绿的梧桐树下面叫卖着薄煎饼。慧慧跟着杨晓远上了一艘黄色的脚踏船，心里多少有一丝侥幸——这么多人，她怎么就一定会遇见丹尼·海格呢？他可能在某地开会，忙着他的生意，又或者他在某地约会，忙着照顾他的情人，就算他眼下在香贝里，这么多人，还有这么多船，她怎么就一定会遇见他呢？

她微微低下头，靠在杨晓远的肩膀上说：“晓远哥，我来过这里的。”

他搂着她，温柔地说：“什么时候？”

“上大学的时候，跟同学们来过。”

“是同学，不是男朋友？”他故意夸张地说。

“是同学，不是男朋友。”她说。

他笑起来：“刚才在车上，你说梦话了。”

“哦？”她坐起来，看了看他。

“你说，‘去湖上划船啊。’你用法语说的。”

“……”

他们在湖上玩了四十多分钟，一直行到湖中心。阳光一斜，水面上吹起了冷风，慧慧缩一缩脖子，杨晓远就说：“我们回去吧？”

她点点头，直到这时，她仍然有点庆幸没有碰上丹尼·海格。

可是当他们踩着脚踏船快回到岸边时，遇见了他的船。

先看见丹尼·海格的人是杨晓远，他们踩着脚踏船过来，丹尼·海格正站在船舷上，手里拿着扳手。他身上是一件白毛衣和一条短裤，脸是朝向这边的，但是他戴着黑色的眼镜。

杨晓远说：“那个是……丹尼·海格！”

她没说话，感觉后背的汗毛都立了起来。

“我得去打个招呼。”杨晓远说。

“哎，别！”慧慧不蹬她的踏板了，小船在离港口和丹尼·海格的船不远的地方晃悠，“打什么招呼啊？我们又不认识他。”

杨晓远说：“我们做过他的业务。上次在酒会上，行长想要介绍尤尔根跟他认识，但是他刚来就走了，这么巧遇到他不容易，我得过去打个招呼。”

慧慧想要阻止已经来不及，离得太近了，几重往岸边走的小浪就把他们送到了丹尼·海格的船旁边。杨晓远站起来，脸上是可爱又诚恳的笑容：“海格先生。”

丹尼·海格看看他：“你好。”

杨晓远伸出手：“我是雷米，瑞银集团的，几个星期前我在瑞银的庆典晚会上见过您。”

两只船几乎挨到了一起，丹尼·海格并没有马上跟杨晓远握手，他像是从太阳镜后面仔细地打量杨晓远，然后才缓缓握住他的手，同时笑起来：“你好，喜欢帆船吗？来，到我的船上来。”

他像是没有看到慧慧一样。

慧慧从来没有跟杨晓远发过脾气，但是那天晚上，从香贝里回里昂的路上，她再也没跟杨晓远说过一句话。

他一路上都在解释：“丹尼·海格要我上他的帆船，你知道他是什么人物？他只跟我们总裁说话，他连我们分理处的行长都不屑搭理，他要我上他的船，慧慧，我怎么能够拒绝？我是做银行业务的，每天打交道的就是这种人，这是财神爷啊，求都求不来的，我怎么能够拒绝？我很抱歉，但是……”他去握她的手，被她一下子躲开，“但是丹尼·海格也不是魔鬼对不对？他又没吃掉我们俩，我不明白，慧慧，你怎么会生这么大的气？哎，算我求求你了，你理我一下，你说句话，大姐。”

“上船之前我就跟你说了，我说我冷，我想马上回里昂，你呢？跟着他坐着那个帆船在湖上绕了一大圈不算，更不应该答应又去他的家。”

在船上没玩多久，丹尼·海格跟杨晓远忽然间变得那般熟络，两个人从帆船维护说到美国大选，从中国南方的鱼鹰说到最近北非百年一遇的大旱。丹尼·海格跟杨晓远说：“你知道吗？普罗旺斯和南方各省今年的沙尘特别严重，撒哈拉的沙子跨过地中海过来了。”

杨晓远说：“您太夸张了，哪有那么厉害？”

他这个人才会聊天呢，偶尔的惊讶与微妙的不信任，激发了对方更强烈的倾诉和解释的欲望，对话被有力地维持下去，且越来越投机。

丹尼·海格非常认真：“我跟你讲……”

“雷米。”杨晓远提醒他自己的名字。

“我跟你讲，雷米，昨天我从普罗旺斯回来，车子停在外面，雨下了一夜，第二天早上车身上都是黄色的泥沙。”说着他哈哈笑起来，“你真该看看我的司机第戎先生的表情。”

杨晓远也笑起来：“您从普罗旺斯回来？”

“是啊，”他说，“等一下去我家吃饭吧，我带了好酒回来。你和你的女朋友……她今天好像不太高兴，对不对？她说法语吗？”

慧慧一直看着湖面，他的话她都能听见，当她听见他在后面跟杨晓远打趣自己，当杨晓远同意去香贝里杜露大街十五号那栋临湖的别墅吃饭的时候，慧慧问自己怎么从来都没有发觉丹尼・海格可以做个恶棍。

下船的时候，她拽住杨晓远，固执地说：“我累了，想要回去。”

杨晓远看看船上的丹尼・海格，又转头对她说：“我保证我们待一会儿就走，行吗？求你了，大姐。”

丹尼・海格系好船后也走了过来，看着这两个低声商量的年轻人，忽然笑了。那种笑容在慧慧看来有点挑衅的味道，仿佛在说，不去也没有关系的，我知道你害怕。

慧慧明白，他在看她的好戏，他想要她局促不安。

她紧紧攥住杨晓远的手。

过了整整三年，那栋房子连一丝一毫都没有改变，地毯、壁炉旁边的画案，小天使的雕像，还有种满鲜花的阳台。从那个阳台下去，有一条弯弯曲曲的小径直通到湖畔，小径上铺着白色的石子，并被无数蔓生的绿色植物包围着，它们非常茂密，看似有种野生的情趣，实则被精心地修饰整理过，四季都有各色的玫瑰花开放。他们站在客厅里看暮色中这一隅美丽的景致，杨晓远“啧啧”赞叹。慧慧心想：你还不知道呢，这个房间的下面是他做木工的工房，终年堆积的水曲柳的木屑像是白雪一样；这个房间的上面是丹尼・海格的卧室，在我之后，又有多少个女人得到过他的照顾和宠爱呢？

丹尼・海格说：“从这里下去有一个堤坝，那里住着十只水獭。”

他拿着酒给杨晓远倒上：“我喜欢水獭，因为它们勤劳。我也喜欢聪明勤奋的年轻人。”

“水獭不仅勤劳，而且风流。”慧慧在心里想。她在这里的时候，那里面只有三只，可见这个家庭扩张得有多么迅速！她想到这里，无声地笑起来，丹尼・海格和杨晓远同时回头看她。

晚餐的头盘是鲜虾沙拉和黑松露小羊肩。

这时，杨晓远的电话响了，他起身去阳台上接电话。整晚像变了一个人一样喋喋不休却一直把慧慧当透明人的丹尼·海格对她说了唯一的一句话，他说："鲜虾沙拉、黑松露小羊肩，我记得对不对？"

她抬头看他，什么都没有说。

她在回去的路上觉得这个星期日过得像做梦一样，直到现在脑袋里都转不过弯来，她怎么来了香贝里城？她怎么会又回到杜露大街十五号？她怎么又跟丹尼·海格乘坐一条船，还跟他在一张桌子上吃饭了？

她想起了自己做的那个坐在火车上的梦，忽然发觉，那些你想飞速躲开的、你想忘记的风景，不会因为你的不愿回首而被抹杀掉。它们会一直在那里，一旦这列火车倒回去，所有的情节又历历在目。

她感觉头很疼。

杨晓远送她到家门口，慧慧就要开门下车，他握住她的手："怎么？怎么就走了？还生气啊？"

"没事，我就是累了。我早就跟你说了，你知道的。"慧慧说。

"哎，你回头看看我。"他说，"我有犯那么大的错吗？我就是想努力赚点儿钱，丹尼·海格这种人说些什么话、做些什么事儿，对我们的影响有多大，你不知道。"

慧慧回头看看他，看他微蹙着眉毛，他说的也算是实话，她摇摇头："我说了没有生气了，就是有点儿累，你也是，玩了一天了，快回去睡吧，明天还得上班呢。"

杨晓远说："谢谢你今天一直陪着我，我能够认识丹尼·海格真是太重要了，他的生意，我一定要拿下来做。"

慧慧这时候有了点儿精神："他做的什么生意？"

"他要收购怡云，成了的话就会融资重组或者启动新项目，不成也会有大笔的闲置资金撤出。放到哪里去？一样得找银行暂时经营，所以无论海格能否成功收购怡云，我都有文章可做。”杨晓远说。

“那么，”慧慧问道，“你觉得他能够成功收购怡云吗？”

杨晓远略沉吟了一下：“不能，他做不到。”

“为什么？”

“你可能不了解，除了眼下他要运作的怡云和他自己的海格以外，丹尼·海格在几年之间几乎成为所有大型矿泉水生产企业的大股东，这些企业包括巴铎、维希，还有意大利的圣佩里诺……”

“你是说，丹尼·海格他几乎拥有……”

“是的，西欧所有的优质矿泉。”杨晓远说，“而怡云是最后一个政府控制的堡垒。”

“所以，他是在跟政府斗，对吗？”

“对。”杨晓远说，“慧慧，如果有人能为石油打仗，那么就会有人为水源付出十倍的代价。你觉得政府会让丹尼·海格垄断水源吗？”

垄断，monopoliser，这是一个可以被治重罪的行为。

“所以，我等着，”他说，“我等着他不得不把钱从怡云的收购案中撤出来，暂转给我们运营，哪怕是短期的也好。”

“当然了，”晓远说，“这只是我个人的分析。但我不是丹尼·海格，他能走到哪一步，谁也不知道。”

慧慧说：“祝你好运，不过晓远，一不要违法，二不要害人。”

“你在说什么啊？”他笑了，“这是银行的生意，我的工作而已。不过，慧慧……”他又叫她，纠正她说的话，“你要祝我们好运气。等我赚够了钱，我要买一座岛，种满玫瑰花，我也一天到晚开帆船、养水獭什么的。当然了，我一定是跟你在一起。”

车子里的灯是温暖的黄色，他说话的时候深情地看着她，她倾身向前，紧紧地抱了他一下：“好的，祝我们好运。”

第五章

不巧，我等了你三个小时

四月末的时候，重感冒中的杨晓远被派到美国出差一个星期。他们之间有了时差，法国的傍晚，美国的早晨，他总是这个时间打来电话。他还没上班，她店里也不忙的时候，两个人就聊上几句。她问他："你吃什么药呢？"

他说："吃什么药啊？年轻力壮的，喝白开水来着。"

所以一切都解释了为什么他的鼻音会越来越重，嗓子也越来越哑。原来晓远哥一粒药片都没动，就拿白开水顶。一个人的养生习惯像信仰一样很难撼动，慧慧也没辙，他愿意怎样就怎样吧。

信仰白开水的还大有人在。那天她店里来了一个阿拉伯男孩儿，二十多岁的样子，身上穿着件白色的袍子，戴着白头巾和黑色头箍。

慧慧站起来，对他说："您好。"

男孩对她微微施礼，看看墙壁上琳琅满目的商品："这是您的店？"

慧慧说："是的，我卖蜂蜜、蜂王浆，还有蜂胶。"

"这些不同颜色的都是蜂蜜吗？"

"没错，不同的花生产了不一样风味和不同营养价值的蜂蜜。"慧慧说。

她用塑料小勺子舀了些样品给他："请尝一尝，这是玫瑰花蜜。"

他用手指蘸起勺子上的蜂蜜，放进嘴巴里，点点头，对慧慧说："味道很好。"

她给他倒了一杯水，想让他清一下嘴巴再尝尝别的花蜜。他双手将水杯接过去，饮了一大口。他喝水的样子让她觉得很有趣，双手相握，眼睛还看着杯子里的水，像捧着一件圣物一样。

这个阿拉伯男孩儿没有再品尝别的蜂蜜，他买了一瓶刚才尝过的玫瑰花蜜就走了，走之前还把慧慧给他倒的水喝干净了。

男孩儿黑头发、黑眼睛，脸颊上有络腮胡的青楂儿。她觉得这张脸有点面熟，可是又实在想不起来曾经在哪里见过。她跟自己说，可能是因为所有的阿拉伯人都长得很像的缘故。

因此，小多总说这个女人有个不切实际的坏习惯，她看不到自己身边平凡稳定的风景，留意的总是那些稀奇的人物和事情。

"喝水还像捧着圣物一样，大姐你怎么想得出来的？你要作诗啊？"小多说。

慧慧从来不会斗嘴，就是看了看小多，在心里说：这个人素质太低，我以后再也不跟她讲我看到的那些有意思的事儿了。

按照老习惯，她从小多的店里离开的时候，老板娘又给她大包小包装了不少吃的，一边装还一边嘱咐道："这个牛肉吧，我煨好了的，你连油都不用放，下锅一扒拉就好。这个咖喱呢，我跟你讲，一家印度餐馆的大厨认识小裴，今天中午来我们店里做客，顺便给我带来的，我没舍得都吃了，给你留了一点……还有，你怎么给我买了这么多野草莓啊？怪贵的，而且根本放不住，明天就得坏不少，你再带半盒回去。"

到了家门口，慧慧得把手里的大包小包都放在地上才能找钥匙开门。她想起小多那个啰嗦劲儿就笑起来——小多越来越像事儿妈了。

走廊里的灯都灭了，心不在焉的慧慧还没有从手袋里翻到自己的钥匙，她伸手去按电灯的开关，还没触到，灯就亮了，有人帮她把灯打开了。

慧慧回过头来，只见丹尼·海格站在后面。

“是你？”她捋了一下头发，舔了舔发干的嘴巴，忽然觉得自己像不会说法语一样。

丹尼·海格身上是一件白色的丝质衬衫和一条蓝色的长裤，他走过来，帮她拿起地上的东西，说：“对啊，是我。”

“这么巧……”

她这一句蠢话惹得丹尼·海格笑起来：“不巧，我等了你三个小时。”

“……”

“你不请我去里面坐一坐吗？”

她没有回答，只是转过身去开门。她脑袋里面什么都没有，只是跟自己说，这是丹尼·海格，这是丹尼，在她的家门口等了她三个小时的丹尼。走廊的小空间里隐隐有他身上的薄荷味道，薄得像一层雾和一个梦一样，薄得她都不敢去呼吸，生怕这个梦碎了或者突然结束。

他们进了屋子，慧慧指了指厨房里冰箱下面的位置：“你可以把这些东西放在那里。”

丹尼·海格依言走过去把东西放好，一个空矿泉水瓶子倒了，他把它扶起来，看了看：“你还是喝这种水？”

她点点头：“喝别的不习惯……不过你的水卖得太贵了。”

他没说话。

慧慧说：“我只有一双拖鞋，但是地板擦得很干净，你可以把鞋子脱下来。”

“好的。”丹尼·海格说着就把自己的鞋子脱掉，再在她的鞋旁边放好。

“这里太小了，其实没有什么可看的，”慧慧说，“这是厨房，这是客厅。房子原来是空的，我自己添的家具，那个沙发和电视都是在网上买的二手货，冰箱和洗衣机都是新的。”

“嗯，”丹尼·海格点点头，“很划算。”

“这边的房间是我的书房和办公室，呵呵，其实除了电脑和桌子还有那把椅子，什么都没有。哦，壁橱是原来就有的。”

“这套桌椅你在宜家买的？”

“嗯。”

“你自己安上的？”

“对啊。”

他笑起来：“厉害厉害。”

“有说明图，我照着说明图去做，不是很难。”慧慧说。

“这里是我的卧室。”慧慧说。卧室的门是开着的，她就站在门口让他看了看，“你看，能从这里看到罗纳河，还不错，对不对？”

丹尼·海格赞赏地说：“非常非常好，这是一个舒服的地方。”

然后他看看她：“我渴了。”

“哦，好的，你要喝什么？”慧慧问，“你自己的矿泉水，还是果汁或者茶？我有一些安神的茶。”

丹尼·海格说：“好啊，就这个吧。”

她去厨房给他烧水沏茶，看着水在小壶里渐渐沸腾的时候想，已经快十点了，他要耽搁到什么时候呢？

她是个厚道孩子，眼下碰到的又是这个人，很多疑问和诘责都只能暂时放在心里，比如我困了，你要什么时候走？比如你为什么来我这里？你没有别的地方可以去吗？还有，你没有别的女人陪着你打发时间吗？你为什么来打扰我？

她其实连一句厉害话都不大会说，自己跟自己较劲也没有用，只把安神的茶叶放在水杯里，端到客厅里去。

是他要喝水的，但是他已经睡着了，头枕着一个沙发垫子，身体躺平了，睡得很熟，呼吸声轻轻的，慧慧端着茶杯，站在那里半天没动，这算是怎么回事儿?

她把水放下来，想去把他推醒，手伸过去，硬是没敢动他。她坐在沙发旁边的地板上，看着那张睡得酣甜的脸想了半天。他在她家门口等了三个小时，那好，我就让他在这里待一宿吧。

她把客厅的灯关掉，然后蹑手蹑脚、小心翼翼地去浴室洗漱，她把那把刻着她名字的木梳藏好，然后换上睡衣，从门口的小篮子里拿了今天的报纸回了自己的卧室。她把门关上，上了床，拧亮了床头的小灯，再把报纸打开，只见头版头条的位置上写着：海格收购怡云失败，欧盟贸易委员会或将对其展开垄断调查。

慧慧一下子愣在那里，果真如此。

原来丹尼·海格也不是法力无边的，他也有做不到的事情。觊觎怡云良久，股市上苦心经营，资本上积极运作，舆论上小心营造，连受伤了他都在媒体面前强撑镇定自如，毫无破绽，天知道他做了多大的努力，可是这件事情却是这样一个令人失望的结果。不，也许这还不是结果，贸易委员会还要进行垄断调查。一旦证据确凿，轻则是几亿元的罚单，严重的话，海格可能会被拆壳——欧洲人痛恨经济领域内的垄断就像痛恨政治上的独裁，逮不到你则罢，逮到了就要给你一个“车裂”之刑。

她又回到他身边，在月亮下面看着他的脸。

都怪你，你太贪心了，你连水源都想垄断。

但是你没成功，你没做到。

你也累了，你也失望，你想着用什么东西调剂一下心情，所以你来找我了!

你凭什么?

她叹了一口气，蹲在那里，手肘支在膝盖上。

丹尼·海格，你睡着的时候比你醒着的时候好。

你太有钱了，你这张脸太漂亮，你这双眼睛太多情，你的手段太多太花哨，你在商场和女人那里都所向无敌，所以你是个恶棍。

你睡着的时候好，心眼儿少了，没有防备，像一幅画和像一座雕塑一样，漂亮而无害。

她伸出手指，想要轻轻碰触一下他那两条长长的褐色的眉毛，手还没碰到，他就睁开了眼睛。

慧慧吓了一跳，马上收回手。丹尼·海格像是没有看到似的，在黑暗里问她："现在几点了？"

"快十二点了。"她回答。

他慢慢坐起来："这么晚了，你是不是要休息了？我得走了。"

"……"

虽然丹尼·海格说要走了，人却坐在沙发上没动。

她说："你就留在这里吧，明天再走，我给你拿一条毯子来。"

他马上就同意了。

慧慧从自己的房间抱了毯子出来，看见丹尼·海格坐在沙发上，若有所思，他那层坚硬而风流的外壳去掉了，侧面的影子有些许落寞，像失落的花园里孤独的雕像。

慧慧把毯子搭在他身上："睡吧。"

他看着她笑了笑，点点头。可是他还是坐在那里，没动。

屋子里面没有开灯，却有明亮的月光。慧慧在厨房里喝了一些水，然后走过去坐在丹尼·海格旁边的沙发上："刚才你要茶水，我给你准备了，你不喝我就喝了，弄得现在我失眠。"

丹尼·海格说："你不是说那是安神的茶吗？"

"有时候不管用。"

他轻轻笑了笑："我也睡不着了，我们说说话。"

慧慧说："你记得原来我给你讲过的那个《野性的呼唤》吗？"

"那个杰克·伦敦的小说？"

"对，那只大狗的故事，你后来读过吗？"

"没有，一直都没有。"丹尼·海格回答说。

"那我给你讲完吧，"慧慧说，"上次说到它成为一只成功的雪橇犬团队的头领……"她说到这里停了一下。上次，那是什么时候？

"对，我记得，然后呢？"

"但是它不是一只狗。在雪野里奔跑的时候，在火炉边打盹的时候，还有筋疲力尽的时候，巴克总能看到自己前生的影子。它看见原始人提着大棒狩猎，它看见自己的伙伴对着月亮长啸，它也觉得自己的嘴边有血腥的味道。后来，它最喜欢的主人死了，被那些淘金客杀死了。巴克的血性被烧起来了，它把他们都咬死，然后一脚踏上了狼的队伍。它成了一只……"

"狼？"丹尼·海格接话说道。

"对，它变成了一只大白狼，带着自己的队伍在山野里横行霸道，为非作歹，万分嚣张。它们咬死雪橇犬，抢夺人的财物，它们兽性无比……这才是结尾。"慧慧讲完，好长时间都没说话，眼睛向前看着，像自己也入了戏一样。

丹尼·海格充满敬仰地慢慢地说："是个好故事啊。"

她在他这里得到了共鸣，挺高兴的，转头看着他："我喜欢这个故事，我喜欢这只大狗的性格。它懂得努力学习，改变自己，适应环境。"她笑起来，眼睛里放光，"不跟你吹牛，我差不多也是这样一个人。"

丹尼·海格说："真不错！"

"别看我的生意小，真想要做起来也不容易。我自己的钱不够，是朋友给我凑的，才拿到那个产品的代理权。可是刚开了店没多久，就又出问题了。"慧慧说。

"什么问题？"

"得拿到欧盟的准入认证才能卖啊。"

“他们没有？”

“没有，”慧慧说，“我当时刚从学校出来，看到中国和法国蜂王浆的差价那么大，脑袋都热了。结果签了合同之后才知道，他们的认证申请报到南特去都两年半了还没批下来，但是我的合同已经签了，上了同一条船，我能怎么办呢？当时拆台或者抱怨，对我一点意义都没有。”说完，她看了看他。

“你怎么办的？”

“你还记得你帮我的那个忙吗？我们去南特，你通过大区的副议长永贝里向检验中心的主任杜博施加压力，还记得吗？”

“是的，我记得的。”

“我去找了那个杜博先生，跟他说，请给我我要引进的产品的准入认证。他说，一切要按照程序来。我说，我们是熟人，请给熟人一个特殊的程序。他说，我不认识您。我说，是的，您不认识我，但是您认识永贝里先生。永贝里先生可能也不认识我，但是他一定认识丹尼·海格。而这个丹尼·海格跟我可是老熟人。先生，两个陌生人中间隔不了几个朋友，所以，您可谁都不能得罪……”

她说到这里，连他都惊讶起来，转过头看了她半天，“你真是这么说的？”

“真的，”她很自然地说，“我就是这么说的，我就是这样把你的名字当大刀一样挥舞并结结实实地砍向他们，最后达到了我的目的。”

他点头：“你是好样的，想做一些事情就要这样。”

她笑起来：“那个老实又珍爱名誉的杜博先生开始暴跳如雷，还狠狠地指责了我一番。他说了些什么我听得不是很明白，但是很快，那个等待了两年半的认证书终于下来了，我呢，因为做了这件事情，不仅将进货的价钱又压下去一大截，而且，直到现在，我总是把货卖光了再给国内打款。”她得意地笑了，“因为这些都在我去南特要挟那位杜博先生之前，在我跟供货商的合同附件上写清楚了，这是我办这件事情的条件。”

他终于哈哈大笑起来，一只手伸过来，绕过她的肩膀，使劲抱了抱她："看看你，慧慧，看看你，你真是个厉害的角色。你真了不起啊。"

在此之前，在他们重逢以后，丹尼·海格和慧慧从来没有任何身体上的接触，没有拥抱过，也没有吻过脸颊，连手都没有握过。曾经无比亲密，曾经巨细无遗地了解对方身体的两个人维持着一种刻意的距离，不知道是对回忆的尊重，还是对分歧的倔犟。

但是他忽然拥抱了她，拥抱得像水从高处流向低处那般自然，像风吹动垂柳的树叶那般自然。

她在他的笑声中笑了起来，低着头想起从前实习的时候，当她遇到难事困窘万分，几乎要放弃的时候，他也是拥抱着她，鼓励她，并且告诉她，微微，你要是做成了这件事情，就是"平地起高楼"。那时候，她是他的微微。

他的生意太大了，他要做的事情太厉害了，她不可能把怡云弄过来送给他，但是她能让他高兴一点儿，即使只高兴一小会儿也是好的。

她的心软软的，低声说："我了不起吧，丹尼？这都是你教我做的啊。"

他吻了一下她额头的头发。

"睡吧，好吗？月亮都斜了。"她说，"我也困了。明天我为你做些东西吃，我从朋友的饭店里拿了咖喱回来。你喜欢吃咖喱。"

他说："圣诞节提前到了？"

"对。"

她躺在自己的床上，迷迷糊糊地想，她在跟丹尼·海格吹牛解闷呢，其实她还是没能变成那只坚强的雪橇犬巴克。

不知多久以前，自己也曾豪气干云过，觉得什么都做得了，觉得多高的山都能爬上去，觉得什么人、什么事情都能忘掉，伤口再痛也总会结痂。

但其实不是那样的。

她表面强硬又有原则，实则软弱。她喜欢思考和总结经验，却克服不了孩子气和对表面和善的人的轻信；她觉得有些事情可以抛到脑后，却有个让自己永远不能潇洒起来的好记性。这些性格里的很多弱点造就了今天的自己，日子过得懒散而悠闲，靠点小聪明和运气做不大的生意。

她慢慢睡着了，感觉自己又坐在那辆火车上，车速慢了，在一个似曾相识的小站前停了下来。

她是被自己的电话叫醒的，一接起来，是杨晓远。

晓远哥吸着鼻子说：“你在家啊？”

“对啊，”慧慧揉揉眼睛，算了一下时差，“你还不睡啊？”

他笑起来：“不困，你呢？都几点了，还不起床？”

慧慧说：“礼拜六，我多歇一会儿，你的事儿办得怎么样？能回来了吧？”

“特别顺利，我等着拿这个要挟尤尔根给我加薪。”

她笑嘻嘻地道：“祝晓远哥好运气。”

放下电话，她听见外面浴室里传来水声。她起床，把棉布的睡衣裤换下来，穿上牛仔裤和T恤衫，扎好了马尾辫子才出去。

丹尼·海格也正从浴室出来，身上穿着他自己的衬衫和长裤，头发湿漉漉的，说：“没有看见木梳。”

“稍等，我拿给你。”慧慧从房间里拿了一把塑料梳子给他，丹尼·海格拿在手里看了看。

慧慧在厨房里将小多给她的东西拿出来，牛肉、印度咖喱，还有野草莓。草莓有一些坏掉了，但是挑一挑，还剩不少可以吃。可问题是，没有主食了。大米罐子里只剩了薄薄一层，意大利面条也只剩下一个人的量。

她看看客厅里，丹尼·海格已经把电视机打开了，估计是不会屈尊去楼下买面包或者比萨饼的。她把电话拿过来，拨通了街角面包店的号码，要了一根法棍面包和一个蘑菇比萨。放下电话，她想了想，蘑菇比萨跟印度咖喱和中国炒牛肉放到一起吃，也许还是能有些惊喜的。

慧慧对着水龙头把草莓摘掉，一颗一颗洗干净。

她把油倒在锅里，然后开了排油烟机，准备炒牛肉。恰在这时，门铃响了。

慧慧对客厅里的丹尼说：“请你帮我开一下门，我刚才点的面包到了。”

丹尼说“好”，然后就去开门。

厨房里，慧慧把牛肉放在热油里，“哗啦”一声，油烟冲起来，锅里啪啪响，排油烟机发出夸张的呜呜的声音。

她一边翻动着牛肉，一边对丹尼说：“你把面包放在桌上就可以了。”

没人应。

这个时候她觉得有些奇怪，听见丹尼开门的声音，但是门一直没有关上。

她从厨房里出去看了一眼，一下子愣住了。

没有人来送面包，站在门口的是刚刚给她打过电话的杨晓远，手里拿着行李，风尘仆仆地从美国回来的杨晓远。

慧慧想起杨晓远早上打的电话，原来是这样，他想要给她一个惊喜。谁知道丹尼·海格给了杨晓远更大的“惊喜”。

她愣在那里，杨晓远也愣在那里，唯一镇定的是丹尼·海格。

她见丹尼笑起来，拿着电视机遥控器又回到客厅，随后坐在沙发上，伸长了腿，他没有要走的意思，感觉很自在。他的这个样子慧慧是见过的，当他面对媒体的时候，当他控制了局面的时候，当他满不在乎的时候，他就是那样自在。

杨晓远没有说话，一直看着她，那目光就是在问她：这是怎么回事？你在做什么？为什么丹尼·海格在这里？

她无话可说。

事情就是眼下所有人看到的这样。

解释了也没有用。

只是菜做好了，不能没有主食。慧慧走回厨房，关了火，再关上了排油烟机，从自己的手提袋里拿出些零钱来，就出了门。小伙计到现在都没送面包来，那她只好自己去买。

慧慧在楼下看见了丹尼·海格的车子，昨天回来得晚，所以没有注意到，他的司机和两个保镖都等在那里，丹尼·海格在这里耽搁了一夜，他们也在这里等了一夜。

慧慧在街角的面包店里抱怨老板送货不及时，那老头子笑容可掬地说："真抱歉啊小姐，现在是中午，店里忙不过来。"他把面包和比萨包好了，问慧慧，"你还要些什么？"

"我要，"慧慧说，"我要一杯热牛奶。"

"打包？"

"不，我在这里喝。"

慧慧在面包店的茶座里一口一口地喝热牛奶，一边喝一边想，等会儿回去，估计两个男人都走了，那样就清静了。

她手撑着头，揉了揉太阳穴，怎么这么复杂的局面会让她撞上？

但是换个角度来看，她也没有做什么大不了的错事，她既不是杨晓远的妻子，也没有跟丹尼·海格发生什么，她用不着对谁抱歉。

她正看着自己杯子里的牛奶出神，前面的桌子旁又坐下来一个人，跟慧慧面对面。她抬头看了看，又看了看，是那天在她店里买了玫瑰花蜂蜜的阿拉伯男孩儿。她能认出他来也是情有可原，他戴着白色的头巾和黑色头箍，穿着白色的袍子，穿民族服装的年轻的阿拉伯人不多，更何况慧慧一直对他喝水的样子记忆犹新。

她向他笑了笑。

那个男孩儿也向她微微颔首。

第六章

我希望你下地狱，你一定会下地狱的，丹尼·海格

丹尼·海格没有走。

他的保镖仍等在那里，他坐在她的客厅里看电视，电视里正在演《黑郁金香》。

慧慧没有问杨晓远去了哪里，她抓了一小把米煮好，再把面包切了片，炒好的牛肉热了热，咖喱放在微波炉里热了一下，然后在已经打蔫儿的草莓上浇上些鲜奶油。

那样几个菜也摆了一桌子，两个人面对面坐好，慧慧给丹尼·海格倒了一杯葡萄酒。

他吃得不多，一些面包、一点儿酒，然后轻轻地放下杯子，看着她说："我等着你下逐客令呢，慧慧。"

她吃了一口牛肉："你想走的时候就可以走啊，丹尼。"

他问："那个男孩儿叫什么？"

她抬头看着他的眼睛："哪一个？"

"你当然知道我说的是哪一个。"

她喝了一口酒："他叫杨晓远，法文名字叫雷米……"

"是的，雷米。"

她放下自己手里的餐具，等着他说些什么，她非常不喜欢他这样把杨晓远的名字当儿戏。

丹尼·海格接着说："你离开他，你不能跟他在一起。"

慧慧看着他认真的脸，忽然笑了。她笑得好像止不住了，捂着嘴巴，仰着头，像听到无比好玩的事情。

丹尼·海格慢慢也跟着她乐，只是他的眼睛紧紧地盯着她。

"丹尼，"她说，"丹尼，你以什么立场要我离开他？"

丹尼·海格不可能永远在这里，他走了以后，慧慧一个人几乎吃光了桌子上所有的东西，又喝了不少酒，然后趴在沙发上呼呼大睡。

等她睡醒了，已是黄昏了，她走到门口的时候，看见一包东西放在地上。她打开来，是一盒熟透了的大杏子，因为装在贴着英文商标的塑料点心盒里，保存得很好，一个都没有打蔫儿——那是杨晓远从美国给她买回来的大杏子。

她给他打了两个电话，杨晓远没有接。

她坐在椅子上想了想，拿了车钥匙，穿上衣服往他家去。

她在楼下按他家的可视对讲机，过了好一会儿，杨晓远在楼上说："干啥？"

慧慧说："请给我开门，让我上去，我说几句话就走。"

他把门打开，慧慧坐电梯上楼，杨晓远穿着睡衣睡裤给她开门，头发乱糟糟的，眼睛也泛红。他左手拿着两个老年人用来健身的玉石大球，一边转一边往里走。

慧慧跟在他后面："我有话说。"

杨晓远回头看看她："那你请说。"

他的感冒更重了，"你"和"请"连到一起，像是从鼻子里面哼出来的一样。他说完就坐在窗边的椅子上，抬头看看慧慧，又转过头去看向窗外。

“我认识丹尼·海格，很早就认识，那个时候我不到二十岁，遇到了他，我们在一起两年半。我有过一个他的孩子，但我自作主张打掉了，后来我们就分开了，那是在三年多以前。

“分手的时候他给了我很多东西和钱，我什么都没有要。我自己做生意过日子，跟他没有任何联系。他昨天晚上来找我，我也很意外，后来看到报纸，上面写他收购怡云失败了，还有可能摊上官司。杨晓远，我告诉你，我告诉谁都行，我跟着他的时候，丹尼·海格待我不错。昨天那种时候，我不能也不想把他赶出去。但是随便你信不信，我们什么都没有做。然后你来了，那时我正在炒菜，杨晓远，这是昨天和今天全部的情形。”

慧慧一口气把话说完，没有停顿，也没有丝毫激动的情绪，她只是觉得热，头昏脑涨的，头上不停地流汗，几乎把额前的头发都打湿了。她用袖子擦了一下额头，看着坐在那里的杨晓远，他慢慢站起来。

他走过来，在慧慧旁边看着她，非常不高兴，也非常不在乎：“你跟我说这些干什么啊？”

“因为，”她老实地说，越说越慢，“因为我特别不想你误会我，因为，”她抬起头来，眼眶里忽然有那么多泪水，“因为我看到你从美国给我带的大杏子了，因为我觉得也许你跟我，我们之间还有那么一点点可能性。”

她还没说完，杨晓远就咳嗽起来，捂着嘴巴，那么剧烈地咳嗽，嗓子都破了，他一溜小跑去了浴室，慧慧跟在他后面。

杨晓远好不容易不咳了，在水龙头下面漱口洗手，一抬头，只见镜子里慧慧的那张脸更小了，还有厚重的黑眼圈，整个人可怜兮兮的。

“没事儿，我咳啊咳啊的，就习惯了。”

她一点没觉得好笑。

杨晓远从浴室里出来，从暖水瓶里给自己倒了一大杯热水喝。

慧慧说：“还拿白开水扛啊？”

“嗯。”他很固执。

她走过去，想把他的水杯夺下来，杨晓远挣扎了一下，不肯把水杯给她，两个人的手就在那个杯子上较劲。杨晓远紧紧地盯着她，慧慧说：“别喝白开水了，我陪你去看医生吧。”

过了好半天，杨晓远眼睛里的那层恼怒和恨意渐渐没了，手上也松了劲儿，看着她说：“行。”

他从一个抽屉里找到了看医生用的医疗卡，给她看了看：“你看，这是我的医疗卡，那是我二十四岁时的照片。你看到我的级别了，我是cadre（干部），管理干部，瑞银的，我没有骗你吧？”

她不明白他跟她说这个干什么，只把他递给自己的那张卡片拿过来，放在手里看了看，二十四岁的杨晓远，穿着西装打着领带对着镜头，很英俊，活力无限。

“这是我这个月的工资单和税单，你看看，我刚打出来的。”他把一张纸递给她，指着一个数字让她看，“你看看，我上的税比一个中学教师的工资都多。”

慧慧接过来扫了一眼，杨晓远又咳嗽了一声，她说：“你给我看这个干什么啊？咱们俩去医院吧。”

“等会儿。”他又从抽屉下面抽出一份文件，放到慧慧手里，是房契。

杨晓远说：“这房子我三年前买的，当时是三十六万欧元，我从自己公司贷了点款，月供一千三百欧元，公司出一半，我出另一半，毛毛雨。”

“你是不是发烧了？咱们现在去医院吧。”慧慧把他的合同还给他。

杨晓远站起来，接下来说的话跟倒豆子一样：“我这个年龄白手起家的，在法国我是没看到有谁比我干得更好。我身体很好，虽然现在有点感冒。我爸妈人很好相处，就算是不好相处，他们也不会来欧洲。齐慧慧，我们结婚吧。”

慧慧觉得自己像坐过山车一样，刚才还在一步一步慢慢往上爬，高得自己都缺氧糊涂了，忽然之间一个急转直下，云霄流虹，眼睛都花了，耳朵边上全是风声，呜呜的。

“你说什么，杨晓远？”

“你说，你跟我，我们之间有那么一点点可能性，那就让我们把这种可能性变为现实吧，齐慧慧，咱们俩结婚吧。”

慧慧转过身，背对着杨晓远想了好一会儿，跟这个人结婚？

杨晓远又年轻又聪明，会赚钱，而且还是中国人。她的法文再流利也不会好过中文，他们之间的交流没有任何问题。而且，慧慧又转过去迅速看了他一眼，他只有她，他没有森林，每个小孩儿都会长大，每个人都会结婚，有了合适的对象，该结就结了吧。

“好，”慧慧说，这么重大的决定在一瞬间做出，她连呼吸都急促起来，“好的，杨晓远，我们结婚，我跟你结婚。”

她要结婚了，她要结婚了。

这个大事件导致忽然间有许多事情得做，很多手续得办理，忙碌让她觉得自己挺振奋的，一颗心也快活起来。

她说：“小多，你还敢再看不起我不？我也是要结婚的人了。”

小多笑起来，抹了一下眼睛：“你老公那么厉害，我还敢瞧不起你？我羡慕你都来不及。”

她也笑起来，指着小多的脸说：“那你掉什么眼泪啊？你是可怜我吗？”

“我……我这是激动，我一笑就流眼泪。”小多一边抹眼睛一边说，“啊对，我可怜，我可怜我们家店里这些小留学生，白白关注杨晓远这么久，就这么让你三下五除二给搞定了。”

“我……不是我搞定他，是……”

“是他搞定你？”小多接话道。

“也不是，为什么非得谁搞定谁呢？我们都觉得对方不错，就结婚了。”

小多握着她的手：“我送你点儿啥礼物呢？一对金镯子怎么样？再加一对

金锁头？”

“能不能别这么土？咱们还是在法兰西不？”慧慧说。

“别管在不在法兰西，我送你们这个种东西可是有讲究的，小裴他妈妈说的，手要拴在一起，心也要锁在一起，那两个人就牢靠了，谁也拆不开。”

小多终于在怀孕六个月的时候，从心理和理论上晋升为孩子她娘了。

两个人在店里说话，杨晓远进来了，跟小多打了招呼，然后一拽慧慧的马尾：“走啊，咱看看酒店去，看看在哪里请客。”

他开车载着她去看办婚礼的酒店，一边开车一边跟她说：“结婚就这一次，咱们即使不铺张也得隆重点儿。我得去请孙领事，还有陈会长，他们从我这里没少弄股经，说什么也得给这个面子。还有我们银行的那些人，老外不兴送钱，都送礼物，你看喜欢什么，列出单子来，我给我邀请的那群人，让他们照着买礼物。”

“你怎么这么门儿清啊？”慧慧说。

“你以为呢？我想结婚都不是一天两天了，我马上就要从硬件上成为一个成熟稳重的银行家了。”杨晓远说。

他戴着墨镜开车，说话的时候可认真了，慧慧被他逗得乐起来。

“你别笑，齐慧慧，”杨晓远说，“你该干的事儿都干了吗？你给你妈打电话让她寄户口本复印件和你的单身证明没有？”

同是中国人的未婚夫妻在海外结婚必须在大使馆或者领事馆办理登记手续，户口本和国内民政部门出具的单身证明是必要的文件。

慧慧说：“我给我妈打电话了，她说帮我办。”

慧慧早上在自己家给她妈妈打了电话。她们已经很久没有通过电话了，久到她都不知道上一次是在什么时候了。

她说：“妈妈，你好吗？”

“嗯，还不错，你呢？你的论文写完了吗？”

“嗯，写完了。”事实是她四年前就已经毕业了，“冯叔的生意好吗？”

“嗯……我有点事情，一直没跟你说。”她妈妈说。

“什么啊？”

“我跟你冯叔分开很久了。”

“怎么了？为什么？你们不是挺好的吗？”慧慧说。

她妈妈在那边轻轻地笑了：“什么叫挺好的？两个人过得都心不在焉，那还在一起干什么？说说你吧，你有什么大新闻没有？”

“妈，”她把电话换到了另一只手上，犹豫良久，“妈，我要结婚了。”

“哦……”她妈妈拖了很长的一声，仿佛在那个过程中咀嚼每一个字，消化这个消息，“是个中国人吗？”

“是的，”她想还有什么关于杨晓远的事情可以告诉妈妈的，“很好看，工作好，对我也好。哦，他是个北京人。”

“嗯，你肯定很喜欢他，很爱他。”她妈妈说。

“嗯……是这样的。”慧慧说。

“那很好。”妈妈在那边笑起来。

“请你把户口本复印一份，然后再去街道给我开一份单身证明，我会马上给你寄一个信封过去，付好邮资，也会写好我这边的地址，你只要把那两样东西放在那个信封里，再投入信箱就行了。”慧慧说。

“嗯，我明白了。”

“就这样，谢谢你啊，妈。”

“谢我什么啊，慧慧，你能做的事情都自己做了，你连你妈妈都谢……”

慧慧觉得鼻子很酸，想了半天不知道该说些什么，她妈妈最后嘱咐她说，结婚的时候一定要把头发梳好。

慧慧对杨晓远说：“嗯，都说好了，她尽快帮我办，然后邮寄过来。”

红灯亮了，他停下车子，把她搂过来，亲了亲她的额角。

杨晓远看中的是索菲特酒店的一个两百多平方米的宴会厅，能绰绰有余地摆下二十几张桌子，还有雕花的大窗、水晶吊灯和铺着新橡木的舞台，又平又滑，颜色像红宝石一样。慧慧走上去，踮着脚踩一踩，然后笑着向杨晓远点点头。

“那我们订下了？”他笑着跟她说。

“嗯，我们订下了。”

结婚之前，她仍住在自己家里。那天早上她是被热醒的，浑身是汗，客厅里有温度计，她去洗手间时顺便看了一眼，早上九点多钟已经三十一摄氏度。很久没下雨了，才刚六月中旬就已经这样，到了七八月份，里昂还不知道得热成什么样子。

她一边热牛奶一边听广播，全法国大旱，政府已经调拨了农业补助若干。

她的电话响了。

她喝了一口牛奶后接起来，丹尼·海格在那边说：“我上次跟你说的事情怎么样了？”

“哪件事情？”慧慧问。

“我让你离开那个雷米，”他说，“你处理好了吗？”

“我本来不想跟你说，因为我觉得这件事情可能跟你没什么关系。”慧慧把手里的牛奶杯子放下，走到窗边，看着外面白花花的天空，“丹尼，我要结婚了，我要跟你说的那个雷米结婚了。”

“……”

“我要放下电话了，再见，丹尼。”

丹尼·海格稍稍沉吟，然后问道：“怎么做，慧慧，我要怎么做你才能改变这个决定？”他的声音里没有惊讶，也没有恼怒，就这样平平淡淡地问，像是在冷静地处理一个生意上的困难或者合同上的一个误解一样。

“请你什么都不要做。”

说完她就挂断电话，一个人看着云彩出神，脑袋里面仿佛又出现了梦里的图画。

那辆火车离开了她熟悉的车站，缓缓开动，继续前行。

她跟杨晓远的第一次是在她的家里。

她的心不在焉和失望，无以言表。

那天太晚了，他就没有离开。

他在她湿漉漉的头发里找到她的耳朵，细细地亲吻。她侧着头，一只手抓着被子，另一只手把他往外推。

她的眼睛一直看着窗子外面。

在这个夜晚，在杨晓远的亲吻中，她想起自己十九岁时的初夜，穿着绿色的范思哲的裙子在广场的喷泉边等待一个她从一出生就在等待的男人。他穿过夜幕奔向她，双手温暖着她裸露的胳膊，说你可真漂亮。他们走进一间古老、水汽氤氲的庭院，从旋转的楼梯走上去，他在她身后，用手指抚摸她纤细的脚踝。在简陋的房间里，他温存却坚定地占有了她，很疼很疼，但是那种疼痛像宿命本身，带着不容违逆的力量和不能磨灭的痕迹。

她仍在想念着丹尼·海格。在他之后，她没有对任何一个男人有过丝毫的兴趣。

不知过了多久，她一直都没有睡着，轻轻地下了床，披了一件袍子去阳台上，看着星斗满天的阿尔卑斯的夜空吸烟，一支接着一支。

天色刚亮的时候，杨晓远起来了，赤裸着身体走到阳台上。看看她，又看看一地的烟蒂，他说："我不知道你吸烟。"

她笑了笑："嗯，坏毛病。"

"戒了吧。"

"嗯，以后再也不吸烟了。"

"怎么不睡觉？"

"太热了。"慧慧说。

“是啊，真热，好久没有下雨了。”杨晓远说，“热得让人想离开这里。”

“离开这里去哪儿？”她把烟掐灭，看着他。

“在太平洋上不冷不热的地方买座岛，种满玫瑰花，”他笑起来，“建个大房子，每个房间都有空调，空调外面种大树，什么树叶大种什么，天冷天热都不怕。”他笑起来。

她也笑了：“买一座小岛要多少钱？”

“七百万欧元的就很不错了，我看好了的。”

“那咱们还早着呢，还得努力啊，同志。”她拍拍他的肩膀，“或者我们找个小岛度蜜月也行？”

杨晓远笑着说：“慧慧，趁天还没全亮，去睡一会儿吧，白天咱们还得去逛商店，买东西呢。”

“嗯，我去刷牙。”

他们两个人出门的时候快中午了，杨晓远去取车子，慧慧站在楼下的树荫处等着他。她远远地看见对面的街角停着一辆黑色的房车，丹尼·海格经常换车子，但是她觉得那应该是他的车。他在那里待了多久了？他可是一直都等着她？

她犹豫了一会儿，看着那黑色的车窗，还是打算走上前去，跟他说几句话。

无论发生什么样的事情，他曾经是她最亲密的人，他教给她很多东西，可以说，没有他，她的世界会小很多。所以，她不后悔跟他认识，从来都不后悔。她就是想跟他说这个。

想到这里，她整理了一下裙子，穿过街道走向那辆车。

她想着丹尼·海格在里面，他在她家楼下等着她，心里激动起来，越走越快，越走越快。

在她即将敲那辆车子的窗户时，车门忽然打开，一对年轻的男女从里面出来，穿着情侣装，打打闹闹地走远了。

慧慧愣了一下，想了想，也觉得自己很奇怪，那怎么会是丹尼·海格呢？他怎么会在这里等着她呢？

杨晓远把车子开过来，在后面按了按车笛，叫她上车。

他们在餐馆吃了午饭，然后去商场买了新的微波炉、熨斗，慧慧还试了一条粉红色的纱裙。

那是一条特别好看的裙子，A字形，左侧胸口有一个蝴蝶结，下面散开，膝盖以上都是裙摆，层层叠叠的。慧慧穿着这条裙子从试衣间里出来，一直在外面坐着等她的杨晓远站起来，把她的手牵起来，像外国人那样放在嘴边吻了吻，然后看着她说："慧慧，你真好看。"

那是杨晓远这一天跟她说的最后一句话。

买完了东西，他开车送她回家，只亲亲她的脸颊就走了，连再见都没有说。

那天夜里天气也很奇怪，闷得要命，半夜时空中打了几个响雷，可是一滴雨都没有落下来。

第二天，她一整天都没有见到他。到了晚上她打了一个电话过去，他的手机是关机的。第三天，她又往他家里打电话，却没有人接。慧慧情急之下直接去了杨晓远家里，按了一个小时的门铃也没有人应。当晚她彻夜不眠，想不明白到底是怎么一回事。第四天，她一大清早就去了杨晓远的公司，她站在瑞银里昂分理处的大厅里看了半天，忽然发现自己连杨晓远在哪个部门工作都不知道。她看见曾有过一面之缘的德国人尤尔根从一间办公室里出来，追上去问道："请问，请问，雷米来上班了吗？"

尤尔根看看她："您是，您是雷米的……"

"我是他的未婚妻。"

尤尔根手里拿着文件，站在原地想了一会儿，说："雷米两天前递了辞呈，之后便没有再来过。"

慧慧觉得自己不能一下子听明白这句话，慢慢地说："您说……您说，雷米，中国人雷米，杨晓远辞职了？"

尤尔根说："对，两天前，我也觉得很突然。您不知道？您是不是不舒服，要不要休息一下？"

慧慧连续几夜都没有睡好觉，忽然听到这个消息，如同晴天里有闪电一般，只觉得天旋地转，头晕眼花，用力扶住墙才没有倒下去。

尤尔根看着她："我很抱歉，小姐，我能为您做点什么吗？"

她捂着自己的额头，抬头对尤尔根说："先生，他的离职手续办了吗？"

"没有，手续没有办就忽然不来上班，这个不合规矩，人事部门也在考虑究竟用哪种方式与雷米解约。"

"麻烦你，先生，如果雷米回来，或者您在任何一个地方遇到他，让他给我打一个电话，可以吗？"

"我一定转达。"尤尔根说，"您……我让同事帮您叫一辆车子？您看上去不太好。"

慧慧站好了，朝这位先生摆摆手，用力笑了一下："谢谢您先生，我还可以应付。我走了，再见。"

慧慧一步一步慢慢离开这家银行，脑袋里混沌一片，满是疑问。杨晓远究竟去哪里了？他怎么会突然就消失了？他连工作都不要了，他想要干什么？是她惹他生气了吗？有什么话不能说，有什么事情不能问呢？怎么他就这样不声不响地走了？

她坐的计程车在路口停下来等红灯，路旁的广告牌上张贴着旅行社的促销广告：热带的岛屿，棕榈树下的木头房子，海水深深浅浅好几种颜色，还有穿着比基尼的女郎走在沙滩上。

慧慧低下头，叹了口气，本来她要结婚的，本来他们应该找一个小岛度蜜月的。

“天真热啊，才六月份，看看这鬼天气。”司机说，他拿起自己的水瓶喝水，“小姐，您早上听广播了？西欧和北非都在大旱，美国和中国南方洪水……”

慧慧看着外面对司机说：“先生，天气还不就是这样变幻莫测？这不算什么，变得更快的是人的心。”

那个人听了这话回头看看她：“您看上去有心事，小姐。”

慧慧说：“我的未婚夫，三天之前我们还在筹备婚礼呢，他突然就走了。”

“走了……他去世了？真遗憾。”

“没有，辞了职，人凭空不见了。”

“没准备好吧？我听说过这种婚姻恐惧症，在结婚之前突然发作，然后不声不响就逃走，那是一种心理疾病。”司机说，他从后视镜里看慧慧的脸，“您这样的一位小姐，他怎么……”

慧慧微微一笑：“或者我有很多地方他不满意，忽然想起来了，决定不再忍受了，就干脆解雇我了。”

司机说：“有什么不满意不能说出来？”

对啊，有什么不满意杨晓远不能说出来？

他忽然走了，走得如此干脆，连工作都辞了。那么多没有尾巴的事情，那么多混乱的局面，都留给她一个人处理。她怎么告诉知道了婚讯的朋友呢？她怎么去跟每一个人解释眼下的情况和原因呢？

连她自己都不知道。

像个心虚的小孩子拿到一张刚刚考完的试卷，老师批改得太不仔细了，只画一个零蛋在上面，错在哪里都不标出来，她开始一步一步地检讨自己做的每一道题，以及每一个演算的步骤，症结究竟在哪里？

是她刚开始就心不在焉吗？

苍天可鉴，她是认真跟他交往的，她是想要跟他过日子的，她已经不知道如何再证明自己的诚意。

他是想报复她跟丹尼·海格的旧情吗?

没有人没有历史，丹尼·海格这一页已经翻过去了，即使杨晓远存心报复，他也没有必要辞掉自己的好工作。

慧慧坐在出租车里冥思苦想，却不得要领，司机再说了些什么她都没有注意，眼睛却看着他放在驾驶座旁边的矿泉水瓶子，那是一瓶海格水。

她忽然想起丹尼跟她说：那个雷米，你离开他，你不能跟他在一起。

她想起在电话里对丹尼说自己要结婚了，丹尼·海格冷静地问她，怎样可以改变这个决定。

这些事情串成一条危险的脉络，让慧慧心中的不安和恐惧一点一点地扩大，她的汗水又流下来。

她从衣兜里拿出电话，手指颤抖着拨通了丹尼·海格的电话。他在那边说："你好，慧慧。"

"我想见你一面。"

"我也刚好想找你。我现在在里昂的办公室，你大约多久能到?"

"二十分钟。"慧慧说。

"我在这里等你。"

海格在里昂的办公室是在罗纳河中游河畔一幢二十世纪三十年代建成的楼里。外面看平淡无奇，大门打开，三进三出，富丽堂皇。装备最先进的办公和安保系统，训练有素的职业保安仔细地登记和检查每一位来宾。

她到的时候，他正把电话放下。

在他那间巨大而豪华的办公室里，丹尼·海格衣冠楚楚，精力充沛，气色上佳。见她进来，他站起来，走过来看着她的脸，有些讶然："你怎么了?"

她没说话，用胳膊擦了一下额头的汗水，他马上为她倒了一杯水，慧慧接过来，“咕噜咕噜”地喝光了。

“你还要再来一杯吗？”丹尼说。

她摆摆手，抬起头来看了他半天。

直到丹尼·海格问：“怎么了，慧慧？我能为你做点什么？”

“我找不到雷米了，丹尼，你把他弄到哪儿去了？请你告诉我。”

他垂着眼睑看着她，把她的水杯轻轻放在旁边的茶几上，像是没听清楚她刚刚说的话一样：“你说谁？”

她知道他会这样说，所以耐着性子，尽量礼貌地跟他解释：“是我的未婚夫，雷米，杨晓远，你见过的，我跟他要结婚了。可是，他忽然不见了……我……我知道是你，对不对？丹尼，你把他还给我吧……”

“你的未婚夫不见了，为什么来找我？”他冷冷地说。

他木着一张脸，彻底否认。

她的头非常疼，嗓子像着了火一样，这几天她几乎没有吃东西，身上一点力气都没有，她只是看着他，说不出话来，无声地恳求。

丹尼·海格坐在黑色的沙发上，抬头看着她：“很好，慧慧。你的未婚夫不见了，你就来找我了。你对谁都充满信任，对我就永远疑神疑鬼。我问你，如果要在你心里选一个恶人的话，是不是就是我？”

她摇头：“不，你不是恶人，你是好人，你待我那么好。”他淡然的态度和话里话外多多少少透出来的信息，似乎给了她一丝渺茫的希望。情急之下，她往前跨了几步，膝盖狠狠地撞在茶几角上，疼得整个人缩下去，但她也顾不得，用手抓住他的裤脚，“你把他怎么了？你把他还给我好不好？我求你了，他没做什么错事，他也远不够格当你的敌人，他是个好人，我好不容易才找到这么一个好人，你把他还给我好不好？”

坐在沙发上的丹尼·海格听到这里，忽然笑了一下，身子稍稍向前，低头仔仔细细看她的脸：“慧慧，看看你，你为了他在做什么？你为了他这么求我。你说什么？他是个好人？”他像听到最荒谬的传闻一样，不敢相信地摇头，忽然站起来，走了几步去自己桌上拿起一样东西，“好的，慧慧，我确实想瞒着你，因为我不知道怎么做才能让你少伤心一点儿，不过，既然你一定想知道……”他走过来，让她看手里的东西，“这是什么？”

她拿过来，薄薄的一张纸，放在小夹子里，那是巨额支票划出的存根：两千万欧元，由丹尼·海格支付给杨晓远。

她定神看了好几遍，然后又抬头看看他。

“是的，恐怕我还得再解释一下。”他说，“你说的这个好人啊，那天在你家里，我遇见了他，你当时糊涂了，不知道该怎么应付，扭头就走了，是吧？我几乎被你逗笑了，觉得很好，我也正想要你这样，那我可以跟他开门见山地谈。一个人的心机从他的眼睛就能看出来，那不是一个跟你一样的年轻人。这样的人我见得太多了，我知道他要什么，我问他多少钱可以放弃你，他很老到地让我说一个数字，我说一千万。他说……”丹尼·海格顿了顿，“他说他要想一想。”

她愣在那里，老老实实听他说话。

“我得承认这是个好商人。他看出了我的必得之心，并没有马上出手，相反他加了成本，他居然，”丹尼·海格说到这里，用食指轻轻地敲了敲茶几的玻璃，发出清脆的声音，“他居然要跟你结婚了。”

她一声都没吭。

“我问过你了，慧慧，我问过你怎样做能改变这个决定，你说不行，你拒绝了。那么我只能从他那边去解决。当我犹豫着是不是要实施下一个有效的办法时，这个雷米来找我了，他说两千万。”丹尼点点头，“这个数字对他来说将是一个质的改变，对我来说呢，无论如何，钱是最简单的解决事情的方式。所以生意做成了，他走了，而你留在这里。”他伸手拨了拨她的头发，“你来找我了。所有的事情，发生在两天前。”

过了半晌，她说：“是这样？”

“对，就是这样，你还怀疑哪里？还要我出具什么证据？”

她相信那张纸，她也相信他说的每一个字，丹尼·海格是不会撒这个谎的。而杨晓远呢？他那样的一个人，怎么会辞去瑞银的职务呢？因为他拥有了他的小岛，所以，这个解释是合理的，这件事情是真的。

只是，她抬头看着丹尼·海格。

慧慧扶着茶几站起来：“你，你是在告诉我，杨晓远本来就是个坏人，对吗？”

他摊开双手，“你自己来判断。”

“对，丹尼·海格，”慧慧说，“他是不是坏人要由我来判断。你……你没有资格在这里做判断。”她愤恨地看着他，手握成拳头，“你像个皇帝一样操纵一切，你放下鱼饵，然后说你钓上来的都是贪心鬼。你知道两千万欧元对一个普通人来说是什么吗？”她忽然仰头笑起来，“丹尼·海格，你有什么资格说他是坏人？”

“你是在解释你的愚蠢吗？可惜我教了你这么多年，你连个人都看不清，他不是第一个骗你的，对吧？”

他的话一下燎过她的心头，那只一直休眠的小兽霍然醒来，在她的心上叫嚣撕咬。她听见一声野兽般的吼声，原来那是从她自己的喉咙里发出来的叫喊，同时她冲上去，握得紧紧的拳头劈头盖脸地打向丹尼·海格。她尖叫咒骂讨伐：“你这个魔鬼！你毁了我！我原来糊涂，我愿赌服输，我输掉一个小孩儿，我害死雅尼克，我认！那都是我的错，我的罪！我活该！丹尼·海格，我对你做了什么，你要这么害我！我好不容易找到一个人，我要结婚了！你为什么处心积虑地害我！你毁了我！你毁了我！你毁了我！”

他一直被她顶到墙上，也不去阻拦，一个疲惫的女人再愤怒能有多大的力气？他看着她歇斯底里，目眦欲裂，双手使劲捧着她的头，要她看着自己，随后咬牙切齿地笑起来：“对，微微，这才是你，那些道貌岸然、彬彬有礼、宽容大度，还有你的感恩都是假象！你恨我，你一直都恨我，但是这样很好，这才是你……你……你可真漂亮啊。”他哈哈大笑起来。

她一点力气都没有了，打也打不动了，叫也叫不出来了。她用尽全身力气把头从丹尼·海格的手里挣脱出来，向后退了一步，晃悠了一下，几乎晕倒，但是她站住了。

她看着他，看着这个她深爱过、思念过，如今恨不得杀死的男人，一字一字地说："我希望你下地狱，你一定会下地狱的，丹尼·海格。"

第七章

这个女人所有离奇的磨难
都是拜丹尼·海格一人所赐

慧慧从海格公司出来，一个人沿着罗纳河在街上走了很久。她不知道自己应该往哪里去，也不知道自己应该做什么。她看见河边的树荫下有空着的长椅子，走过去，坐下来，揉一揉发酸的眼睛，觉得脑袋里一片空白，又像有一块大石头压在胸口，沉重艰难得几乎喘不过气来，她揉得眼泪都流出来，捂着脸，“呜呜”地哭。

慧慧哭了很久，睁开眼睛，还是罗纳河，还是热天气，她还是一个人，噩梦并没有结束。她抹了一把泪水和鼻涕，心想，哭是不能解决问题的，她不能结婚了，也不可能把杨晓远找回来，不过她至少知道发生了什么事，至少知道了自己怎么会得一个零蛋，只是以后她还是得一个人过日子，蜂蜜店有好几天没开门了，生意耽误了不少，眼下她得回去干活儿，还有那么多事情得去跟那么多人解释。她去旁边的水池洗了一把脸，就打算回店里去。

在去蜂蜜店的路上，一个男孩儿朝她走过来。

那是个有着一头卷曲头发的阿拉伯男孩儿，穿着牛仔裤和T恤衫，手里拿着三明治，一边吃一边朝着她走过来，粗声粗气地说：“你好。”

“你好。”慧慧胡乱应了一声。大白天游手好闲的阿拉伯青年，最好离他们远一点儿，她想要绕过那个男孩儿从他旁边过去，他却不依不饶，拦住了她的去路，一边吃着三明治一边对她说：“天气太热了，想去旅游吗？”

“不，谢谢。”慧慧说，她向左走了几步，男孩儿也向左走了几步。

慧慧站住，看着他：“你要干什么？请马上给我让路，否则我叫警察了。”

男孩儿举起双手，眨眨眼睛，做无辜状。

慧慧跑了几步，到路边上伸手叫出租车，倏地一下，一辆车子停下来，但那并不是一辆出租车。她愣了一下，还来不及反应，身后的阿拉伯男孩便冲上来，按着她的脑袋把她塞进车里。

慧慧跌倒在那辆小车的后座上，汗毛都竖了起来。她来法国快十年了，除了进过一次班房，她还从来没遇上过这种事情。还以为报纸上、新闻里那些歹徒行凶的事情离自己远着呢，忽然间光天化日之下就被人推到车子里挟持住，那一瞬间，她紧张得身上的血管都要裂开了。

车上除了她以外，还有三个人。塞她进车里的男孩儿还在满不在乎地吃三明治；前面的司机把车子越开越快，一路向南；副驾驶位子上还坐着一个人，只见背影，戴着白头巾和黑色头箍。

慧慧伸手去摸自己的裤子口袋。

三明治男孩儿“噌”地亮出一把刀子，在她脸旁边晃了晃，笑嘻嘻地说：“你要干什么啊？”

慧慧说：“我口袋里面有些钱。”

她话音一落，车上的三个人都笑了。

男孩儿收了刀子，一口吃完三明治，把包装纸团成一个小球扔出车窗，然后对慧慧说：“我们不要你的钱，就要你的人，跟我们走一趟。”

她没得罪过什么人，跟阿拉伯小青年毫无过节，他们又不是要抢劫，怎么平白无故就把她绑到车上？

慧慧的身子往后靠："你们认错人了吧？"

坐在前面的人问："你不认识丹尼·海格吗？"

"……"

"不回答，那就是认识了？"他回头看看她，"那我们就没有认错人。"

慧慧愣了一下，这张脸她是认识的。

那个人对她笑了笑："认出来了？"

"你在我店里买过蜂蜜。"慧慧说。

"你还给我倒了一杯水。"他说，"但是我想，那可能不是我们第一次见面，在很多有丹尼·海格的地方，我们也可能见过的，你说是吗？"

丹尼·海格，丹尼·海格。

"你们因为丹尼·海格把我抓起来？"

"这个原因已经足够了。"说完他转过身去。

所以，这不是一次突然的抢劫，而是一次有计划的绑架，她被当作人质，来要挟丹尼·海格。她转过头向外看了看："我们要去哪里？"

前面的人回答她："我们四个小时以后会到马赛，那里有一条船等着我们，然后我们穿过地中海，去突尼斯。"

吃完三明治的少年从自己的挎包里面拿出棉布和瓶子，从瓶子里倒了些液体在棉布上，一边上来捂住慧慧的嘴巴，一边说："为免你难受，先睡一会儿吧。"

那刺鼻的味道呛到她脑袋顶上去了。

这个女人所有离奇的磨难都是拜丹尼·海格一人所赐。

穆罕默德·阿桑，二十一岁，是个高大壮实的突尼斯小伙子，黑发黑眼的逊尼派穆斯林。他十四岁的时候第一次来到法国，坐了整整两天的货船，终于在马赛登陆，上岸之后便立马感叹这是一个名副其实的富裕、舒服的国家：这里居然到处是喷泉和饮水池，居然渴了就能喝！

你看到我的国家漂亮，所以想来这里旅游，因为你只看到了突尼斯城，看到蓝天白云，房子也是白的，你还看到了蓝色的海。没错，这里的美丽绝对不逊于法国的戛纳和尼斯。这里也有漂亮的酒店，洗澡水二十四小时供应给外国的观光客和富人们。真舒服，是不是？

但是你不知道。

你不知道在突尼斯城普通的居民住宅里，只有早晚供应两个小时的自来水。水从水龙头里面流出来，细得像六岁女孩儿的手指一样。祈祷的时候，全城都很安静，你能听见细细的自来水流入每家每户的容器里发出的声音。

等会儿你就能听见的，你仔细听。

而我还没有那么好的运气，我没有生在这个早晚各供应两个小时自来水的城市，我住的地方离海很远，离沙漠很近，送水的车子每个星期来一次。

我碰翻了食物，母亲不会惩罚我。可是我多喝了家里面的水，父亲就要揍我了。

我来法国之前，先去大城市找我舅舅，想让他帮忙给我找一份工作，赚到来马赛的船票钱。可是面试什么工作都不成，而且他们都捂着鼻子，我知道了，他们是觉得我臭。

我臭能怪我吗？有水的话，我能不洗澡吗？

我不得不先跟舅舅借钱，洗了一个澡，然后我便得到了一份工作——在宾馆当门童，因为我是个漂亮的小伙子。

不是吗？

谢谢。

后来我认识了一个马戏班的人，我跟着他们来到了马赛。

你呢？

哦，原来你是个留学生。

阿桑觉得就算是为了能舒服地喝水洗澡，也要留在法国，他努力工作，学习本领，跟着师父学会使用弯刀，既能当武器，又能用于杂要，防身又赚钱。他还会许多别的把式，跟头翻得又快又稳，还会喷火呢。他爱干净，不演出的时候穿洁白的袍子，他也像很多阿拉伯马戏团的好身手的人一样，为了赚钱，什么盯人越货的事情都干一点儿。

这一年不是一个好年景，从二月份开始，整个北非没有下过一滴雨。

水越来越少了。

去他家乡送水的车子几个星期都不来一次，大城市的定时供应改成了每天三个小时。政府也束手无策，自来水厂由法国公司控股，这个公司就是海格。

这就是他一直盯着丹尼·海格的原因了，因为海格控制着在这里比石油还要珍贵的水源，因为他，这里简直民不聊生。

政府不管，于是有人凑了钱，希望有义之士能绑架这个丹尼·海格，至少夺回自来水厂的控制权。阿桑觉得义不容辞，于是收下一帮兄弟，摩拳擦掌地就开始干了。

他们曾在高级酒店表演了一个星期的圆刀，见到了他一次。

有同行被雇佣为瑞士银行的周年庆表演杂技，他们在最后一刻知道了丹尼·海格会出席，就冒名顶替去了。眼看差不多要动手了，当时丹尼·海格正跟别人说话，谁知道他忽然掉头就走，他们以为他发现了什么，原来他在夜里跟一个女人飙车直到山顶。

“这个女人就是你。”阿桑说。

慧慧看看他：“然后他送我回家，你们导演了一场车祸，是这样吗？”

“临时决定的，策划得很不周密，我的兄弟伤得比他还严重。”

“你们真没运气，那段时间他也正跟人作对，草木皆兵，小心翼翼，身边的保镖跟记者一样多，你们选择这个时候下手？你们……”她蹙眉看了看他，摇摇头，“要是我，我就不这么做。”

阿桑问：“要是你你怎么做？”

慧慧说：“恕我直言，你们是笨贼。这件事情是值得花时间好好准备的。

要混到他身边去，或者收买他身边的人，掌握他的行踪和生活规律，运筹帷幄，周密计划，不惜代价，甚至人体炸弹都行……”

他看了看她，有些惊讶：“我得到的命令是要胁迫他放弃自来水厂的所有权，不是真的要杀人。我们不是恐怖分子。”

“没错，你们不是恐怖分子，你们不够职业，你们逮我过来是失策的。”慧慧说，“我比你们还希望他完蛋。”

“你是他的女朋友。”阿桑说。

她揉了揉眼睛：“我本来要结婚的，刚刚被他毁了，不过他不会因为我而对你们有任何妥协。不如你们放我回去，由我策划怎么干掉他。你放心，我不是个不负责任的人。”她心怀叵测地谈判，眼睛里面却满是诚恳。

阿桑想了一会儿：“你是想要我放你走吗？不可能！”

慧慧无奈地看着他，他好像忽然变精明了。

“事实上我们做得没有错。”阿桑说，“我们刚刚联系了丹尼·海格。”

“……”

“他没有立即答应放弃自来水厂。”

她心里说：是的，当然了，早就知道。

“但是他答应来这里谈判，只身一人。”阿桑看着她，黑色的眼睛一眨不眨，“他要先见到你。”

慧慧被绑到突尼斯来已经五天了，她被关在楼顶的一间小屋子里，从窄小的窗口向外看，都是密密匝匝的灰色的房顶和电线。绑匪断断续续地向她讲述着事情的来龙去脉和丹尼·海格的答复。

房门紧锁，食物和水按时送来，来突尼斯第一天的时候，这个跟她买过蜂蜜的年轻人阿桑把门打开，让她下楼，在一个很小的房间里面洗了个澡，她看见不少跟阿桑年龄相仿的年轻人在楼下的房间里满不在乎地摆弄枪支弹药，也有女人在那里练肚皮舞，一个男孩儿用她听不懂的当地话朝阿桑嚷了几句，阿桑马上吼了回去。

洗完了澡，她问他：“他喊些什么？是关于我吗？”

阿桑道：“对的，他说我干吗不强奸你。我说，这次得留个囫囵的。”

慧慧听了吓得心里哆嗦了一下，脸上却不动声色：“从前你们逮到女人都这么做吗？”

阿桑回头看着她，当时就生气了，黑眼睛瞪得圆圆的：“你知不知道我是干什么的？”

慧慧说：“我只知道你把我从法国绑来这里。”

“我是游击队，我为人民办事，我们是训练有素且严肃的队伍，怎么会逮到女人就强奸？”他越说越气愤，连着上了好几级台阶。过了好一会儿，他又回头对慧慧说，“只有最漂亮的才行。”

慧慧愣了一下，这是什么逻辑？

阿桑说：“从前逮到过一个意大利有钱人的未婚妻，想赚点儿钱买些弹药。我们当初耐住性子，留个囫囵的，后来我们跟那个有钱人要钱，电话打了一次就再也联系不上了。这个人连一分钱都不愿意给她的未婚妻出，还报了警。报给意大利警察啊！不如不报，那次的买卖真不成功。”

“萨利姆还是处男，就跟这个女的睡了觉，两个人都觉得不错。后来我们就把那个女人扔在突尼斯城了，你猜她后来怎样？”

“她……”

“没有，没有，她没有当妓女，她成了一个当地富翁的情人，见到萨利姆还冲他笑了笑。”

那是慧慧被这些歹徒抓到突尼斯的第一天，她听得胆战心惊。

萨利姆当时是为人民办事的该游击队的最后一个处男。

他就是那个吃着三明治把慧慧押上车，又用乙醚把她弄晕的男孩儿，是阿桑的弟弟，他总是在吃东西，总是上上下下地打量慧慧。

有一天晚上，慧慧在自己的床铺上睡觉，睡得满头大汗，几乎要喘不过气来，后来她睁开眼睛，一张脸就在面前，萨利姆正趴在她身上，她吓得一声大叫，混乱之中不知道从哪里来的力气、速度和手段，右膝盖“噌”地弓起来，一下子狠狠顶在萨利姆下半身的要害处，下一声凄厉的大叫就是萨利姆发出来的了。有人“噔噔噔”地上楼开门，进来的正是阿桑和几个伙伴。

他们看到慧慧站在窗子旁边，手握拳头，咬牙切齿，浑身发抖，而萨利姆捂着自己的裤裆疼得在床上打滚。

发生了什么事情，所有人都明白。

阿桑气得眼睛和脸都红了，上去就把萨利姆从床上扯下来，像扔个麻袋一样把他抛在地上，也顾不得萨利姆要害处的伤势怎样，一顿乱踢。阿桑一边揍他，一边用他们才听得懂的阿拉伯语大声咒骂他，直到萨利姆“嗷嗷”哭着求饶。

阿桑这一顿暴揍是货真价实的，一直打到自己累了，才气喘吁吁地跟慧慧说：“不会再有这种事情了，你……你睡觉吧。”

可是萨利姆把这件事情记在了慧慧的身上。之前她每顿饭都是萨利姆送来，第二天慧慧从早上等到下午，直到日暮，萨利姆才一抖一抖地上来，把一小盘上面有些肉汁的粟米饭和一碗水放在关着她的房间的地板上。

慧慧想喝水，萨利姆抓着那个盛水的小碗不给她，瞪着她，愤恨地说：“你以为阿桑是在保护你？”

慧慧蹲在地上，手捧着那碗粟米饭说：“我怎么会那样想？他揍你无非是因为你不服从命令，因为你不听他的指挥，我怎么会以为他是保护我呢？”

萨利姆说：“他说不仅仅是因为这个，”他笑起来，“他还跟我说，留着你可以跟对方讨个好价钱。要是你也跟那个意大利女人一样，没人来救你，呵呵，你就归我了，这是阿桑说的。”

慧慧扒了一口饭到嘴里，面无表情地看着萨利姆，什么都没说。

萨利姆看着这个昨天把自己害得很惨的女人，见她一点也不惧怕自己，还大口吃饭，更是气得暴跳如雷，把那一碗水全倒在地上，走的时候还给了慧慧一个大耳光。

慧慧被那家伙扇得耳朵嗡嗡响了很久，半张脸都热起来，疼过之后又继续吃饭。

这一天水是没得喝了，饭总得吃完。

这不是那本旅游杂志上的突尼斯。

但是无论在哪里都得活下去。

在齐慧慧被绑到突尼斯五天之后，得到消息的丹尼·海格第一时间回复了阿桑，什么条件都可以谈，但是他得见到这个女人，活的、完整的、干净的。

阿桑年龄不大，却已经是老手了。他三十秒钟之内，在电话可能被追踪到之前准确地传达信息：“你当然可以看到她，你来突尼斯就能见到她——你一个人。”

“可以。”丹尼·海格说，“我一个人去。”

“具体时间、接应地点我再通知你。我知道你是个商人，最会耍花样……”

丹尼·海格没等到他说完：“不会的，你手里的筹码太重了，我不会冒风险的，但是你也别忘了我的条件。”

阿桑放下电话之前说：“我不会忘记的，水源都是你的，我也不会冒那个风险。”

“他答应来这里谈判，只身一个人。”阿桑看着她，黑色的眼睛一眨不眨，“他要先见到你，活的、完整的、干净的。你看……”他笑起来，“不是只有你一个人聪明，也许这个买卖我能做成。”

慧慧看着他。

“你去洗个澡吧，丹尼·海格明天应该就会被我的人带到了。”

第八章

我从来没有对你说起过我自己

这一天是个阳光明媚的好天。

她从窗户往外看，觉得远处那些深蓝色的轮廓应该就是突尼斯的地中海。

突然钟声响起来，穆斯林们跪地祷告，空气里有低沉的祈祷的声音。她想，安拉听不听得到?

开门的是萨利姆，他气哼哼地说：“走！跟我走！”

她跟着萨利姆下楼，七天来第一次离开这栋楼，坐上一辆吉普车，穿过狭窄的山石铺就的街道和小巷，去往未知的地方。她在车上时歪着头向外看了看，看见光脚的小孩儿在街上踢足球，小黑脸，白牙齿，嘎嘎笑，声音像是小动物的一样。她也看见小巷的上方架在两边老楼上的竿子晾晒着穆斯林们的袍子，带着烤肉香料味道的风把它们吹起来，挡住一线天空。她坐在这辆弥漫着汽油味的老旧吉普车上，心里忽然有小小的快活，仿佛自己不是人质，仿佛十九岁的自己在上学的路上。

他们在一个清真寺的门口停下来，萨利姆推推搡搡地带她进去，沿着圆形穹顶的檐廊一直向里走。然后她在一个房间的门口停下了脚步，慢慢地整理了一下头发。

萨利姆过来看看她：“你怎么知道是这里？”

她说：“气味。”

萨利姆真的吸着鼻子嗅了嗅，然后说：“装神弄鬼，快进去。”

他在后面推了慧慧一把，她踉跄了一下，差点一个跟头栽进去，她直起身来，第一眼就看见了丹尼·海格。

他在一张长桌子的后面，席地坐着，上身是一件白色的衬衫，下身一条米色的长裤，光着脚。他的气色也很好，脸是金麦色，显得眼睛更蓝。他就像一个自在的观光客，从山地的夏令营来到海岸，换个地方继续休息。他果然一个人来了。

慧慧被萨利姆推了一个踉跄进来的同时，丹尼·海格坐直了身体，他没有立即过来拥抱她，也没有采取什么措施控制局面，甚至都没有跟她说一句话，只是稍稍坐直了身体，然后仔细地从上到下打量慧慧，如同检验一件货物是否被妥善保存，是否完好如初。

房间里面还有别人，游击队首领阿桑和他的几个兄弟，还有几个穿着黑色袍子的突尼斯人，他们坐在长桌子的另一侧，桌上放着几页文件。

阿桑说：“海格先生您看见了？我是守信用的，您的女人不是好好地在这里吗？活的、完整的、干净的，那我这份合同您就签了吧。放弃突尼斯自来水厂，您一个法国人，还是在自己家里好好忙活吧。”

丹尼·海格拿起笔来，扫了眼桌上的合同，“砰”的一声，他又把手里的笔扔在桌子上。

突尼斯人都吓了一跳，阿桑仰头哈哈笑起来：“海格先生，您是不是弄错了？您不签这份合同那来突尼斯干什么呢？您是不是要看我们杀了这个女人，然后自己再找死啊？”

阿桑一摆头，萨利姆领命，上来就拽慧慧。

她挣扎了一下，萨利姆一把抓住她的头发就往外拉。

谁也没有看清五米之外的丹尼·海格是怎么一下子就冲过来的，待看清的时候，他已经左手扼住萨利姆的脖子，右手狠狠一拳击在他的腮上，就那么一下，慧慧好像听见了萨利姆那一侧脸颊上的骨头碎裂的声音。

丹尼·海格一秒钟都没浪费，将右手抬起来，抡圆了又要打下去。阿桑把一支上了膛的枪狠狠顶在他的太阳穴上，咬牙切齿地看着这个上一秒钟还懒懒散散，下一秒就上去揍他弟弟的穷凶极恶的法国人："你这个浑蛋，你真是找死啊你！你不要命了是吧？啊？是吧？"

他那黑色的枪口紧紧地顶在丹尼·海格的太阳穴上。

蹲在地上，仿佛一心要打死萨利姆的丹尼·海格忽然咧开嘴巴笑起来，慢慢回头，用自己的眉心对着阿桑的枪口，看定阿桑的眼睛："你们，还有他，"他指了指躺在地上直抽搐的萨利姆，"你们再碰她一下试试看。"

阿桑说："你不签字试试看！"

丹尼·海格慢慢站起身，看着阿桑："我不能签，我跟你们说过好几遍了，你们以为是我不供水，可其实水源早就没有了，我拿什么来供应？"

"你们想要我放弃水厂？你们想要接手？你们想要一天二十四小时随时都能洗澡，对吗？可以啊，看一看你们能支撑多久，能不能撑到十月份的法军撤退纪念日？"

阿桑略沉吟了一下，说道："那更好了，也简单了，我们不要水厂了，我要是杀了丹尼·海格，有多少人会难过我不知道，但是有很多人高兴是一定的，其中就有她。"他用枪口指了指慧慧。

丹尼·海格看看慧慧，还是跟阿桑说话："别管她高不高兴了，放她走吧。"

阿桑说："我放她走？然后你死在这里？不不不，海格先生，如果你不能把水厂还我们的话，那我宁愿你去死，这个女人留下。"

丹尼·海格看着这些突尼斯人："你们以为我来这里干什么的？放她走，我能找到新的水源——这个条件不足以交换吗？"

“新的水源？”阿桑笑了一下，“我为什么要信你？”

“你可以不信。”

后面那些穿黑袍子的家伙开始掂量丹尼·海格的提议有几分虚几分实，几分真几分假，这个狡猾的法国商人究竟可不可靠。他真的是单枪匹马来的吗？他会留在这里帮他们找到新的水源，条件就是放这个女人走？

新的水源，新的水源。

在这个极度干旱缺水的国家，没有什么比这个东西更珍贵更让人渴望了。

丹尼·海格把阿桑的枪慢慢地按下去，看着这群人，他的条件开出来了，他在等他们的答复。

他一眼都没有看齐慧慧。

他就是这样，他把她当一件东西一样安排她的命运，从来不问她是否同意，这个自以为是的狂妄的家伙，她可真恨他啊。一直没说话的慧慧握起拳头，朝着丹尼·海格走过去，站在他后面，慢慢地一字一字清楚地问他：“谁说我要走了？”

他回过头来看着她：“我说的。”

“那我告诉你，我不走。”她看着他面无表情的脸，看着他的眼睛，坚决、执拗地说，“你听着，我不走，你留在这里我就不走。你不走，我就不走！”

他像是轻轻地笑了一下，抬头向外看了看，然后和颜悦色地对她说：“听话啊，你先行一步，我在这边帮他们找到水源就回法国，比你晚不了几天……”

她气得眼泪一下子涌了上来，眼睛被水汽模糊了。她一头朝丹尼·海格撞过去，双手抓住他衬衫的领子，把他的脸拉下来，让他好好地看着自己：“丹尼·海格，你是没听清楚我跟你说什么呢，还是你老了、耳朵聋了或者脑子坏掉了？我再说一遍，别让我重复，你不走，我就不走。我不走！我不走！你听见没有？你听见没有？”

他的手在外面扣住她的手，紧紧勒住，勒得她骨头都疼了，很久很久。他看着她的脸点点头："好，慧慧，好，你留下来，你跟我在一起。"

突尼斯人很高兴，因为两个人质都留下了。丹尼·海格信誓旦旦地说能找到水源，他们也打好了如意算盘，就算找不到新的水源仍有这个有钱人和他的女人在他们的手上，工夫总不会白费的。

寻找水源的队伍很快上路，除了丹尼·海格和慧慧，以及监视并押着他们的阿桑的团队，还有一支熟练的打井队伍，他们带了足够的粮食、饮用水和一台小型打井机，骑着骆驼上路了。按照丹尼·海格的说法，一路向西南，朝着沙漠走去。

是他把她扶到骆驼的背上去的。上去之前，他用突尼斯人拿来的袍子和头巾把她包了个严严实实，只留一双眼睛在外面。他捧着她的头，看着她笑了。

热乎乎的风吹过来。

那一刻她身上都是汗水，她以为他会隔着面纱吻她一下，但是他没有。只是问她："见过沙漠吗？"

她摇摇头。

"时间不会太久的，你就当是一次旅行吧。"

他把她扶上骆驼，她说："捂得这么严实，我热。"

"非这样不可，"他说，"沙漠太热了，不包裹上，水分都蒸发出去，人就脱水了。"他说着帮她把脚踝也包裹好。

突尼斯人在骆驼的脖子上拴上铃铛，他们的脚步陷在沙海里，深深浅浅的，骆驼脖子上的铃铛发出参差又和谐的响声，细如粉末的沙子被炽热的风推动，堆砌形成大大小小的沙丘。一队人在沙丘的影子里行走，天空中偶尔有鹰飞过，忽然俯冲下来，可能是看到了从旁边长着针叶植物的洞中探出脑袋的沙鼠。

可是其余的时间里，这里没有其他声响，也没有气味，只有广阔无垠的沙海和从沙子的缝隙里蒸腾出来的热气。

这里再也不是那个雨水充沛被大河贯穿的城市里昂，这里再也没有像那些宝石一样蓝的湖泊。

这里的水只存在于饥渴的人的幻想中。

在白金色的北非沙漠里再回忆起法国的水，像一个人无心虚度了自己年轻时的爱情一样，再回头看，无限唏嘘。

他们在清晨出发，趁着天气不是很炎热时尽量赶路。到了中午，太阳当头的时候，搭一个简单的帐篷，一行人吃些东西，休息一下。等日头斜了，沙丘又有影子的时候，他们再继续赶路。

丹尼·海格一直没再跟她说话。

他的骆驼就在她的后面，她有时候会回头看他，看看他的眼睛。

她的心里很讶异，他们这是去找水源，为什么丹尼·海格要带突尼斯人直奔沙漠的深处呢？她越想越觉得奇怪，再回头看看他，忽然就想通了。

到了晚上，他们在一个沙丘后的背风处宿营，太阳一下去，沙漠里面降温很快，阿桑点上了篝火，有人扎帐篷，有人喂骆驼。

突尼斯人吃了东西又喝了酒，陆陆续续去自己的帐篷里睡了，阿桑临睡前过来嘱咐丹尼·海格和慧慧说：“我困了，得睡觉，就不看着你们了，但是我告诉你们，一点儿动静我都能醒过来。别想跑，跑了的话，就会死在沙漠里，都不用我浪费一颗子弹。”

丹尼·海格对着他的枪口说：“英雄，你不用每次跟我说话都把枪上膛，我明白的，你去睡吧。”

之后篝火堆旁就剩下他们两个人了，火烧得旺旺的，把人的脸照得发亮。

丹尼·海格用棍子拨了一下火堆，没有看她，却对她说：“太晚了，明天要早起赶路，你去睡吧。”

慧慧忽然坐到他身边，压低了声音问他：“你的人埋伏在哪里啊？他们什么时候到？”

“什么我的人？”

她身子往后退了退：“你别告诉我你是死心塌地真要给这些突尼斯人找到新的水源。”

丹尼·海格喝了一口酒囊里的烧酒，擦了一下嘴巴，看着她：“为什么我不能？为什么我不能找到一个新的水源？”

篝火“啪”的一声响，同时一颗黄色的星星从沙漠上方的夜空倏地滑落，丹尼·海格对齐慧慧说：“我从来没有对你说起过我自己……”

向上追溯“海格”这个姓氏跟泉水扯上关系，大约是在四百年前。

那一代的海格名字叫莫里斯，莫里斯·海格，他是个世袭的男爵。画像上面的他，也是蓝眼睛、大胡子。在当时的法兰西，你要找一个最富有的贵族很难，但是你要是想找一个最穷的贵族，很容易，那十有八九就是莫里斯。

在小猫牙山上一千米的地方，他有一块不大不小的领地、三个村庄和一座足够结实的石头房子——与领地上别的房子相比，那还是可以被称为城堡的。

谁也不知道他的领地是怎么划分的：从山上遥望着现在的贝尔热湖，可是到了湖边，那就是另一个贵族的地方了；山上的雪水在春天融化，会直下山峰，可是泉水汇成溪流，溪流再变成小河，却是从小猫牙山的东北部流下去的。看看莫里斯有多倒霉，连雪水都要绕过他的地盘，占据小猫牙山东北侧的那个人姓伯潘，伯潘子爵。

莫里斯的领地上没有泉水，只有两眼经常干涸的水井。

没有足够的水，农民的庄稼种不好，麦子长得像杂草，连玉米粒都是凹陷的，奶牛和羊也都瘦小枯干。

莫里斯不是凶狠地压榨农民的贵族，当然他也压榨不出来东西，每年只收到少量的东西充当地赋：庄稼、蜂蜜、牛奶和一些苹果，这样自己勉强解决温饱。他不敢去参加贵族的聚会，因为没有体面的不打补丁的袍子。他没有女人，他一直是一个人，这也可以理解，贵族只能跟贵族通婚，有什么人会把自己的女儿嫁给一个穷得只有爵位的莫里斯·海格呢？他连狗都得自己遛。

他有一条好狗，不是因为它漂亮，也不是因为它忠诚——狗还不都是那样？

之所以说是好狗，那是因为它在一个恰当的时候，恰当的地方摔了一跤。

那是个春天，农历三月份。莫里斯找了老大一圈，终于在一个悬崖边上看到了他的狗。它一定是从悬崖上滑下去了，没有掉到山谷里，而是被一块突出的岩石接住了。它看到莫里斯，“嗷嗷”直叫，请求主人救自己上去。

莫里斯当然要救它，他没有别的伴儿。

他拽着树枝，慢慢地从悬崖上爬下去，去救他的狗，他一手抓着树干，另一只手终于够得到他的狗了，结果在这个自己从来没有来过的悬崖，在这个自己领地上的死角发现了奇怪的事情——在那条狗待的地方稍稍碰一下，一束水柱便从岩石的缝隙中喷出来。

莫里斯把狗拽上来，自己坐在石头上想了半天。水柱喷得如同瀑布的泉眼，那么岩石的后面一定有压力巨大的水源，没错，是山泉水的水源，那可不是山上融化的雪水能有的劲头。他想到这里，振奋无比，当下便开始寻找能接近这个水源的入口。在一大堆乱草和枯枝的后面，他发现了一个山洞，一个人可以猫着腰进去。冷风从里面呼呼地袭来，打到脸上都是湿的，里面隐隐还有流水声传来。这里是水源地，不会有错。

莫里斯回到村子里，并没有声张，第二天自己带了火把来查看。

果然，他在山洞的深处看到了汩汩而流的泉水！他看到白花花的泡沫，就喝了一口，发现那水竟然有微微的甜味。

这就是海拔一千八百米的海格水的泉眼。

之所以从来没有被发现，是因为山洞内部地势的缘故。入口的地方高，向里面越来越低，泉水喷涌出来，都朝着悬崖的方向流去，最终从岩石的缝隙中流泻出去，而悬崖这一边都是石头峭壁，农民们从不过来，所以也就从来没有人发现过这道山泉。

莫里斯带着自己领地上的几个心腹农民来到这里，开始修建引水下山的水渠，把泉水引向农庄。他的领地上终于有水了，汩汩地浇入田地里，麦子和玉米粒粒饱满，连甜菜都长了出来，牛羊也长了膘。从那一年开始，农民的收成越来越好，不仅留下了口粮，有余的话，还能去集市上卖些钱回来。他们的地赋终于开始以货币的形式缴纳了。

莫里斯也开始有了些积蓄，他翻修了城堡，又购置了新衣和骏马。他四十岁了，觉得自己应该成家生娃了。

那个女人成为男爵夫人时才十六岁。

她是没落贵族的后裔，血统高贵却家境贫寒，否则不会嫁给已经四十岁的莫里斯。但是这个女人是真的美丽，火红色的头发，蜂蜜一样的肤色和气味，腰肢纤细，声音婉转，莫里斯被她迷得神魂颠倒。他们生了两个女孩儿和一个男孩儿，一家人在小猫牙山上富饶的领地里丰衣足食，安居乐业。

他们本该是安居乐业的。

直到男爵夫人参加了一个在山下香贝里城举行的贵族的假面舞会。那时的她虽然已经是三个孩子的母亲，但是仍然健康且美丽，年龄也不大，二十多岁，刚刚从果汁变成了美酒。

她在舞会上认识了一个年轻人。他高大，脸上戴着黑色的假面，可以看见他漂亮的眼睛。两个人跳了一支又一支舞，刚开始插科打诨，有说有笑，到了后面都很沉默。人就是这样，心里面动那些龌龊肮脏的念头的时候，嘴上就老实了。

她背着莫里斯跟这个年轻人幽会，一次两次过了瘾不算，还计划着怎么能做长久的夫妻。夜里她看着莫里斯的喉咙，手里握着剪刀，心想，要是一剪刀下去，莫里斯死掉，她以后便再也不用受相思之苦。不过要是她真用剪刀结果了莫里斯，自己肯定也跑不了，因此得想个别的办法才行。

年轻的情人劝她少安毋躁，又问她："你知不知道莫里斯有个好宝贝？"

女人说："他能有什么好宝贝？娶我的时候，戒指上的红宝石还没有米粒大。"

"莫里斯海格的宝贝就是他的山泉，你要先找到泉眼在哪里，然后我们再弄死他，神不知鬼不觉的才好。"

于是她开始跟莫里斯哭闹，做夫妻这么久居然都不带她去看看那口泉眼。

喜欢奶酪焗土豆的莫里斯觉得这妇人闹得没道理，一边吃一边说："就在后山悬崖边的洞里啊，平时有两三个人把守，你要是想看就自己去，我明天要去里昂待上一个星期，你自己去看吧。"

男爵夫人抓紧时间把这件事通知了情人，趁着她丈夫去里昂的当口，两个人约在小猫牙山的后山见面，在莫里斯说的地方找到了那个山洞。

男爵夫人对情人说："你看看，只有你把这个当成宝贝，他轻易就告诉我泉眼在哪里了，还说有人把守，哪里有人啊？可能都回家午睡去了。"

男人说："进去看看再说。"

老实巴交的莫里斯怎么会跟自己的夫人撒谎呢？两个人果然在山洞里发现了泉眼，高兴极了，当时就开始计划下一步怎么除掉莫里斯，情人授意男爵夫人怎样怎样做。

两个人在山洞里待了一会儿，忽然听见洞口处传来声音，这时才觉得不对劲。世上哪有那么简单就到手的东西？两个人有点儿慌，往洞口跑去。男的刚探出头，就被从山洞上方掉下来的石头砸中了脑袋。

女人看着刚才还活蹦乱跳胸有成竹的情人脑袋上满是鲜血，躺在地上手脚抽搐，当时便吓得瘫倒在地，然后她看见了自己的丈夫。

莫里斯没有去里昂，他在这里等着弄死这对鸳鸯。

他从上面下来，指着死掉的男人问男爵夫人："你认识他吗？"

女人吓得哆哆嗦嗦地说："他叫让。"

"他还有一个名字呢，"莫里斯说，"他是山北面的伯潘子爵，他勾引你，无非是想占有我的水源。”

女人痛哭流涕，抱着莫里斯的腿说：“我错了，我错了。”

莫里斯说：“你不用认错，你骗了我，就是这样，事情结束了。”然后他用石头对着女人的脑袋一下一下地砸下去。

这是海格的第一个故事。

时间过了一百多年，海格的泉水越喷涌越多，也越来越汹涌，从一千八百米的小猫牙山奔流下来，与山间的雪水和溪水汇集，成了河流。

因为有了这个泉水和这条河，海格才真正地富裕起来。

这个海格叫吉斯卡，吉斯卡·海格，世袭男爵，在英国学习了机械回来的年轻人。他在河边开了锯木厂，利用河水自高处流下的动能拉动锯子，切割了好的木头卖出去，他赚了很多钱。修建新城堡，扩大领地，他骑着高头大马在自己的森林和原野间奔驰而过，是香贝里这个地方的领袖和传说。

那个女人跟着话剧团来到香贝里城演出。

她个子不高，圆圆壮壮的，手臂、腰和胸脯都很结实。第一次出场她扮成一个男人上台，包着头巾，画着浓重的黑眼圈，还贴着胡子，穿一条半长不短的裤子，黑袜子遮住细脚踝。这家伙抡着大棒揍老婆，一边揍一边骂：“我让你偷男人，我让你偷男人！偷面包偷不来，男人偷得那么顺手，跟你说几回了？先拿到面包再脱裤子！”

观众们都乐了起来，坐在后面板凳上的男爵也乐了。

不一会儿，她又换了女装出来，发髻高耸，涂白了脸，脸颊上红红的两块，拿着扇子神气活现地在舞台上走来走去，又用食指点着舞台下面的男女老少：“还在这里看戏玩儿？还不去海格老爷的锯木厂干活去……”

她当然不知道海格老爷也在那里看她的戏。

演出结束，他去后台找这个女人。戏子们嘻嘻哈哈的笑声和叫嚷声，汗水和脂粉味交织在一起。他们在他身边穿来穿去，他半天也没看到那个女人在哪里。

忽然听见一个人在大声地唱歌，吉斯卡去寻找那个声音的来源，身边一位女郎说：“别理她，那是个小疯子。”

他要找的就是那个小疯子。

她身上穿着男式衬衫和男式裤子，袖子和裤脚都挽起来，露出来半截手臂和小腿，结实而白皙。她一头短发，卷卷的，棕色，跟个小男孩儿一样，一边唱歌一边收拾着自己的行头，一回头，她就看见了这个陌生人。

她脸上的妆卸掉了，不是打老婆的粗野汉子，也不是妖艳的妇人，就是个漂亮姑娘，带着男孩子气的姑娘。

吉斯卡说：“你们剧团还要在这里演几场？”

她说：“明天还演一场就走了。”

“下一站去哪里啊？”

“不知道呢，”她跟他说话，手里还在忙活着，衣服器具抖一抖就往箱子里面塞，动作那叫一个麻利，“老板说了算，我们只管演出。”

“赚得多吗？”

“每天吃得上一顿肉。”

“你喜欢吃肉？”

她直起身来看着这个问出奇怪的问题的人：“你不喜欢吃肉？”

吉斯卡找到剧团的老板，跟他交涉：“你们别四处游荡了，就留在这里吧！给我的居民们演出，我给你们发饷，也管你们的吃住，每顿都有肉。”

这个剧团留了下来，暂时不用奔波了，白天排练，晚上演出，一个星期两场。他们在香贝里城从春天待到夏天。

工作的间隙，剧团里的女孩儿们说天气太热了，去游泳吧。

她是南海岸人，是个游泳好手，跟着姑娘们欣然前往。

她们是傍晚去的，在水边玩了很久。天黑了，伙伴们下山了，回到剧团开始喝牛肉汤的时候才发现，那个姑娘被落在黑魆魆的树林里了。

她给自己唱歌壮胆，脑袋里面出来不少野兽怪物，专门趁天黑的时候出来伤人的那种，她就曾经演过一只。身后忽然有马蹄声传来，她头都没回就往山下跑，跑到气都喘不上来了，她一下子脸朝下摔在地上。后面的人已经骑着马追上来，用马鞭一下一下点她的肩膀："什么人？偷木头的吧？"

她铆足了劲头想要装死，马背上的老爷也是个硬脾气，"啪"的一声，鞭子抽下来，身边的小树都折了。她马上站起来，老老实实地回答："我在河里游泳，伙伴们都走了，我自己下山。您看我这个体格，像能偷木头的吗？"

老爷笑了，慢慢从马上俯下身看她："原来是你？"

啊，这张脸她是认识的，那个问她是不是爱吃肉的家伙，那个每有演出必到的家伙。

他把她拽到马背上，拢到怀抱里送她下山，回了剧团。

老板吓了一跳，问她："怎么会是海格老爷送你回来的？"

她也被吓了一跳，那个漂亮的、味道好闻的年轻人怎么会是海格老爷?

流浪的剧团也不能总待在一个地方。她终于要走了，在马车上往外看，看见海格的城堡和锯木厂，心里想着自己跟一个贵族之间那荒诞不经的缘分。

车子忽然被拦住，那个男人挡在前面，然后过来敲她的车窗。她把窗子打开，吉斯卡在外面对她说："留在这里吧，跟我在一起。"

她并不觉得意外。

男爵花了大价钱买来贵族头衔，这姑娘摇身一变成了老贵族的后裔，继而是富有的男爵夫人。她再也不用穿简单肮脏的戏服，她只穿轻便又结实的裙撑和最漂亮的裙子，用从巴黎买来的假发和雨伞，蕾丝花边是熟练的工匠手工编织的。

他带着她出席里昂和巴黎时尚而奢侈的沙龙，两个人一样大受欢迎。

她并不觉得意外。

她让吉斯卡看自己的掌纹，对他说："演出的时候，我们曾经遇到过一队吉卜赛人。我给了其中一个女人一个梨子，让她说说我的命运。”

他抓着她的那只手仔细看：“她说什么了？”

“她说，我会遇到一个非凡的男人，他非常非常爱我。我呢，因此也就拥有一个非凡的人生。”

他笑起来。

泉水仍然喷涌而出。

锯木厂的生意越来越好。

他们在那一年的秋天生了一个又壮又聪明的儿子。

但是这个女人非凡的命运并没有在这里结束。

在他们经常参加的那个沙龙里，一个本来不应该出现在那里的人出现了，他一出现，所有人都得跪下叩首。她低下头，看见了太阳王路易十四的靴子。

国王让所有人平身，祝大家晚上愉快。那个女人抬起头来，国王的目光在她的脸上不动声色地停留。

国王也是个爱玩乐的人，不愿意扫了众人的雅兴，歌舞和游戏继续，只不过请她跳舞的是国王本人。夫妇俩都愣了一下，国王说：“我可以吗，男爵？”

“当然。”吉斯卡向国王颔首。

国王对女人更和颜悦色，边跳舞边说些笑话给她听，她也不敢不笑。

他们虽然富有，但是爵位不高，为什么国王会认识他们呢?

这个时候的法国君权神授，太阳王是天上的神，也是法国的王，想要什么都会想办法弄到手。皇宫的总管之后找到吉斯卡，传达了国王的意思，海格有东南部最好的泉眼和锯木厂，海格也有美丽得让国王一见倾心的夫人，国王不会把这两样都强取豪夺走，将哪一样献给国王，请男爵自己决定。

好日子忽然被雷电劈开。

吉斯卡在下着大雨的天气里来到藏有泉眼的山洞，他是要舍了这个家族的宝藏，还是要舍了自己的爱人？

断左腕，还是右臂？

他不是不爱她，他不顾自己的身份娶流浪的伶人，一个贵族能做到的也无非如此了。只是如今逼迫他做选择的是国王。

他在夜里把她摇醒，想要再爱她一遍。

她在黑暗中迎接他的身体，自己一点儿声息都没有，只有目光是明亮的。

这女子到了太阳王的手里，仍然保留着男爵夫人的头衔，却成了备受宠爱的国王的情人。凡尔赛宫修葺一新之时，她死在阿波罗雕像的喷泉里。

有人说男爵夫人是自杀的；有人说是喝了酒失足；也有人说是被国王害死的。

原因无从考察，她的尸首被运回香贝里城。

从那天开始，海格的泉水变成红色。

这是海格的第二个故事。

时间又过了两百年。曾经一度衰落的海格家族在战后又富裕起来，泉水不再用来灌溉或者锯木，它被谨慎地保护、豪华地包装，行销全欧乃至全世界——因为经过化验和研究，这里被证明是世界上最好的水源之一，长期饮用，可以延年益寿。

小猫牙山的山顶上多了一间教堂，规模不大，却被很好地维护。

为小姐和少爷请的女钢琴教师被劳斯莱斯接到海格家的时候问司机：“这个教堂是海格家私人资助的吗？”

司机说：“是啊，很多很多年以前，海格水是红色的，流到贝尔热湖里，把湖水都给染红了好大一片。后来来了一个云游的教士，在主人的允许下去查看水源，结果发现，原来是大量的红沙淤积在泉眼上面，把红沙清除过滤掉，泉水又变清了，就是现在的海格水。当时的主人为了感谢这个教士，就修建了教堂和修道院，留他在这里做神父。那已经是很久以前的事情了，主人换了好几位，神父也换了好多位。”

女教师觉得像听了一个神话故事一样，微微笑起来。法国人最擅炒作，什么东西的来历都被编成传说。她是个芬兰人，不那么认同。

女教师个子高挑而纤细，有一双蓝眼睛，性格温柔可人，微笑起来的时候十分美丽。

霜把满山的树叶打红的时候，她来到了这个家。男主人在里昂做生意，只有女主人和两个孩子在家，女主人吸烟而且酗酒，两个孩子——女孩儿十三岁，男孩儿十二岁，没有一个是好相处的。他们为每一件东西的归属争吵，尽管他们可能根本就不想要，而他们的母亲又在电话里为能否得到一份新的财产而争吵。

女教师能够忍受而不为所扰，自己也不知道是什么原因。可能就是为了赚一份薪水，或者就是因为她的灵魂是高于他们的。

有一天她在上钢琴课，孩子们在她的旁边心不在焉，但是她仍然详细地讲解演示着指法，后面传来轻轻的一声咳嗽。

她站起来，看见了不曾谋面的男主人。这一位是菲利普·海格，他早就已经没有爵位了。但是他是法国最成功的商人之一，将瓶装水从零开始做成了巨大的产业。他三十多岁，俊美非常，是个网球好手，也是总统的座上宾。

钢琴教师说：“在芬兰，水没有这样金贵，到处都是湖泊，井水打上来就能喝，我们用不着喝瓶装的矿泉水。”

菲利普说：“那不一样，这是我们家族的宝藏和徽章。”

她对他不卑不亢，态度里有些许的不以为意，也无视他的地位和财富。这样的忽略让他着迷。他没有明目张胆地勾引和霸占，他只是深藏不露地关心和照顾。送鲜花就送芬兰雏菊，那是长在寒冷地方的小花，颜色很淡却非常美丽；打电话什么也不说，只道晚安；她生病了被送到医院里去，无论他离得多远，每天都要去看一看，问候一句。

饶是钢琴教师再骄傲，也是一个年轻的单身女人，谁能抵挡住这样的一个男人呢？

她在电话里面跟他说，请他不要再来找她了，她打算离开这里，去巴黎另谋出路。

菲利普说：“好的，不过至少让我送你一程。”

他开车送她下山，然后去里昂的火车站。他们一路都不说话，直到外面下起雨来，他握住她的手。钢琴教师的眼泪流下来，被他抱入怀中，心里面带着为了爱情而大无畏的精神做了菲利普暗地里的情人。她也为他生了一个小孩儿，男孩儿。

一直对这件事情装作不知道的女主人在小孩子生下来时才幡然醒悟：这个女人怎么可以给菲利普生孩子？

她怎么办？她的孩子们怎么办？只有一个泉眼，谁来继承？

女主人心里发狠，策划半天，找了专业人士，给他看钢琴教师母子俩的照片，然后说：“我要他们死。”

那天，芬兰女人把她的孩子放在一个小篮子里，想要带他去儿童医院打疫苗。孩子被放在副驾驶的位子上，她刚打着车子的火，一辆卡车正面撞过来。

菲利普终于见了自己久未相见的妻子一面，对她说：“我认识你的时候，不知道你会变成现在这个样子，你害人性命。”

女人说：“你要是知道自己的行为品性，你要是知道自己不忠实，就不应该对我做的事情感到意外。”

“我的钱和泉水，你别想染指。”

女人说：“请好好对待我的孩子。”

她没有自杀，她仍然是个贵妇，也仍然吸烟酗酒。可是几年后，年纪轻轻便郁郁而终。

菲利普过得倒是还不错，除了从小争到大的两个不省心的孩子，他的生活没有什么大的问题。

直到他五十四岁这年的冬天，他上山滑雪，不幸头撞在松树上，昏迷不醒。

他醒来的时候，已经过了很久很久。

他的脑部受创，失去了意识，清醒过来就大发雷霆，因为他的孩子居然没有一个来医院看他！

雇员为难了很久，才小心翼翼地说："您的儿子和女儿，他们都来不了了。"

"为什么？"

"您昏迷的时候，他们两个先后出了不同的事故，都……"

"死了？"

"是的，先生。"

"原因查出来了吗？"

"还在调查中。"

刚刚恢复神志的菲利普想了一会儿，慢慢地说："如果你们没有瞒着我，真的没有调查出来原因，那就试试看有没有可能这两个人是互相设下了陷阱，害死了对方。"

两个孩子自相残杀，亲友和董事会的人委婉地劝菲利普修改遗嘱，以防止再出现什么意外情况，影响集团的运作。

菲利普说："我为什么要改遗嘱？我的钱和泉水从来就没有这两个人的份。"

"难道要另选继承人吗？"

"我有继承人。"

那个男孩儿十四岁时被从山顶的修道院带出来，成了海格水的继承人，他就是丹尼。

第九章

丹尼·海格终于也对水有了如同阿桑一般的敬畏和尊重

“这个家族从来人丁不旺，继承人单薄得像是随时会断的水流一样，到了我这一辈，居然让私生子继承了家业。我就是那个芬兰钢琴教师跟菲利普·海格的孩子，大难不死，被救出来，为了防止再遭不测，就被寄养在山顶的修道院里。

“之前我从来没有离开过那里，跟着教士识字、干活。我做木工，我认识很多木头，也天生就能嗅到水的味道。修道院的食物很少很粗糙，我要自己吃得好，吃得饱，所以从不分享。”

他们在说话，黄色的月亮悬在一个白色沙丘的后面，夜空是深蓝色的幕布，这是一幅色彩单调的画面，每两个颜色交界的边缘都清晰无比。他们的面前，沙堆里的篝火边缘渐渐熄灭，慧慧添了几根柴进去，丹尼·海格看看她的脸。

“我是从一些家族的文献和我父亲的只言片语里知道这些事情的，那时我年纪小，像我的母亲一样，已经对这些东西有些不太在乎和嘲弄的态度。

“家族所有的这些痛苦都是从哪里来的呢?

“当时我想，无非是因为那眼泉水。我不知道你是不是见过泉水从地下冒出来的样子，非常好看，地下深层存储的纯净的水源在巨大的压力作用下，在地壳某个薄弱的环节破土而出，劲头十足，打着滚，冒着泡，像活泼的小孩子一样奔跑出来。它是有气味的，你知道吗？每种泉水都有一种新鲜的冰凉的气味，而海格水有淡淡的发涩的甜味。

“我成了这眼泉水的主人，它给我带来无限的财富。我挥霍着、经历着我年少的时候从来不曾想象过的人生时，心里对泉水又有些不屑。

“你记不记得我们曾经去巴黎，去参加为Miyazaki举行的文化活动？他曾经跟你说，水是这个世界上最神奇的东西，是有魔力的东西，我那时却完全不这么认为。它就是物质，是一种东西，不比任何一粒麦子多些什么法力，如果说水是有魔力的话，那么风雨雷电则更让人敬畏。

“我的祖先们之所以遭受那些厄运，是因为他们的心被占有欲所驱使，他们为了泉水背叛爱侣、害死别人，是他们活该。而水本身并没有什么神通。

“可是大部分的人不是这么想。工业污染越来越严重，在法国，他们居然认为地表的水不能喝——你笑什么？对啊，真是富裕国家奢侈的理念，让他们来这里看看，估计回了家连雨水都能喝了。”

“所以我那从海拔一千八百米出来的矿泉水卖得多贵都有人买，而且卖得越贵越受人追捧。女人们更是如此，送些什么礼物都觉得不够特别，我记得一个女人说过，丹尼，为什么你不能送一瓶你的水给我呢？那有什么不可以？我从来没有送过，是因为我觉得不成敬意。一旦我送了，就让人心花怒放。”他说到这里笑起来，回头看着她，“只有一个人，我没有送过她海格水。”

“……”

“就是你，慧慧，我想送你一些真正有用的东西，房子、车子、钱财，还有漂亮的花儿或者舒服的地毯。我不喜欢画啊、瓶子啊之类的艺术品，但是我觉得好的宝石与你漂亮的耳朵和脖子非常相称。你看，这就是我世俗的品位，我认为什么东西都比水来得更实在。”

慧慧低下头，他的故事终于说到了她。她想起那些精致珍贵的东西，它们也曾给她带来那么多的愉悦和安全感，慢慢地说：“丹尼，你送我的东西，我没有一样不喜欢。”

丹尼·海格看着篝火，没有说话。过了好半天，他像是回答她的话，又像是在跟自己说：“可是你只拿走一把梳子。”

“……”

四周非常安静，连一点儿风声都没有，火焰跳动着，渐渐熄灭，其余一切凝固。

丹尼·海格说：“可是几年前发生了一件事情，让我再也不敢忽视水的无边法力，这件事情让我的心中对水充满了敬畏，也为自己从前对它的忽视和利用害怕。我觉得，如果我能帮这些突尼斯人找到新的水源，也未尝不是一种忏悔，这就是我一定要独自前来的缘故。我不要你领情，你也不要会错意，我来到这里是为了我自己。”

“那……那是什么事情？”

“太晚了，去睡吧。”他说。

“你真的要在这个地方卖关子啊？”她问。

丹尼·海格说：“我能把故事讲到这里，当然就能告诉你全部，只不过不是今天，好吗？去睡吧。”

她没有坚持，回了自己的帐篷，回头看看丹尼·海格，他正用沙子将红色的篝火掩埋掉。

第二天早上有沙暴，风吹得很猛，白沙飘浮在空气中，伸手不见五指。

突尼斯人坚持要上路，因为他们认为早上的沙暴会带来好运气。丹尼·海格又把慧慧包了一个严严实实，扶着她上骆驼，她的耳边一直是他骆驼的铃声。

一行人走了半天，风势渐小，前后的人和骆驼渐渐都看得见了。阿桑催着骆驼过来，问丹尼·海格："你到底要把我的人带到什么地方去？我们还要走多久？"

他从怀里拿出电子地图："同一个方向，再向前走一公里，应该就是了。"

阿桑的骆驼绕过来，走到慧慧身边，他看着她的眼睛，笑了笑。

丹尼·海格在后面吆喝道："快走！"

他们越过两个沙丘，正午时分，太阳明晃晃地出现在空中。

骆驼吃力地攀上高处，在几个沙丘围成的盆地里，慧慧看见了绿洲。

一个狭长的水潭安静得如同宝石一样，水潭旁边绿草茵茵，阔叶灌木很茂盛。慧慧一下子兴奋起来，她指着那绿洲，回头看看丹尼·海格："真让你找到了，水，有水！"

丹尼·海格坐在骆驼上，一动不动。

他们前面的阿桑忽然从骆驼上下来，愤恨地咒骂着，几步跑到丹尼·海格旁边，把长枪拉动两下上膛，往手臂上一架，将枪口对准了他："跟着你在沙漠里走了两天，让你浪费了我的水和粮食，这就是你找到的水源？我告诉你我现在要做什么，我要一枪结果了你，你这个骗子。"

慧慧一下子从自己的骆驼上滚下来，摔了一跤，脸埋进了沙子里。她马上又站起来，顾不得别的，踉跄了好几步，张开双手就挡在了阿桑的枪口前面："你们要水，他给你们找到了，现在还要杀人？你算什么游击队？你就是土匪！土匪！"

阿桑枪口一抬，顶住慧慧的额头，咬牙切齿地道："你干什么？就你，你要护着他？你不用着急，我先结果了他，然后再杀了你，你们两个人在沙子堆里眉来眼去吧！"

丹尼·海格从骆驼上下来，把阿桑的枪口从慧慧的头上推开，对阿桑说："没结束呢，我说过我能找到水源的，我的公司早就在这一带探明了有大规模的地下水，即使不是这里，也不会太远。中午了，我们休息一下，如果半天之内我还没有找到的话，你再杀死我也不迟。”

阿桑说：“我等到天黑，如果没有水的话，你们两个人别想看到今晚的月亮。”

为免浪费时间和消耗骆驼的体力，他们没有下到盆地里去绿洲边休息，只派了两个人去汲水，其他人在沙丘的影子里吃些干粮。

慧慧问丹尼：“那不是水吗？怎么就不算数了？”

他耐心地跟她解释：“滋养了树木青草的水是浮在地表的，储量低，且不稳定，这里今天是绿洲，一两年或者几个月之后就有可能被沙丘覆盖，这不是水源。”

“那么水源究竟在哪儿？”她皱着眉头看他。

丹尼·海格把她嘴唇边的一小粒面饼碎屑拿掉：“你着急了？你怕我找不到？你害怕真的跟我一起被突尼斯人杀死在这里？”

“我着急，”她又吃了一口饼，边吃边说，“但是我从来没有害怕过。”

丹尼·海格看着她笑起来：“你刚才可真勇敢，你真的是要替我挡枪啊，慧慧？”

“我也不勇敢。”慧慧说，“他们只是要威胁你找到水，并不是真的要杀死我们。”

“我会找到的。”

天不遂人愿，下午时分，太阳刚刚倾斜，沙漠里又刮起了狂风，这风跟早上的不一样，风力强劲而凶悍，若不是待在骆驼的后面，人几乎会被卷走。可他们又不能在一个地方停留，否则几分钟不到，整个人被白沙埋住。

漫天风沙里，停不能停，走又走得举步维艰，慧慧心里像被热风点着了火一样着急，这样下去，什么时候才能找到水源？

狂风刮了整整四个小时。

直到太阳西斜，风势才小了。四周渐渐清晰了，慧慧发现，他们离那几个巨大的沙丘围成的盆地也不过二十米远。她看见丹尼·海格正站在盆地的边缘向四处看。

慧慧走过去，站在他旁边。

丹尼问她：“你看看，这里有什么变化没有？”

绿洲仍在盆地的中央，它被四周的沙丘围拢，没有受到太大的影响，仍是那般大小，绿草如茵。几个沙丘像佛祖的五指山一样立着，跟刚才也没有分别。

丹尼·海格指着他们正对面的那一个沙丘，说道：“所有的沙丘都被狂风挪动了位置，独独除了这一个。”

“那会是什么呢？”

“外面是沙丘，里面是岩石，而岩石里面……就应该是，”丹尼·海格眯着眼睛，“暗河，那就是暗河。慧慧，我想我们找到了。”

他转身大声叫阿桑：“让所有人跟我过来！”

他们骑着骆驼沿盆地的边缘绕过五百米，来到那个不曾移动的沙丘的下面。丹尼·海格从背着工具的骆驼身上拿下来一把铁锹，慧慧在他旁边跟他一起铲沙子，用尽全力，毫无保留。

阿桑和其他突尼斯人见状也纷纷拿起工具跟他们一起干。

十几把铁锹插进沙子里，发出“嚓嚓”的声音，不知道是谁那一把触着了不一样的物质，发出清脆的一声，所有人都停下来，继而每一把铁锹都往这个地方使劲。沙子渐渐被拨开，露出高于地面的半个洞口来，丹尼·海格过去触摸查看，那是花岗岩。

洞口越挖越大，一阵寒冷渐湿的风一下从里面吹出来。慧慧不由得往后一退，丹尼·海格在她后面问：“你闻到水的味道了吗？”

日暮时分，这个洞穴入口终于被剥去了厚重的沙子的伪装，出现在众人面前，洞口呈倒扣的半月形，宽有八米，最高处有四米，是一个颇具规模的山洞。

他们拿着手电筒和警示缺氧的火把小心翼翼地向里走，所有人都被拴在一根结实粗壮的尼龙绳子上，防止任何人脚下出意外。他们越走越远，越走越开阔，越走越感觉到空气湿润，慧慧将手里的电筒贴近花岗岩壁时忽然发现，上面有一些粗粗细细的暗红色线条。

队伍里一个常年打井的突尼斯人忽然抬起手来，嘴里叽里咕噜，兴高采烈地跟同伴们解释着什么，其他人也都兴奋起来，探讨着，赞叹着。

丹尼・海格问："你们在说些什么？"

阿桑说："他们说，这里可能就是传说中的'暗流穿过的洞穴'。

丹尼・海格和慧慧仔细辨认墙壁上那些保存完整的线条，渐渐看出那些简单的波浪形状是水，圆形的是人的脑袋，在波浪里伸展手臂。那果然是一些大大小小的游泳者，不知他们生活在哪个年代，被人用红色的颜料记录下来，留在这里，经过漫长的时间，颜色虽然变浅了，但是线条却完整如初。

这是曾经存在过大量水的证据，但是它会一直流淌到今天吗?

辛苦的寻找和忽现的希望让人更加惴惴不安，慧慧害怕会像地表的绿洲水源一样，又是一场空欢喜。他们很快就知道了答案，安全绳的长度显示，他们已经深入洞穴三百米，再也不能前进，一条河安静地挡在前面。

没有波浪，泛着微微的蓝光，河水的冷气慢慢地浮动，凝结悬挂在空气中，慧慧伸出手，指尖上湿滑一片。

突尼斯人早已高兴万分，手舞足蹈。

慧慧看见丹尼・海格走到暗河边上，双手掬起水来喝了一口，然后他转过头对把枪都扔掉了的阿桑说："没错，地下的淡水水源，没有污染，品质上佳，这就是我要找的水源。"

丹尼・海格喝水的动作让她想起在自己的店里初见阿桑时的情景，她给他倒了一杯水，阿桑双手捧着水杯，如同捧着圣物一般。

丹尼・海格终于也对水有了如同阿桑一般的敬畏和尊重。

在回去的路上，慧慧问丹尼・海格："你真的能嗅得到水的气味吗？"

他在自己的骆驼上说："在很早以前，我的专家组已经在这一带勘测到了水源，只不过一直没有锁定具体的方位。我来这里，不过是做最后一步，把那条暗河找到而已。至于怎么选定的那个沙丘，怎么知道从那个地方开始挖沙，最后会发现岩洞，你知道的，水流经过的地方，在地质地貌上都有一些相似的特征，而我看这些东西实在看得太多了。"

身后忽然传来"啪"的一声巨响，是阿桑举起枪打一只飞在天空中的鹰。

他果然好枪法。那东西中了弹，扑扇着翅膀掉下来了。阿桑哈哈大笑起来。

慧慧说："但愿他们真的就这样放我们走。"

丹尼·海格也回头看看："希望如此。"

到了地方，阿桑果然翻了脸："谁说你找到水源，我就一定会放你们走？"他跟丹尼·海格说话，眼睛却看着慧慧，"我说，我弟弟差点儿被揍死，这笔账怎么算？"

丹尼·海格说："你想怎么算？"

"女人留下来，补偿萨利姆。"阿桑说。

慧慧当时恨不得立刻把手里的热茶泼到阿桑的脸上。

"可以啊。"丹尼·海格说。

慧慧回头看他。

"她留下行。她还算壮实，可以帮着你们一桶一桶地从暗河里挑水，然后穿过沙漠，运到城市里来。我原来还在想，如果你放我们两个安全地离开，我可以无偿提供所有的技术和设备开发那条暗河，修建输水管道和另一个自来水厂，解决城市的供水问题。当然，你也可以不这么选择，而只让她留下。"

他是这样下钓饵的，态度满不在乎却又志在必得。

阿桑说："你拿什么保证？"

丹尼·海格说："我可以马上立字据写合同，但是我也可以回到法国就翻脸不认。不过你信你的安拉，我信仰我的水，如果我说的没有做到，我也会受到惩罚。”

待到慧慧跟丹尼·海格真的从阿桑家里脱险了，她对他说：“买你的股票好，股东大可放心，你敢跟有枪的人讨价还价到最后一刻。”

丹尼·海格想了想，说：“他也是一个聪明的好汉。你说过的，他没有想过真的要杀谁，他拿着枪也是为了讨价还价，争取到他想要的东西。”

“你真的会帮他们建自来水厂吗？”

“会。”

不过民族英雄阿桑还是摆了他们最后一道。他让脸被丹尼·海格揍得严重挂花的萨利姆开着吉普车送他们到突尼斯城海港。两个人从吉普车上下来奔向客运港港口，兴高采烈地看着告示牌上两天一班穿过地中海前往马赛的轮船时间表和票价。慧慧一边看一边说：“我们乘坐快船去法国，今天晚上就有一班，二十四小时之后抵达马赛，票价是二百五十第纳尔，也可以支付一百五十欧元……我去排队，咱们这就买票。”

丹尼·海格在那里没有动静。

她回头看他。

他从长裤的口袋里掏出一把细细的沙子，心有不甘地摆弄了半天，像要在那点儿沙子里翻些金子出来一样。当然不可能有了，沙子最后落在地上。

他抬起头看着她，无可奈何地说：“什么都算到了，就差这一步——我一分钱都没有了。”

“你的钱包呢？”

“早就被游击队缴上去资助他们壮大了。在沙漠的时候，阿桑把我的电子地图都要走了没还。”他面无表情，只是看着慧慧，着急地询问，“你呢？你有点儿钱没？”

“你没看我身上穿着什么袍子吗？我连个口袋也没有。”慧慧摊开两只手。

她话音没落，从来精明镇定的丹尼·海格一下把头靠在她的肩膀上，几近崩溃："怎么会发生这种事情？我已经二十多年没当过穷光蛋了。"

她深呼吸了一下，手绕过他的肩膀，拍拍他的后背，安慰道："别着急，别着急，我们肯定能找到办法的。"

没有钱吃饭也没有钱买水，现在最重要的事情就是先弄些钱来，否则别说回马赛了，两个人很有可能会连饿带渴死在这里。

他们坐在清真寺的门口想办法，慧慧穷极思变，立时想出来两个主意："街上人这么多，要不我们现在开始跟过路的人讨些钱，先把午饭给对付了？没准船票真的能讨出来。"

丹尼·海格木着一张脸，眼神直直地看向前方。

看来他是不同意的。

慧慧说："要不然咱们回到游击队的老巢，跟阿桑要点儿钱？"

丹尼·海格笑了，极虚弱且无奈："你不觉得这是他们算计好的吗？就是想要我们为难出丑。回去了，再出不来可怎么办？"

慧慧特别认真："那也不能这么坐以待毙啊，我去讨钱，反正谁也不认识我，你不用去，等我讨了钱，买些饼来给你吃。"

她一扭头，就要在突尼斯混丐帮了。丹尼·海格一下子把她的手腕拉住，说："等会儿，等会儿，咱们两个人生意都做得不错，还弄不出来两张船票吗？先想想办法，实在不行再去乞讨。"

星期六的上午，港口这一带热热闹闹的。清真寺后有一个自由市场，规模很大，嘈杂无比，卖什么东西的都有。慧慧和丹尼·海格在里面逛了逛，打算寻找商机。两个人为了不让自己在精神上有太大的压力，尽量避开了那些卖面饼熟食、新鲜水果的小摊。

自由市场的后面腥味很浓，这是一个海鲜批发市场。

海鱼、乌贼、牡蛎，各种贝类虾蟹都装在车里卖。商人们用当地话吆喝着，成交量很大，成交也很快。慧慧饿得够呛，看着牡蛎思念柠檬时，从后面过来一个壮汉，他开着一辆卖大虾的小摊车，要不是丹尼·海格拉了她一把，就会被撞了。

明明是他要撞上别人了，那个壮汉反而还狠狠地瞪了慧慧一眼，真让人气不打一处来。

慧慧还要继续往前走，丹尼·海格拉着她跟在那个壮汉的后面，中间隔了几个人。

慧慧说："你干什么？"

"看看情况。"

在市场后面的停车场的边缘，那大胡子壮汉有一辆翻斗车。他把小摊车上的虾卸空了，一转身又回去市场运货。他不是个有好人缘的家伙，忽然被一个穿灰色袍子的小伙子拽住，两个人吵了好几句，壮汉推开小伙子走了。

丹尼·海格和慧慧走上前去，只见翻斗车后面的车厢里有不少大虾。

慧慧咽了一口口水，说："我们吃不了这么多，再说，还是生的。"

丹尼·海格看看她："吃不了？吃不了就卖了啊。"

慧慧还在想他是要干什么，丹尼·海格已经上了那辆装有大虾的翻斗车，慧慧赶忙跟上去，看见丹尼·海格把钥匙插在锁眼里，车子已经发动了。

"你怎么上来的？你怎么会有这辆车的钥匙？"

丹尼·海格通过后视镜看着她："上帝爱善良的人，他刚才差点儿撞到你，自己口袋里的钥匙掉了也不知道，要不然这里那么多推车，我为什么只跟着他？"

慧慧笑起来："咱们这么做，算是偷吧？"

丹尼·海格稳当地开着车，心安理得地解释："不偷大的，我们只把虾卖了。"

为了安全起见，海鲜市场停车场的门口是封闭的，有一根大栏杆挡在那里。丹尼·海格从车窗里看看门卫，居然是刚才跟壮汉发生争执的小伙子，他不可能不认识这辆车和它的主人，但他只是看了看丹尼，就把栏杆给打开了。

慧慧当时心里一松，估计船票钱差不多了。

丹尼·海格一边开车一边说："现在，咱们就要看看该怎么把这些虾卖出去。刚才市场上标价多少，你注意了吗？"

"这种规格的，四分之三手掌长，大约四十第纳尔一公斤，后面车厢里有二十公斤左右。这是批发市场的价格，已经比较低了，等会儿卖的话，按这个价格走就可以。"慧慧说。

丹尼·海格很高兴："不错啊，走了一趟，价格都记住了。"他伸手揉她的头发。

慧慧笑起来，指着窗外让他看："你看，你看，多漂亮啊。"

两个人开着翻斗车从港口一带出来，穿过白色的街道，看见道路右侧是蓝色的大海，在明亮得几乎刺眼的阳光下泛着细细的浪花。

她让丹尼·海格看外面，自己却偷偷看着他的侧脸，忽然想起不知道多久以前，他们曾经约定，一定要来突尼斯旅行，不过他应该早就忘了吧。

他们在突尼斯城的另一侧找到了一个自由市场，那里已经不靠海了，挨着山脚。

这个市场比较正规，被一个大凉棚遮盖着，五十多米长，里面是一些常驻的商户。两头也有不少人练着散摊，什么都卖，借着星期六逛市场的人多，沾点儿光，挣些钱。这样，在这个大棚的两头就形成了市场的入口和出口。

出入口那里还有摆摊的地方，市场里面早就没有了。于是他们把车子停在后面的出口处，把翻斗车后面打开，硕大的海虾赤裸裸地呈现出来，很有批发海鲜的架势。

慧慧觉得味道不太对，上前嗅了嗅，然后对丹尼·海格说："还不到一个小时，没有刚才新鲜了。"

丹尼·海格想了想："哎，我们这么办……"

几乎是同时，慧慧先拿了主意："我们得这么办，才能卖得快。"

他不说话了，看着她把那些大虾里面个头相对小的拿出来，放在一个篮子里，装了整整一篮子。慧慧把篮子挎在臂弯上，回头仔细地嘱咐丹尼·海格：“这些我拿到市场前面去卖，我卖四十五第纳尔。你留在这里，这些你卖稍微便宜点儿，卖三十八。有我在前面当对照，你这里肯定卖得快。还有丹尼，你要把虾都看好了啊，这东西容易偷，有人一伸手一只虾就没了。”

丹尼·海格坐在车子的翻斗上看着慧慧笑：“你放心吧，夫人。”

那天上午逛莱吉尔市场的突尼斯主妇们事后议论，早上大海虾的价格有些混乱，市场里面的卖到了四十六第纳尔每公斤，入口处一个戴着面纱说法语的女孩儿卖四十五第纳尔每公斤。不过好在主妇们足够精明并有着良好的采购习惯，她们坚持到了最后才出手买海虾，因为出口处一个金头发、蓝眼睛，看上去实在不应该是做这种生意的先生，他的海虾又大又好，只卖三十八第纳尔每公斤。

下午两三点散市，丹尼·海格和慧慧的二十公斤大虾早就趁着新鲜卖完了。两个人数着钞票高兴得很，很有收获的喜悦和成就感。

她们找了一家不错的餐馆，要了地道的库斯库斯，美餐一顿。

吃饭的时候，丹尼·海格问慧慧：“你那些大虾后来是怎么卖出去的啊？”

她说：“反正我卖得贵，也没人买，我就趁着没事儿把虾壳脑袋都剥掉了，剩下虾仁，卖给旁边的餐厅，三十五第纳尔，还行吧？”

“真聪明啊。”丹尼·海格说。

“要是你，也会这么做，对吗？”她问。

“差不多。”

两个人吃得正高兴，邻桌坐下两名女子。

那两名女子年轻漂亮，妆化得很浓，黑色的杏眼眼波流转。她们身上是连身的袍子，隐约可见曼妙身姿。这两名女子也看见了桌上满是食物的两个外国人，她们狠狠地瞪了一眼慧慧，又看着丹尼·海格笑，忽然把面纱遮上，目光风情万种，仍不死心地流连在他身上，还窃窃私语，不知道在说些什么。

慧慧气得够呛，礼遇不同，也不至于给这么明显的脸色吧？她狠狠地咬了一口鸡肉，再一看丹尼·海格，他嘴巴里吃着东西，眼睛里也有些情意，温柔地回应着对面的女郎。

她说：“先生，要不然您去对面吃东西吧？”

他看看她：“你在说什么啊？”

“我怕您眼睛太劳累。”

他笑起来。

两个人从那间餐馆里出来，丹尼·海格对她说：“那是两名性工作者。”

“哦？”她看看他。

“她们拇指上系着草绳。因为直到二十世纪初，在北非，妇女可以像牲口一样在市场上被贩卖，她们的手指上系上绳子，买家交了钱，拉着绳子就可以把她们领回家去。当然了，贩卖人口早就不被允许了。不过作为标志，这种习惯被保留下来，因为简单又安全，平时手指可以藏在袖子里，碰到了有意向的客人，就可以伸出手来商量生意。”

慧慧想了想：“这是个好办法啊，我觉得这可比穿着短裙，当街伸出大腿性感多了。”

这一天，法国海格水的老板丹尼·海格和华人准精英齐慧慧被游击队释放。他们本来身无分文，但是在突尼斯港海鲜批发市场偷到一批大海虾，并迅速在莱吉尔市场出手，共收益近八百第纳尔，他们还在餐厅邂逅了两名性工作者，丹尼·海格将此地的装饰特征解释给齐慧慧听。

两个人在离海港很近的一间小旅馆投宿，在一身腥味中安然入睡，鼾声如雷。

万幸的是，丹尼·海格的这些事迹并没有出现在任何一本名流杂志中。

第十章

慧慧，我们重新来过

第二天早上起来，丹尼·海格和慧慧去客运港口买船票。

又是个大晴天，天高高地悬在蓝色的大海上面，波浪被六月的风一点点地簇拥推动，轻抚在浅灰色的山脊上，清真寺的钟声环绕在白色的城市里。

港口旁边有一个不大的广场，有人在卖冰激凌，也有年轻的父母带着自己的小孩子在散步。兜售胶卷的小商贩也卖一次性的照相机，生意很好，因为那里有一个瞭望远处岛屿的平台，风景极佳。

两个人站在客运港售票处的门口，打算找一条短一点儿的队伍排队，抬头发现告示牌上有通往各地的火车票和飞机票的价格表——飞往里昂的飞机，五百第纳尔一张票。

他们手里的钱用来买船票绰绰有余，要是买飞机票就还差一些。慧慧在踌躇怎么办，好几个突尼斯人提着破旧的箱子，携着一身烤羊肉味儿，大呼小叫地从他们身边经过去赶船了。

慧慧对丹尼·海格说：“我不想坐船。”

“那我们游泳回去？”

“我们再赚点儿钱，争取买飞机票。”慧慧说。

丹尼·海格想了想：“还需要多少钱？”

“到里昂的飞机票两个人一起是一千块，我们手里有不到八百块，要是能再偷到五公斤大海虾出来卖就够了。”

丹尼·海格马上同意了：“走，那咱们再去转转。”

结果这一天没有昨天的好运气了，他们在街市上逛到下午，也没有找到一个可以下手的机会，两个人都有不达目的不罢休的脾性，既然已经决定坐飞机了，就非弄到钱买到票不可，绝不可能去坐船。

天黑的时候，他们找了个地方吃晚饭。

两个人心照不宣地达成共识，这一天都没赚到钱，不能太浪费了，一人一块饼、一杯茶再共享一盘沙拉就对付了，反正饿了吃什么都香。

慧慧一边吃饼一边往外面看，只见一辆名贵的车子停在路边，阿拉伯富人从车上下来，为自己的女伴打开车门，两个人在海边吹着海风看夜景。

她又想起阿桑跟她说起过有个意大利女人被自己的未婚夫抛弃了，却在这里找到了新的下家，且适应得非常好。

她又想起昨天在餐厅邂逅的两名性工作者。

她对丹尼·海格说：“我有主意了，我们啊……这么这么办。”

丹尼·海格听了她的建议之后略沉吟：“行，那咱们就投入大一点儿，我去买个相机，再弄些绳子，然后找这里最高级的酒店下手。”

纳其夫先生四十七岁，埃及人，个子不高，微微秃顶，但是胡子很漂亮，他在开罗拥有一家规模相当大的律师行，自己既是老板，又是声名赫赫的大律师。

纳其夫先生这次来突尼斯是出公差，要见一个富有的委托人，为其筹备在开罗投资设厂的事宜，这件事情他本来可以托付给自己旗下的律师搞定的，但是他还是亲自出马了，一来是要显示自己合作的诚意，二来他实在是在家里被困得太久了。

那天早上他要出门的时候，他那个又胖又厉害的老婆一边给他系领带一边说：“我知道你坚持自己去突尼斯是要干什么。”

纳其夫大笑：“我也知道，我去办公事啊。”

他老婆厚实的手掌拍在纳其夫的脸上：“你这张嘴可以在外面撒谎，跟我就不要耍花样了。”

纳其夫揉着自己的脸，还赔笑：“米亚，你说什么啊？”

“我让巫师算过了，你这次出去，规矩老实的话什么都好说。要是拈花惹草，会有小灾。”

“都说是办公事了，什么拈花惹草。”

“你去吧，女儿要生孩子了，我也管不了你，但是你千万记住，无论什么事情，你不要舍命。”他老婆把领带给他系得紧紧的。

在皇冠假日酒店咖啡厅里，三下五除二解决完业务的纳其夫先生松了松领带，想：女人啊，疑神疑鬼的就是麻烦。他都跟拇指上系着草绳的漂亮女人荒唐了两个晚上了，能有什么意外？这一趟出来也挺高兴的，生意谈成了，玩得也够尽兴，但是心里还是有些遗憾。

他右前方两点钟的方向坐着一位亚洲女郎，黑色的长发软软地披在肩膀上，齐刷刷的刘海儿下面，眼睛那么大，睫毛那么长，鼻梁挺秀，鼻子尖上像悬着一颗水珠，嘴唇红红的，像颗樱桃，还有下巴上面那个小涡，男人的手指放在那里不知道会是什么样的感觉。

女郎的年纪不清楚，纳其夫趁其不备眯着眼睛仔细看，她脸上似乎还有些细小的绒毛，皮肤像是蜜桃一样。

只可惜啊，纳其夫先生想，只可惜她拇指上没有系草绳。

美女跟美女不一样，有的美女妩媚性感，有的美女良善正经，两点钟方位的这位是后者。纳其夫先生叹了口气，真可惜啊，美女在前而不能一亲芳泽，难道他要带着这个遗憾回埃及吗?

什么叫惊喜? 就是本来死了心，忽然又有了希望。只见美女将左手伸出来，拨了一下耳边的头发，纳其夫先生一眼看见，她的拇指上系着草绳。

他于是又回到了十八岁。

纳其夫先生走上前用英语问女郎:“哪里人?”

慧慧抬起头，想了想:“日本人。”

“我去过东京、京都、大阪……”

慧慧拨了一下头发，纳其夫先生看着她的白耳朵发愣，嘴里喃喃道:“没有见过您这么美丽的小姐。”

慧慧笑了笑，什么都没有说。

纳其夫先生说:“我就住在楼上。”

“那我们上去吧。”

两个人一前一后进屋，慧慧将门虚掩，再一转身，纳其夫先生已经浑身赤裸，上来就搂她。毕竟没干过这种事，慧慧看着男人身体还能长成这样就先吓了一跳。他的胳膊袭过来，她极迅速地一低头躲过去，“噔噔噔”跑几步，满屋子找他的上衣和钱包。

纳其夫先生着急了，说了些埃及语。

慧慧被他抓到袍子，狠狠地摔了一跤，翻身时，纳其夫先生哈哈笑着把手伸向她。

眼看着那魔爪就要袭到她胸上了，忽然像电视剧中的时间定格一样，生生悬住，再也不能向前一厘米。下一秒钟，那位先生被横着扔出去，摔在茶几上。

丹尼・海格上来就拍照，闪光灯那叫一个亮。纳其夫先生手忙脚乱地想要掩住些什么，不知道是自己的脸还是别的，丹尼・海格上去就把他手给踹开。而慧慧则趁着这个时候找到了钱包。

埃及律师没见过这种架势，可即使吓得要命也是社会精英，他马上就用英语、法语、德语和阿拉伯语各说了一遍“请不要伤害我”。

见慧慧走过来，纳其夫先生居然加了一句：“阿里嘎多！”

丹尼·海格手里拿着相机，哈哈大笑起来，被逗得够呛。

慧慧说：“三千第纳尔，还有两千美金，走吧。”

丹尼·海格把赤身裸体的纳其夫先生的手脚狠狠地捆在一起，在慧慧看来那是一个熊猫顶球的姿势。大功告成，两个人愉快地走了。

倒走也没有走多远，他们就在楼下的大堂要了一间高级套房，坐了另一部电梯回了自己的房间。

慧慧把房卡塞进去划了一下，“咔”的一声，绿灯一闪，房门打开，一阵夜风夹着花香袭来。慧慧忽然觉得，在一路狼狈颠簸之后，很多事情仿佛又回来了。

慧慧洗了澡，仰面躺在床上向上看，这个房间的天棚上画的是《哈桑寻妻》。

《一千零一夜》里的这个男人为了找到自己的妻子，历经万水千山，那画工精细而颜色艳丽，比寺庙里的壁画不差分毫。床幔是一种她不认识的绒布，柔软且沉甸甸的，交织着金色的丝线，她抱着枕头嗅了嗅味道，里面早已经渗透了百合花的味道，窗子外面是夜色中的灯塔和大海，浴室里传出水声，那是丹尼·海格在沐浴，她摸了摸自己刚刚洗过的湿漉漉的头发，这里不是游击队关押她的小屋子，这里也不是昨天晚上住的那个简易小旅馆，这里是昂贵而精致的五星级酒店，这里有二十四小时的热水。

慧慧埋头在被子里，迷迷糊糊睡着了。

她看见自己从那辆火车上下来，拎着行李，回到一个熟悉的房间。

一样的豪华而温暖。

那个男人在她身边，轻轻抚摸她的后背。

不知道过了多久，她睁开眼睛，水声没有了，床头灯奶黄色的光晕打在白色的枕头上。她仍然趴着，但是嗅到了他的薄荷味道，他也在这张床上，就在她的旁边。

她转过身去，背对着他，轻声问："咱们两个人又偷又骗，算是歹徒了吧？"

他说："就算咱们是歹徒，那也是经典的歹徒，《雌雄大盗》里的邦妮和克莱德。"

慧慧说："有件事情我想不明白。"

"什么事情？"

"你为什么要拍那个人的照片？你认识他吗？我们是去抢钱，又不是要勒索，你照相干什么？"

身后的丹尼·海格没回答，过了半天方说："对啊，不过电影里都是那么演的，可能我下意识想有点儿戏剧性和仪式感。"

"噢噢，你说什么？那个词是什么？"她竖着耳朵听。

"Cérémonieux。"他说。

她笑起来："明白了。"

舒服的温度和宜人的气味让人如饮了酒一般有些醉意，慧慧笑着笑着就止不住了，捂着嘴巴"咯咯"笑，没完没了。

丹尼·海格在后面问："什么事这么好笑？"

"我多傻啊。"慧慧说。

"又怎么了？"

"你看，我们卖虾才赚了那么一点儿钱，你随便找个地方打个长途电话去法国，让他们弄点钱来，我们不就坐飞机回去了吗？还用得着我在手指上系绳子？又还用得着你又揍人又照相地大忙一通？"她说着说着，从床上半坐起来，转身看着他，眼角眉梢都是笑，嗔怪道，"好啊，我傻就算了，你怎么也没想起来啊？咱们俩还铤而走险。"

丹尼·海格没有笑，他躺在床上，伸手抚摸她的头发："我想起来了，卖出第一斤海虾的时候我就想起来了。只不过，”他的手沿着她的头发滑到手臂上，轻轻地抚摸着，“只不过我想要多跟你待一会儿，我想知道，我们还能做什么。”

她看着他，看着他的头发和蓝眼睛，看着他棱角分明的嘴唇和下巴，觉得自己的心轻飘飘的，有点儿膨胀又有点儿糊涂，这里不是法国，这里没有他的财富和情人们，也没有他跟她的过往，这里只有他们两个人，在此时。

她的笑容渐渐收敛，慢慢倾身下去，亲吻他的嘴唇，一点一点地品尝、体会。那是她曾经多么熟悉的味道和触感，那是她无数次午夜梦回时想念的内容和哭泣的理由，他是她第一个也是唯一一个恋人。

从来，从来没有别人。

丹尼抱着她的肩膀，稍一翻身，就把她压在下面，借着灯光，仔细地看着她。他用手抚摸她的额头、眼睑、脸颊、耳垂，最后按在她下巴上的小涡上，说：“博斯普鲁斯海峡。”

她笑起来。

他也笑起来。

笑归笑，过往忽然浮现，心里那么酸。

丹尼把她耳边的头发稍稍向后拨，她躲了一下，他说：“请让我看看。”

慧慧没有再闪躲，他拨开那儿的几缕发丝，看见一道长长的暗红色的伤疤。

他的手指拂过那道伤疤，眼里渐渐凝了泪水，慢慢地对她说：“都怪我，真抱歉。”

他是应该说抱歉的，他早就应该说抱歉了。

这一句抱歉迟到了三年多，可还是由丹尼·海格说出来了。

她以为一辈子也不会听到。

但他还是说出来了。

那一刻，她忽然觉得几年来如同巨石一般一直压在心头的委屈和难受渐渐化成一股飞烟飘走，她如今再回头看，只记得自己年少时跟着他的好时光。她搂住他，看着他的眼睛，看着他已经盈满泪水的蓝眼睛摇了摇头，只是自己的喉咙也哽住了，什么都说不出来。

“慧慧，我们重新来过。”

丹尼·海格和齐慧慧用埃及律师的钱乘坐法国航空公司的飞机回到了里昂。

盛夏结束了，初秋天气。

消失的杨晓远忽然光临她的店，在一个傍晚，店子快要打烊的时候。

他进到店里的时候，她并没有马上认出来，还以为是顾客，笑着从座位上站起来走过去，正要介绍产品，渐渐看清了他的脸，愣了一下：“是你？”

“慧慧，有没有时间？我们聊一下。”

他们在离她的店不远的一家咖啡馆坐了下来，要了两杯热饮和两碟点心。慧慧打量着杨晓远，除了皮肤被晒成麦子的颜色，他并没有什么太大的变化，还是那么帅。他穿着一件粗线毛衣、一条很旧的牛仔裤，原来那么讲究，只穿名牌，现在他的衣着很普通。她觉得他有些有钱人的样子了。

她手里捧着茶杯说：“你在哪里买了海岛？”

“夏威夷群岛，方圆四十公里的一个岛，有沙滩。一栋楼，十八个房间，很舒服。”

“淡水和物资怎么办？有船运去吗？”

“那里旁边就是旅游区，配套设施很齐全，有物资船每天经过一次，像市场一样，什么东西都能买得到。不然，我也可以开自己的飞机去买。”

她点点头，喝了一口茶。

杨晓远稍向后坐了坐，靠在椅子背上，看着慧慧的脸说：“我知道无论如何都得给你一个交代，我也知道你不会哭也不会骂我。”

“那么晓远，你想看我怎么样呢？”慧慧说，“事情已经过去了，你不想跟我结婚，忽然跑掉了。就是这样，要是几个月前，我可能会痛哭流涕，也可能会打你耳光，但是现在我不会。我后来太忙了，也没有那么愤怒了。”

“慧慧，”他轻声叫她的名字，手肘架在桌子上，仿佛是思忖良久，才说出之后的话，“很多事情你不知道，我跟你的渊源比你想象的要早。你从来都没有想起我来，是不是？”

“……”

“那年我刚毕业，马上就在瑞银找到了工作。在里昂分理处，我是新人，薪水已经是两千欧元一个月，我在一个很不错的街区租了一间五十多平方米的房子，我开自己的车，我对当时的状态很满意，我知道一个在生化研究所工作的武汉大学的博士一个月工资一千八百欧元养活一家人，我不认识比我过得舒服的侨民。但是我觉得我受到了打击，因为你。那天我是大堂的值班经理，你进来之后，到一个柜台把信用卡拿出来，跟业务员说想要往一个账户上转账两万欧元。

“你进来之后我一直在看你，你就是个留学生的样子，穿着毛衣和牛仔裤，背着书包。我想，这姑娘想要来这里打工的话，不应该往柜台走啊。我的同事让你等一会儿，然后让我拿着信用卡去验一下，看看这东西会不会是你捡到的，或者偷的。我马上去办，结果是，一点问题都没有，信用卡的主人就是你这个中国女孩。我们马上就办理了你要求的业务，而有些东西可能你都不知道，瑞银的黑色信用卡，全球发行不过四十二张，你用的那一张，信用资产是中东的两架油井。”

即使是现在，慧慧听到这里，也颇感惊讶：“我确实不知道，如果我知道了就会给小多打两百万欧元。”

杨晓远笑一笑：“那也不多，它的信用额度是天文数字。”

她脑袋里的画面是在突尼斯港口，丹尼·海格从口袋里掏出一把沙子，试图从里面扒拉出些钱财来买船票。

“我后来再见到你，就是在里昂的新春联谊会上了，你的样子没有一点儿变化，你让我在签到簿上签字，还误以为我是个大学生，我一眼就认出你了。后来我跟认识的人打听你，知道你也过得不错，但是跟我想象中的你，差距很大。我是亲眼见过你用黑卡的人，但是你现在经营着一家小店，住着一套小房子，开一辆两三万欧元的车子。我谨慎地猜着到底是什么事情发生在了你身上。

“但是慧慧，你相不相信都好，我在揣测你的过去，我在想那背后的人是谁。但同时我也那么喜欢你，你那么好看，那么乖，我做些什么你都真心说谢谢，我买东西你会小心翼翼地帮我算价钱……我跟自己说，别管她的过去如何，我在一个好的时间点遇到了她，所以我才是那个人。可是谜底在那个时候揭开了。

“你记得我请你去参加的瑞银那个周年庆典舞会吧？你忽然不舒服，中途跑了出去。我想了想，还是决定跟着你，想要送你回去，我追了几步，就被尤尔根叫住了，他说丹尼·海格来了，我们要跟行长和总裁一起过去，多少说句话，丹尼·海格最近动作多，我们要争取拿到生意。那个傲慢自大的家伙进了门，话没说几句，还心不在焉的。他忽然回头看，我们正诧异他要干什么，他已经跑出去了。

“其他人目瞪口呆，可是我脑袋里已经有了一个不好的假设。我追出去，假设被证实了：丹尼·海格拍着车窗，要你从里面出来，你却发动车子跑了，他立即上了自己的车追出去。那天我再也没有回酒会，在外面坐了很久。我起先觉得自己仿佛窥探到了一个我不愿意看到的故事，觉得很不好，很沮丧。但同时我的另一半思维告诉我，这可能是一支潜在的收益巨大的股票，如果我把这笔生意做成功了，就有足够的钱让我退休了。”

不知何时，慧慧杯子里的茶已经喝完了。她看着杨晓远，皱着眉头：“所以，其实在我家遇到丹尼·海格以前，你早就知道他跟我的关系了。”

他点点头：“所以酒会之后的很多事情都是有意为之的。”

“比如，我们在湖边遇见他？”

“是的。”

“你看到我们假装不认识不可笑吗？”

“不可笑，真的感情就是讳莫如深。我作为旁观者和你当时的男朋友，心里很难过。”

“在我家遇到他呢？在那之前你真的去了美国吗？”

杨晓远微微笑了，叹了口气：“没有。”

她想起他放在门口的美国杏子。杨晓远真是一个聪明人，他把每一步都计划好了。

之后的事情她就知道了，她出去买面包，两个男人在屋子里谈生意。丹尼·海格出的价格没满足杨晓远的胃口，于是他对产品进行了再加工，他要和她结婚了，以此来要挟丹尼·海格。

……

杨晓远现在是真正的富人了，他从瑞银退休了，有了自己的岛屿。

慧慧看看手表，快八点钟了，她跟人约好了在一家餐厅吃晚餐。

她对杨晓远说：“我曾经替你在丹尼面前辩护过，我说他下了鱼饵，所以他没有权利说上钩的人贪心。现在看来，我这么说对他也不公平，这其实就是两个人的博弈，对不对？”

“对。”杨晓远说。

她笑了笑，想了半天还是跟他说：“晓远，你忽然离开的时候，我确实非常难受，因为我是想要跟你好好过日子的，你信吗？”

杨晓远的双手在桌子上交叉起来，看着她：“我信的，慧慧，所以我有了海岛，依然不高兴。我来，至少想当面告诉你真相。”说完，他又迅速低下头，她看不见他的表情。

“好的，晓远。谢谢你告诉我真相。”慧慧拿起自己的手袋，“但是我跟一个朋友约好了，现在要走了，你现在拥有了你想要的东西，我希望你以后能高兴起来。”

他没有说话，仍然低着头，呼吸声里，鼻音很重。

她拍拍他的手背：“再见，晓远。”

她站起来，离开了那里，她没有回头看一眼。

她开着车子穿过弯弯曲曲的古乡旧街，抄近路到了海格公司的门口，天空下着小雨，他撑着一把伞在等她。

丹尼·海格上了车，一边收伞一边说：“迷路了吧？来得这么晚。”

“见了一个人，聊了两句。”

他没有追问，像是在专心整理雨伞的样子，但她知道他在等着她把话说完。

“雷米，你还记得吗？”

他字正腔圆地说出那个中国名字：“杨晓远。”转头看着她，“他又来找你了？”

“从他的海岛回来，跟我说了几句话。”

“说什么？”

经过一个路口，红灯亮了起来，慧慧把车子停下，向外看：“说……说抱歉，说其实他早就知道我，说他早就在计划着跟你做这个生意，他告诉了我很多我原来不知道的事情。”

丹尼·海格轻轻笑了一下，没等她把话说完，忽然指了指外面电影院的宣传画：“我们等会儿去看这部电影。”

慧慧探过身子看了看：“《美人计》，老电影了。”

“那更有趣。”

关于杨晓远的话题就这样被他结束了，之后他们没有再继续下去。

丹尼·海格把雨伞装在套子里，他把每一个褶皱都整理好。

“哦，”他忽然想起一件更重要的事，“婚纱的设计图我看了，我觉得不错，你的眼光很好。”他说着探过身来，隔着头发亲了亲她的耳朵。

“哎哎，我在开车呢。”慧慧笑起来。

“鲜花我们要哪里的？从荷兰买，还是瑞士？”

“管家是瑞士人，给他这个人情吧。”

他笑了：“说得也对。”

第十一章

请把这个姑娘留下，他愿意用海格水来交换

那天天色未亮，一辆装着数万朵白色和黄色鲜花的冷藏车从瑞士洛桑出发，绕过莱芒湖，在连绵不绝的阿尔卑斯山谷中行驶了近两个小时，抵达法国香贝里城。车子在杜露大街十五号的门口停下来，经过细致的安全检查之后，驶入了庭院。

比送鲜花的车子更早抵达并守在门口的是各路记者。他们从早上六点钟开始就等在门口，每一辆车子、每一位来宾都被记者们长短不一的各式“重炮”拍摄下来，迅速通过互联网发回大本营，经过编辑处理，变成夺人眼球的消息发布出去。

丹尼·海格结婚的意义已经超过一个富豪结婚本身的新闻价值，一来新娘子的身份是个谜，记者们不愿意相信她是一个普通的毫无背景的中国姑娘这样一个调查结果，而非要给这个女孩儿加上一些离奇的身世。毫无中国历史知识储备的人说，她可能是有着没落王室背景的中国女孩儿；稍稍时髦一点儿的人说，她可能来自一个富商或者政府高官的家庭。灰姑娘的运气让人不服气，这很正常。二来，举行婚礼的当天，欧盟贸易委员会经过对各个方面的质

询，最终将会宣布是否启动对海格公司的垄断调查。财经人士分析，丹尼·海格之所以要在这一天举行婚礼，就是要公开地表达出他对委员会做出的任何决定的不屑。

夏洛特知道，不是那样的。

丹尼要在这一天结婚，那是因为他觉得这是个好日子，他不想跟谁作对，有什么不屑他也不会表现出来。他就是那么一个男人，骄傲且自我，他的心里没有别人，当然了，除了这个姑娘。

夏洛特从窗边走过来，坐在圆形的椅子上，看用人帮慧慧把婚纱穿上。

慧慧的头发被绾成高髻，一顶白色小礼帽斜戴在头上，面纱挡住她半张脸孔。她身上是一件齐胸的白色丝绸婚纱，通身绣着百合花的图案，最灵巧的工匠换了无数种针法绣制的花纹，迎着阳光看，那些百合花从颜色到造型都变化无穷，还有窄腰身，曳地的鱼尾裙摆，只遮盖住手指和半截手掌的金丝线手套，每一个细节都堪称完美。

夏洛特多少有些嫉妒地想，当年她结婚的时候，婚纱也那么美。

她结婚的时候啊，丹尼是证婚人。

她那时好奇，丹尼如果会结婚的话，他的妻子会是什么样子呢？

夏洛特微微笑起来。

慧慧以为夏洛特在笑自己，回头有点儿不好意思地说："我平时喜欢穿牛仔裤，这样的装扮，不太舒服。"

"你在说什么啊？"夏洛特走过来，看着她，"不舒服也得穿。今天，世界都是你的，人的一生就这么一天。"

"说得对。"慧慧也笑起来。

她们在镜子里互相看，慧慧说："谢谢你愿意来参加婚礼。"

夏洛特说："我们上一次见面是在什么时候，你还记得吗？"

慧慧想了想，那不是一个愉快的回忆。她脸上的笑容渐渐淡了，自己可能都没意识到："那是在三年多以前，我跟丹尼在湖上，你坐在另一艘船上，我落水了。"

夏洛特点点头："是的，亲爱的，我看见你落水了，我看见丹尼跳下去救你上来，我看见他抱着你痛哭流涕，狼狈不堪。"她说话时脸上仍带着淡淡的微笑，在镜子里看着慧慧的脸，"我认识他快二十年，没有看见过他对任何事情有轻微的失态，我从来没有看见过他那副样子……"

慧慧想起来了，那段记忆在她的脑海中是个盲点，她再睁开眼睛的时候，一切已经结束了。

夏洛特转过身看着她："你知道的，丹尼原来可不是个禁欲主义者。可就像一个人在海里玩够了，终于要上岸一样，他一旦决定了上岸，就不会想要再回去，因为他不稀罕了。我这样说，你懂吗？丹尼会是最好的丈夫。"

慧慧看着夏洛特，忽然笑了："以后的事情，还要我自己继续考察。不过有一件事是肯定的，你真的是他的好朋友。"

她话音没落，夏洛特就仰头哈哈笑起来："我开始明白丹尼为什么要上岸了。"

慧慧在镜子前转了转，设计师觉得她胸口的地方还要再改一下。她一边换上别的裙子，一边说："你跟布鲁诺昨天晚上休息得好吗？"

"嗯，很好。"夏洛特说，"临睡觉的时候看了一部电影。"

"是什么？"

"我没有看到开头，不知道名字，故事说的是一个男人和一个女人在二战的时候恋爱了，经常是外面一边轰炸，两个人一边在房子里缠绵，终于有一天，男人刚刚走出房间，一颗炸弹就在那栋楼上爆炸了，男的一下子被炸死了。她于是对上帝起誓，如果可以把男人的命换回来，她愿意从此以后再也不见他。"

"然后呢？"

"然后男的活了，女人真的从此以后再也没有见他。"

慧慧换了另一条白色的裙子，从帘幕后面走出来，看了看夏洛特："这是故事的全部？"

"几乎是……你信上帝吗？你相信祈祷的力量吗？"

慧慧觉得自己从来没看过这部电影，但是这个故事让她有一种奇异的似曾相识的感觉。她觉得心底有一层迷雾，浓浓的散不去，而在那层迷雾的后面，她隐隐觉得有一个能够解释一切的真相。

她说："你……"

夏洛特忽然摸了摸口袋："我要去外面吸一支烟。"

她说完就走，走得那么快，留慧慧自己在那里出神。

夏洛特站在阳台上，一边吸烟一边看着贝尔热湖发呆，身后有脚步声，她回过头来，是丹尼·海格，他们互相亲吻了脸颊。

他说："谢谢你给我带了那么好喝的酒来。"

夏洛特笑起来："还有什么事情比你的婚礼更重要？"她也很坦率地说，"只是我没想到这么快，我也没想到是这个中国姑娘。"

丹尼·海格没有说话，倚在阳台的栏杆上向外看了看。趁宾客未到，工人们在忙碌而有序地布置会场，到处是鲜花的芬芳，欢快而不失庄重的婚礼音乐在轻轻地回荡。

"丹尼，她不知道你为她做了什么。"夏洛特慢慢地说。

三年前的那个春天的下午，她被他从水里救上来，已经没了气息。

她在船上一步一步地向后退，同时控诉着他的愚蠢和残忍。

他没来得及拉住她，她滑下船去，头撞在螺旋桨上，湖水红了一大片。

他跳下去，一只手拽着船，一只手搂着她的腰。

夏洛特和布鲁诺同时呼叫了救生队。

那时他没有哭，向上托举她的身体，咬着牙，他想自己总能把她救过来的。

齐慧慧不仅头上有伤，还有太多水呛进了胸腔。

医生就地紧急处理时，他看着她苍白的脸，男人到了他这个年纪，心都是轻浮而且坚硬的。

那一刻，玩世不恭、铁石心肠的丹尼·海格忽然回想起发生在几年前的一个个画面，他从歌剧院出来，一个穿着绿色裙子的女孩儿在喷泉边等他，她慢慢地回过头，面色红润，头发和眉目颜色深沉又有光泽，浓得像普罗旺斯九月末的葡萄。

他喜爱她的年轻美丽，单纯还有愚蠢。

他喜爱她的与众不同，又坚信迟早有一天会把她改造成让自己可心的同一模式的女人，成熟，识相，感恩，不会去索要他不愿意给的东西。

可是她不干。

女孩儿的心固执得像长了刺的石头。

他觉得自己厌烦，却又无法摆脱，因此更加厌烦。

忽然，有人上去挤压齐慧慧的腹部，她的身体猛地痉挛了一下。

丹尼·海格上去扳过那个人的肩膀，迎面就是一拳。他要再扑上去，被人从后面抱住，夏洛特看着他说："丹尼，丹尼，他们是在救她呢，你冷静一点儿，你冷静一点儿……"

他看着她苍白的脸，还是没有哭。

他想，他自以为万能，可是他做了些什么？他要失去些什么？

原来，他是有一个小孩子的。当他知道他的孩子曾经存在的同时，也知道自己已经失去了。

另一个是慧慧。

他们把她抬上救护车，他跟了上去。

她头上的血一直没有止住，浑身冰凉。

他慢慢地握住她的手，妄想着这样就能把这个女孩儿给温暖过来。

他看着她的脸，觉得那是她，又似乎不是。他的微微曾经那么鲜活漂亮，颜色那么浓，眼前这个是被湖水稀释淡了的，洗刷白了的。

他觉得有很多话都还没有说，现在张嘴想要叫她一声。可他自己也没有料到，就那样痛哭出声。

车子沿着贝尔热湖畔的快速干线往医院走。

他心里忽然有了一个念头，他觉得眼前的这个女孩像是海格家的水源。

家族的不幸缘于每一代人的占有和控制的欲望，他曾经那么不屑于他们的贪婪，殊不知这种罪过在他自己这里无比膨胀，他占有着这个女孩儿的爱情和身体，愉快地用自己的财富和权力代替她做判断，任意改变她的生活，却毫不在意，自以为是。

如今他的水还在，而这个姑娘的生机跟着她的血一点一点地流走了。

如果是这样，如果是这样，丹尼·海格看着贝尔热湖在心里祈祷，像年少的时候跟命运反抗一般。如果是这样，如果神明一定要夺走属于他的什么东西，请把这个姑娘留下，他愿意用海格水来交换。

请让她回来。

这些奇怪的想法在他绝望的脑海里瞬间出现。

而丹尼·海格手中的她的手，忽然动了动。

你可相信这个世界上有神明?

是谁接受了他的请求?

女孩儿醒了过来。

海格水源在不久后就枯竭了。

他的水源换了她的命回来。

“夏洛特。”丹尼·海格说，“我什么都没有为她做，一切都只是巧合，幸运的是，我争取到了一个并不坏的结果。”

他笑了：“我是个商人，怎么会把自己也补偿进去？”

“欧盟委员会会因为海格水的枯竭而放弃对你的调查吗？”

“我不知道，但那已经不重要了。”

而关于这个问题，敏感的记者们先知道了答案。

商务部长的车子在最后一刻开进了香贝里城杜露大街十五号，他出席了丹尼·海格的婚礼。

部长会出席一个被调查的垄断资本家的婚礼吗?

所以，关于委员会是否会调查海格的答案，就这样摆在了那里。

因为部长的到来，进行中的婚礼有片刻的停顿。

慧慧站在丹尼·海格身边，在这个时候轻声问道：“丹尼，我落水的那一天，之后发生了什么？”

他看看她，握住她的手，想了想，笑着回答：“我跟水神商量，无论如何不要让这个漂亮的姑娘脸上有伤，因为如果她醒过来，我要娶她。你看，这就是我在沙漠里跟你说的那件事情，你还是那么漂亮，我对水从此充满敬畏。”

她觉得他像在说一个笑话，皱着眉头笑了笑。

她想起雪花纷飞的天气里，他把她从地上扶起来，对她说：“你不走，我就不走。”

她想起北非的沙漠里，他用布把她的脚踝细致地包裹好。

她想起突尼斯海港那个画着《哈桑寻妻》的房间，他抚摸着她的头发和手臂说：“我想要多跟你待一会儿……”

……

丹尼·海格，丹尼·海格。

他轻声说：“要哭啊，可以的，不过先等一会儿，部长都来了，你跟我去迎接一下？”

她点点头，泪水夺眶而出，滴在脖颈间的绿宝石上。

不久之后，他在阳台上晒太阳，她在旁边。

这是香贝里城杜露大街十五号的阳台上。

初冬，花园里盛开着红玫瑰，沿着铺白沙的小径一直开到湖岸边。

他说："我跟你说了没有，突尼斯新的自来水厂要取一个名字。"

"叫什么？你想好了？"她从小说里抬起头，她在看《白牙》，杰克·伦敦的另一个故事，小狼历经挫折，终于从善，变成大狗。

"想好了，叫作Aqua。"

"这是……"她皱着眉头想了想。

"拉丁文，意思就是水。"

"我见过一个意大利小孩儿，也叫这个名字。"她说。

"是吗？"他看着她，"这是个怪名字。"

"我渴了。"她说。

丹尼·海格站起来："我去给你拿水。"

她回头看他，心里有点儿得意地想，身份不同了，真的不一样，这位老爷在乖乖地伺候她。

丹尼没有马上回来。她站在阳台上向远处看了看，这么好的天气，不如等会儿去钓鱼。

忽然，她看见白沙小径的尽头，湖岸边，有个身影。

这是私家领地，从来没有外人。慧慧喊了一声："Hello！"

那个人没应，反而在湖边蹲下来。

她从阳台上走下去，穿过花园，也来到湖边，看见那个家伙仍蹲在那里，还撅着屁股。那是个小家伙，胖乎乎的身子，穿背带裤。

慧慧说："哎，小孩儿。"

他转过头来，对她说："嘘！水獭在交配。"

她听到这话吓了一跳，伸手拽着背带裤把他的身子转过来面对自己："先生你多大了？连这个词都敢说！"她仔细看了看他的脸，认出来了，是故人，又笑了，"怎么在哪里都能遇见你？你怎么总不长个头啊，阿库瓦先生？"

小先生笑了笑："交配这个词有多过分？我比你大多了，我从来都是这个样子。"

她心里轻轻一动："你……"

小孩伸手抱住她，阳光本来晒得人头上冒汗，那小家伙身上却一片清凉。慧慧眨了一下眼睛，他就不见了。

丹尼在阳台上向她招了招手："你要的水！"

慧慧慢慢地走回来，上了阳台，站在丹尼旁边，将他递过来的水喝光。他替她擦干净嘴巴。

"丹尼，我要给你讲一个故事。"

"《白牙》吗？"

"哦，这个以后再说，是我们的故事。"

"嗯，我听着。"

"开端有点复杂，我记不清究竟是我在同学的那本八卦杂志上看到你的照片，还是那年夏天我们在歌剧院见的第一面，你记得吗？你在我后面，叫醒我。"

"……"

"你在笑什么，丹尼？"

"那是你的版本。"

"你还有一个？"

"是那年夏天，我开会开得头昏脑涨，在心里抱怨为什么我继承的不是更简单一点儿的生意。我在歌剧院的后门等着当时的女朋友，那里有一个据说很灵验的喷泉，里面有很多硬币。

"一个女孩儿骑着自行车从歌剧院出来。她从口袋里拿出一 些硬币，我以为她要许愿，可是她在旁边的小店买了一瓶我公司的水……"

这个故事里从来没有别人。

国王单膝跪地，为灰姑娘穿上她的水晶鞋。